천의 얼굴을 가진 아동문학

국립중앙도서관 출판시도서목록(CIP)

(천의 얼굴을 가진) 아동문학 : 선안나 평론집 / 지은이: 선안나.
— 서울 : 청동거울, 2007
    p. ;   cm. — (어른을 위한 어린이책 이야기 ; 04)
색인수록
ISBN 978-89-5749-087-7 03810 : \15000
809.9-KDC4 809.89282-DDC21   CIP2007001230

어른을 위한 어린이책 이야기 04

천의 얼굴을 가진 아동문학

2007년 5월 5일 1판 1쇄 발행 / 2007년 9월 29일 1판 2쇄 발행

지은이 선안나 / 펴낸이 임은주 / 펴낸곳 도서출판 청동거울 / 출판등록 1998년 5월 14일 제13-532호
주소 (137-070) 서울 서초구 서초동 1359-4 동영빌딩 / 전화 02)584-9886~7
팩스 02)584-9882 / 전자우편 cheong21@freechal.com

주간 조태림 / 편집 이선미 / 디자인 임명진 / 마케팅 김상석

값 15,000원

ISBN-13 : 978-89-5749-087-7

어른을 위한
어린이책
이야기 04

천의 얼굴을 가진 아동문학

선안나 평론집

청동거울

선택과 옹호에서, 비판정신의 실천으로

아동문학의 길을 택한 지 올해로 이십 년째다. 언어의 모든 가능성을 열어 놓아야 하는 창작 글쓰기와, 다의성을 억누르며 질서를 세워야 하는 학문적 글쓰기 사이를 오가며 느릿느릿 걸어오다 보니 첫 평론집을 이제야 펴낸다. 쓸 때는 언제나 진심이었지만, 조금만 물러서서 보면 내 글은 늘 너무 넘치거나 부족했다. 그래서 많은 글을 썼지만 평론집을 묶기에 역부족이었다. 이 책도 부끄럽긴 매한가지이나, 어떤 식으로든 한 매듭을 짓고자 용기를 냈다.

표제는 신화학자 조셉 캠벨의 저서에서 일부 전유했다. 『신화의 힘』을 비롯한 그의 매혹적인 저서들은, 어떤 문학보다 신화적 세계에 속해 있는 아동문학의 풍요로운 힘을 확신하게 한다. 현재 우리 아동문학의 연구는 기초적 단계인 가운데 표면적이고 현상적 차원의 탐구와 비평은 활발히 전개되는 양상이다. 그러나 나는 아동문학의 근원적 힘과 매력은 발화된 현실 그 너머에서부터 찾아야 한다고 믿어 왔고, 그런 한편으로 보편적 당위가 아닌 구체화된 사물로서의 아동문학 텍스트가 시대의 다기한 조건들과 어떻게 결합하고 반응하였는지를 컨텍스트(context)적으로 살피고자 하는 공부의 지향점을 가져 왔다. 『천의 얼굴을 가진 아동문학』에는 그런 내용과 의지가 담겨 있다.

이 책은 총 4부로 구성하였다.

1부 〈아동문학의 연구〉에 실린 글은 길잡이가 되어 줄 아동문학 전공학자나 이론적 선행 연구가 거의 없는 상황에서 홀로, 그리고 자발적으로 길을 찾아본 자취이다. 2000년대 초반에 학회지와 잡지 등에 발표한 이후 전자매체 등을 통해 글이 오랜 기간 유포되었기에, 이미 평이해져 버린 인식도 있고 통찰이 부족하여 명료함에 도달하지 못한 면도 있다. 그러나 그때그때 인식이 미치는 만큼 글을 계속 써나가는 수밖에 없지 않겠는가 한다.

2부 〈아동문학과 이데올로기〉는 말 그대로 한국 아동문학에 나타난 이데올로기의 문제를 역사 현실과 관련하여 고찰하였다. 반공주의를 중심 주제로 학위논문을 준비하며 한국전쟁과 분단이 민족의 삶에 준 질곡을 새삼 아프게 헤아려 보게 되었고, 문학이라는 상징권력이 가진 빛과 그늘을 함께 직시하게 되었다. 추상적 역사가 아니라 내 존재를 형성시킨 현대사를 고민하며 쓴 글들이기에, 충분히 익지 못했을지라도 의식의 한 전환을 보여준다는 점에서 소중히 여긴다.

3부 〈천의 얼굴을 가진 동화〉는 일반 독자를 위해 잡지에 쓴 원고와 세미나 발제 및 토론 글 등을 모았다. 전통적 동화 텍스트에 나타난 신화적 상징의 의미 분석으로부터 오늘날 어린이 책의 상품화를 추동하는 자본의 문제까지, 그리고 유년기의 동화책 체험으로부터 작가로서의 창작 경험까지, 동화를 테마로 한 자유로운 생각의 변주를 담았다.

4부 〈어린이 책을 읽는 눈〉은 여러 매체에 발표한 서평 모음이다. 어린이 책은 주요한 문화상품이기도 하므로 책을 평가하고 담론을 형성하는 일은 첨예한 권력 행위가 되기도 한다. 비판을 위한 비판이나 옹호를 위한 옹호는 결국 비슷한 욕망의 다른 얼굴이겠기에 자의적 판단과 평가의 위험을 경계하며, 흔히 단순하게만 여기기 쉬운 아동문학 텍스트를 좀더 입체적으로 해명하고자 하는 마음으로 주로 쓴 글들이다.

진작부터 느끼긴 했지만, 지금까지 쓴 글들을 훑어 보며 비판정신이 더욱 필요하다는 생각을 새삼 하게 된다. 아니, 비판정신이 부족한 게 아니라 그것의 실천이 부족했다. 남을 베려면 자신부터 베어야 하는데 그 일이 가장 어렵고, 진실의 대가를 기꺼이 감수할 용기나 각오를 갖기도 참 쉽지 않다. 일찍부터 자신이 가야 할 길을 알아 전심전력으로 걸어간, 혹은 걷고 있는 이들을 부러워하며, 그 뒷모습을 바라보며 소망할 따름이다. 나도 그럴 수 있기를, 그렇게 홀로이고 그렇게 단절함으로써 대아(大我)로 나아가는 걸음이기를.

누구나 저마다의 방편으로 세상을 건너가거니와, 아동문학에 의지하여 삶을 건널 수 있어서 감사하고 기쁘다. 아무것도 아닌 나를, 존재 자체로 받아 주고 아껴 준 눈길과 손길이 있어서 이만큼이라도 걸어올 수 있었음을 알며, 그 분들의 이름을 가슴에 소중히 새겨 둔다.

삼 년 전 봄날 부모님 모시고 형제들과 철쭉이 잘 핀 천성산에서 평화로운 한나절을 보냈는데, 이승에서 피붙이 인연들끼리의 마지막 소풍이어서 그리도 원형적으로 아름다웠나 보다. 있는 그대로의 나를 세상에서 가장 사랑해 주었던 두 분, 부모님 영전에 이 책을 바친다. 내용을 이해할 수 있든 없든 간에, 두 분은 하늘에서도 기뻐하고 자랑스러워하실 것이다.

2007년 4월
선안나

차례

제1부 아동문학의 연구

동화의 주인공은 처음에는 열등하고 세계에 패배를 하는 것처럼 보일지라도, 결말에 이르면 세계를 자아화하거나 상호보완적 통합을 이룬다. 아동소설에서 자아가 환경의 지배를 받고 세계의 횡포에 고통을 받을지라도, 세계에 굴복하거나 비굴해지는 결말은 없다.

이것은 일반문학에 비해 아동문학의 기능이 다른 데서 오는 성격적 특질이다. 앞으로 부딪쳐야 할 거대한 세계에 맞설 자아의 힘을 기르는 일이야말로 삶의 첫 출발점에 선 어린이들에게 가장 긴요한 일이기 때문이다.

동화와 아동소설[1]의 장르 고찰

1. 국문학사에서 실종된 아동문학

동화와 아동소설의 장르를 논하기 전에, 더욱 시급하고 중요한 문제를 제기하고자 한다.

최근 몇 개월간 우리나라 문학사 전반을 검토할 기회를 가지면서, 전체 문학사에서 아동문학이 누락된 문제를 심각히 여기게 되었다.[2]

---

1) 동일한 장르 명칭으로 〈소년소설〉도 널리 쓰이고 있으나, 성 차별적 요소를 내포하므로 〈아동소설〉이 바람직하다고 판단된다.

2) 안확은 「조선의 문학」(『學之光』 6호, 1915. 7)에서 문학을 '순문학'과 '잡문학'으로 나누어, 전자를 시가·소설·서사문·서정문으로 분류하고 후자를 서술문·평론문으로 나누었다. 현대적 의미에서의 상상적 문학뿐 아니라 교술까지 포함한 폭넓은 문학의 개념으로, 다양한 갈래의 장르종을 포용하였다.
그러나 김기림의 『문학개론』(신문화연구소, 1946)은 문학을 시·소설·희곡으로 축소시킴으로써 근대 이전의 장르와 주변 장르를 배제하여 문학을 협소화한다. 문학을 시·소설·희곡·평론으로 분류한 백철의 『문학개론』(신구문화사, 1956) 역시 근대적 문학 형식 중심주의의 배타적 장르 분류에서 벗어나지 못하였고, 그 이후의 문학개론은 시·소설·희곡·수필·평론의 5개 장르를 중심으로 기술되는 것이 일반적인 체제이다.
이러한 문학의 근대중심주의와 협소한 장르체계에 대한 비판이 고전문학 쪽에서 주로 제기

문자가 성립되기 이전의 구비문학과, 역사 속의 사라진 장르들을 소중히 여겨 문학사에 복원하면서, 유사 이래로 있어 왔고 앞으로도 있을 어린이들의 문학을 국문학사에서 배제한 까닭은 무엇인지 따져 볼 필요성이 있다.

아동문학은 문학이 아닌가?

어른들의 문학만 문학이고 어린이의 문학은 문학이 아니라는 논리는 성립될 수 없다. 오히려 삶의 전 과정 중에서 가장 격렬한 성장의 시기에 있는 어린이들의 문학이야말로 더욱 중요하다는 데 이의를 제기할 사람은 없을 것이다.

그럼에도 국문학사에서 아동문학이 배제된 까닭은 무엇일까?

다음의 네 가지 대답을 가정해 볼 수 있다.

❶ 아동문학도 문학 일반에 포함되므로 굳이 따로 논할 필요가 없다.

❷ 아동문학은 독자 대상의 특수성에 따른 특수문학이므로 문학 일반론으로 다룰 수 없는 독자적인 영역이다.

❸ 아동문학은 국문학보다 교육학의 영역에서 연구가 이루어져야 한다.

❹ 아동문학은 질적으로 미비하여 학문적 연구의 대상이 될 수 없다.

이에 대한 반론을 마련하면 다음과 같다.

① 아동문학의 특수성에 대한 이해가 없는 관점이다.

되면서, 장르類와 장르種 개념을 함께 고려한 문학 범위 설정이 이루어지고 있어 한결 온당하다고 하겠으나, 여전히 아동문학에 대한 인식은 결여되어 있다. 예컨대 국문학 갈래 이론에 가장 심혈을 기울여온 조동일의 분류는 다음과 같다.
서정 : 서정민요, 고대가요, 향가, 고려俗謠, 시조, 잡가, 신체시, 현대시
교술 : 교술민요, 경기체가, 樂章, 가사, 창가, 假傳體, 夢遊錄, 수필, 서간, 일기, 기행, 비평
서사 : 서사민요, 서사무가, 판소리, 신화, 전설, 민담, 소설
희곡 : 가면극, 인형극, 창극, 신파극, 현대극.

②이러한 특수성이 국문학사에서 아동문학을 분리시켜야 할 이유가 될 수는 없다. 문학 일반론으로 함께 다루어야 부분과 전체가 더욱 온전해진다.

③어린이를 독자적 인격체가 아닌 '교육의 대상'으로만 여기는 봉건적 사고방식에서 나온 관점이다.

④아동문학을 유치하게 여기는 사고는 성인 주체 중심주의에서 비롯된다. 생애 첫 문학인 만큼 영향력 면에서 아동문학의 중요성은 더욱 강조될 수 있고, 문학의 온갖 원형적 요소가 집약되어 있기에 무한히 풍요로운 학문적 연구가 가능하다.

문학사에 기록을 하든 안 하든 어린이는 문학을 즐겨 왔고 앞으로도 영원히 그럴 것이다. 그러하기에 전체 국문학사에서 아동문학의 장르적 성격을 밝히고 위치를 분명히 하는 일은 중요하다. 전체 민족 구성원 중에서 가장 새로운 세대인 어린이들의 문학을 배제한 채 온전한 국문학사가 성립될 수는 없기 때문이다.

구비문학, 한문학, 국문 고전문학, 현대문학으로 나뉘어 존재하는 한국문학을 일관성 있는 체계에 따라 파악하기 위한 포괄적 장르이론이 요청될 뿐만 아니라, 고대로부터 심적·물적 원형을 이어온 아동문학의 중요성을 인식하고 그 성격적 원리를 규명하여 온당한 자리매김을 하는 일이 무엇보다 시급하다.

이 글에서는 아동 산문문학의 대표적 갈래인 동화와 아동소설의 장르적 특성을 다각도로 살펴봄으로써, 그러한 인식의 실천을 도모하고자 한다.

2. 동화와 아동소설의 장르 고찰

1) 문학 장르와 형성기점

문학 장르란 "작품 형성의 원리에 따라서 문학이 나뉘어 있는 모습"이고[3], 근본적으로 문학의 본질과 깊은 관련이 있다.

일반적으로 장르는 상위 개념과 하위 개념을 지니는데, 전자는 장르類로 후자는 장르種이라 부를 수 있다. 전자는 문학 장르가 지닌 일반적이고 고정적인 추상적 특질이며, 후자는 시대적 사회적 산물이며 구체적이고 변화성에 초점을 둔다.

가장 보편화된 장르의 분류체계는 문학을 픽션의 개념으로 한정한 서정·서사·극의 3분법[4]과 논픽션류를 포함한 4분법[5]이다.

조동일은 작자(작품 외적 자아)와 독자(작품 외적 세계), 주인공(작품 내적 자아)과 그의 환경 또는 부인물(작품 내적 세계)의 관계 양상에 따라 문학 장르를 다음과 같이 분류하였다.

> 서정 : 작품 외적 세계의 개입이 없는 세계의 자아화
> 교술 : 작품 외적 세계의 개입으로 이루어지는 자아의 세계화
> 서사 : 작품 외적 자아의 개입으로 이루어지는 자아와 세계의 대결
> 희곡 : 작품 외적 자아의 개입이 없는 자아와 세계의 대결

---

3) 조동일, 『한국문학통사』, 지식산업사, 1982, 18쪽.
4) 장덕순은 『국문학통론』(신구문화사, 1960) 31~40쪽에서 슈타이거의 견해를 참고하여 국문학을 서정적 양식, 서사적 양식, 극적 양식으로 나누었으며, 김동욱도 그의 『국문학개설』(민중서관, 1962) 3~6쪽에서 서정시·서사시·희곡으로 나누었다.
5) 서정·교술·서사·희곡으로 분류한 조동일의 4분법을 대표적으로 들 수 있다.

이러한 분류에 따른다면 동화와 아동소설은 둘 다 서사 장르에 포함된다. 그리고 고대 설화를 한 뿌리로 한다.

두 장르의 특성을 비교하기 전에, 먼저 양자의 개념과 관계를 정립할 필요가 있다. 아동소설의 개념이 비교적 분명한 데 비해, 동화는 폭넓은 의미 층위를 가지고 있기 때문에 아동소설과 동등한 잣대로 단순히 비교할 수 없기 때문이다.

소설을 서구의 노블(novel) 개념으로 받아들이는가, 우리 문학의 자생적인 갈래로 받아들이는가에 따라서 장르 성립 시기에 대한 견해 차이는 있지만[6], 동화가 고대인의 애니미즘적 세계관과 낭만성을 현재까지 지속적으로 유지해 온 데 비해, 아동소설은 근대에 탄생된 소설의 하위 장르로서 사실성·합리성·객관성을 특질로 한다.

일반적인 3분법에 의거 장르 양상을 도식화하면 다음과 같다.

[표 1]

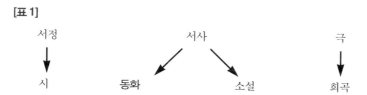

(일반시 – 동시) (일반동화 – **어린이동화**) (일반소설 – **아동소설**) (일반극 – 아동극)

아동문학은 독자 대상의 특수성에 따른 편의적 명칭이다. 어른문학이라는 명칭이 따로 존재하지 않는 것은, 일반적으로 어른들의 문학을 중심으로 삼는 인식을 반영한다.

---

6) 소설을 novel 개념으로 받아들인다면 산업화 이후에 생긴 근대적 서구 문학 양식을 수입한 것이 되고, 자생적인 것으로 본다면 그 시기는 좀더 빨라진다. (조동일은 중세에서 근대로의 이행기에 생성된 문학 장르로 본다.) 그러나 어떤 측면에서건 아동 독자의 생활을 사실적으로 나타낸 아동소설의 성립은 일제 강점기에 이루어진 것이 분명하다.

그런데 어른시, 어른소설, 어른극이라는 말은 사용하지 않지만 어른동화라는 용어는 널리 쓰이고 있다. 즉 다른 문학 장르에 비해 동화 장르의 첫 번째 수용자는 어린이라는 폭넓은 인식이 있는 것이다.

동화의 범주를 고유한 장르 개념이 아닌 '어린이들의 이야기(童話)'로 폭넓게 본다면, 아동소설은 동화 장르 안에 내포되는 관계이기도 하다.

[표 2]

동화(어린이들의 이야기) = 전래동화＋창작동화(**동화＋아동소설**)＋기타

‖

세계관 및 기법에 따른 분류

위와 같이 동화와 아동소설의 관계는 관점에 따라 다른 양상으로 드러날 수 있으므로, 어느 층위에서의 논의인지를 밝혀야 할 필요성이 있다.

이 장에서는 '어린이들의 이야기'라는 관점에서, 근대 아동문학이 형성되고 각각의 장르종을 형성하게 된 역사적 흐름을 살펴보고자 한다. 그런 과정 속에서 동화와 아동소설의 장르적 성격 차이를 보다 분명히 알게 될 것이다.

가라타니 고진은 「아동의 발견」[7]이라는 글에서 오늘날과 같은 개념의 '아동'이 발견되고 '문학'이 성립된 것은 근대 이후의 일이며, 아동문학의 성립은 당연히 그 이후에 이루어진 일이라고 하였다. 예컨대 근대 일본의 '의무교육'이 아이를 연령별로 따로 모아 놓게 됨으로써

---

7) 가라타니 고진, 『일본근대문학의 기원』, 박유하 옮김, 민음사, 1997, 151~179쪽.

종래의 생산 관계, 계급, 공동체에 구체적으로 속해 있었던 아이를 추상적이고 균질한 것으로 만들어 빼내었다는 것이다. 따라서 그 아이들의 '교육'을 위한 그들만의 교과서(읽을거리)가 필요해지게 되었고, 메이지 20년대에 일본의 아동 잡지는 그러한 학교 교육의 보조물로서 '아동'과 '아동문학'을 만드는 데 주요 역할을 했다고 한다.

아동문학을 근대적 개념으로만 한정해 온 것이 그간 아동문학계의 일반적인 통념이었고, 근래에 가라타니 고진의 개념을 한국 아동문학 형성 과정에 대입시켜 기존의 논의를 진전시키는 작업들이 이루어지고[8] 있다. 이러한 현상은 대단히 고무적이며 바람직한 일이지만, 그에 더하여 다면적이고 총체적인 시각을 보완할 필요성이 있다. 즉 근대 아동문학 형성과 전개 과정을 밝히는 데 머무르지 않고, 전체 국문학사 속에서의 지속과 변화의 운동 과정으로 파악해야만 한다.

우리 근대 아동문학이 일제 강점기에 형성되었고, 이때 '아동'과 '아동문학'의 개념이 정립된 것은 사실이다. 그러나 일본으로부터 유입된 서구 문학의 개념을 의문 없이 받아들여, 우리 옛이야기의 전통을 수용하고 탐구하기는커녕 단절하기에 급급하지 않았던가 하는 반성을 해볼 필요가 있는 것이다.

장르류는 시대를 초월하여 존재하지만, 장르종은 시대적 사회적 요구에 따라 끊임없이 생겨나고 사라진다. 문학의 제시 형식이 달라지고 문학 구조도 달라졌지만, 지속되는 측면을 부정하고 새로움만을 강조하다 보면 문학사의 각 시기는 단절되고 고립될 수밖에 없다.

---

8) 박숙경의 「한국 근대 창작동화 형성 과정 연구」(인하대 석사논문, 1999), 김화선의 「한국 근대 아동문학의 형성 과정 연구」(충남대 박사논문, 2002), 조은숙의 「한국 아동문학의 형성 과정 연구」(고려대 박사논문, 2005)이 있다.

'전래동화'라는 이름으로 설화가 지속적으로 어린이 독자에 수용되고 있고, 영웅의 일생이나 탐색 모티프 등 유형화된 양식[9]이 창작동화와 아동소설에 계승된다는 점에서, 전통의 지속을 전적으로 부인할 수 없다. 따라서 구비문학의 아동문학적 전통과 현대적 수용 양상을 탐구하는 일은 중요한 연구 과제 중의 하나라 하겠다.

창작동화와 아동소설의 장르 성립 기점을 조명해 보면, 육당의 『소년』(1908. 11~1911. 5.)지에서 아동문학 분리의 토대를 처음 마련하였고, 『붉은 져고리』 『아이들 보이』 『새별』 등 1910년대의 잡지들이 어린이 독자층을 차츰 명확히 인식하고 겨냥하게 되면서 근대적 아동문학이 형성되었으며, 1920년대에 오면 장르 개념이 확고하게 자리잡는 것을 볼 수 있다.

창작동화는 전통 옛이야기의 재화와 재창작, 구미 동화의 번역과 번안이라는 두 줄기의 큰 흐름을 수렴하며 형성되었는데, 처음에는 '이야기'로 칭해졌고 구비문학적 성격이 강하였으나, 차츰 문자문학으로서 미학적 형식을 강조하는 방향으로 나아갔다.

'동화'라는 명칭은 일본 아동문학의 영향으로 이 시기에 처음 등장하였으며 1920년대 초반에 장르 명칭으로 일반화되었다. 1921년 한석원의 『눈꽃』, 오천석의 『금방울』, 방정환의 『사랑의 선물』이 모두 '동화집'이라는 제하에 출간된 것이다. 그리고 1922년경부터 일간신문이 동화를 실었고, 현상 공모에도 동화를 포함시키기 시작했다. 우리나라 최초의 창작동화로는 일반적으로 마해송의 「바위나리와

---

9) Fowler, Kind of Literature, Clarenden Press, 1982.
　문학 장르의 종류는 역사적 산물이기 때문에 소멸하기 마련이지만, 파울러는 그것을 장르의 '변화'로 해석한다. 외적 형태는 끊임없이 그리고 급격히 변화하고, 이 변화의 중요한 국면이 양식이다. 양식은 앞서 있었던 종류가 소멸된 뒤에도 그 종류의 특징을 지니면서 어떤 다른 외적 형태 속에 통합되어 모든 시대에 지속될 수 있다.

1910년대 아동문학 태동기의 어린이 잡지들.

아기별」(『어린이』, 1926)이 손꼽힌다.[10]

한편 아동소설도 거의 같은 시기에 창작되기 시작하였는데, '哀話', '불상한 이약이', '소녀소품', '실화' 등의 이름으로 발표된 작품들이 그것이다. 초기에는 소설다운 사실주의적 문장과 구성을 갖추지 못하였고 지나친 낭만성으로 신파조로 흐르는 한계를 보였으나, 이러한 애화·실화류는 후일 카프 주도의 계급주의 아동소설로 그 맥이 이어지게 된다.

살펴본 바와 같이 동화와 아동소설의 두 장르는 근대문학 형성 초기에 거의 동시에 장르 개념을 구축하였고, 이후 주요한 작가들과 작품들의 목록을 추가하며 현재에 이르고 있다.

2) 동화와 아동소설의 특질

이번에는 고유한 문학 장르로서 동화와 아동소설은 어떤 특질을 가지는지 살펴보자.

최초의 동화론인 방정환의 「새로 개척되는 동화에 대하여」(『개벽』, 1923. 1) 이후, 아동문학인들 사이에 거듭되어 온 논의를 수렴하여 이재철은 다음과 같이 정리하였다.

동화(시적 환상)	아동소설(현실적 아동)
1. 전통적 문학 형식이다.	1. 근대적 문학 형식이다.
2. 산문시적 문학이다.	2. 산문문학이다.
3. 공상적·시적·상징적 문학 형식이다.	3. 현실적·구체적 문학 형식이다.
4. 시공을 초월하여 자유롭게 다룬다.	4. 현실적이며 필연적인 것으로 다룬다.
5. 소박하게 요약된 미적 표현으로 인간 일반의 보편적 진실을 그린다.	5. 인물의 성격이나 디테일까지도 〈사실〉에 입각해서 그려야 한다.
6. 로만주의적 문학이다.	6. 사실주의적 문학이다.

같은 서사 장르류이면서도 동화와 소설의 성격이 다른 까닭을 알아 보자.

우선 밖으로 드러나는 특징으로부터 논의를 시작하면, 소설은 경험적 현실세계의 법칙에 지배되는 반면 동화는 현실세계의 법칙에 구애받지 않는다는 차이를 주목할 수 있다.

즉 소설은 현실에 '있음직한' 인물과 배경과 사건을 그린다. 사실성 여부가 작품의 중요한 구성 원리가 되는 것이다.

이에 비해 동화에서는 사람뿐 아니라 사물, 상상적 존재도 등장인물이 되고, 시공간적 무대와 사건에도 정해진 한계가 없다. 즉 동화 장르는 사실성이 아니라 내적 진실성을 추구하며, 작품 구성 원리도 내적 질서의 지배를 받는다.

형상과 소리는 그 자체로 권력적이다. 보이지 않는 것, 침묵하는 것에 대하여 보이는 것, 소리를 내는 것은 이미 권력을 가졌다.

동화와 소설의 관계도 마찬가지다. '비현실적이며 허무맹랑'하다는 이유로 환상적 이야기가 배척당하고 공격당해 온 역사는 동서양을 막론하고 오랜 전통을 가지며, 현대에도 옛날 이야기나 창작동화의 비현실성에 대한 공격은 끊임없이 지속된다. 그리고 무질서 속에서 질서를 찾아 드러내는 고도의 창조적 능력인 상상력과 허무맹랑한 공상 사이의 느슨한 경계는 늘 논란의 여지를 남긴다.

그러나 '있는 현실'의 작품 내 수용 여부가 작품 성립의 기준이 될 수 없으며 상대적 가치 평가의 근거가 될 수는 더더욱 없다. 두 장르의 문학적 구심점은 모두 경험적 세계에 토대를 두고 있으되, 문학적

---

10) 이재철은 여러 저서에서 이 작품이 1923년 『새별』지에 발표한 것으로 기록하였으나, 원종찬에 따르면 이 시기에 구연은 하였지만 지면 발표가 이루어진 것은 1926년 『어린이』지가 최초라고 한다.

아동소설의 장르적 특성이 잘 드러나고 있는 현덕의
『나비를 잡는 아버지』(창비, 1993).

기능에 따라 '표현 양상'을 달리할 뿐임을 이해해야 한다.

그렇다면 동화와 아동소설의 성격적 특질은 오히려 작품 내적 세계관에서 찾아볼 수 있다.

자아와 세계의 관계 양상으로 설명하면, 소설은 자아와 세계가 서로 분리된 채 대결하며 상호 우위를 주장[11]하는 데 비해, 동화는 자아와 세계의 분리와 대결 정도가 약하고, 설령 대결을 하더라도 조화와 통합을 지향하는 속성을 지닌다.

장르적 특질을 비교적 잘 구현한 아동문학 작품을 예로 들어 분석해 보자.

먼저 대표적 아동소설인 현덕의 「나비를 잡는 아버지」[12]는, 자아와 세계의 대결 구도가 시종 첨예하다.

주인공 바우는 소학교 때 성적이 좋았음에도 가난 때문에 진학하

---

11) 조동일, 『한국문학의 갈래이론』, 집문당, 1992, 238~239쪽.
  이번 장의 논의는 조동일의 갈래이론에 힘입었다.
12) 현덕 외, 『나비를 잡는 아버지』, 창작과비평사, 1993.

지 못하고 소를 먹이며 틈틈이 그림을 그리는 것으로 마음을 달랜다. 그때 서울에서 상급학교를 다니다 방학이라 내려온 땅주인의 아들 경환이, 숙제를 한답시고 온 동네를 뻐기고 다니며 며칠째 나비를 잡아댄다. 경환으로 대표되는 힘있는 '세계'와 바우의 '자아'는 팽팽히 맞서고, 바우네 참외밭을 경환이 자기 집 땅이라며 짓밟아 놓는 바람에 급기야 충돌하게 된다.

하지만 세계는 자아의 반항을 용납하지 않는다. 부모님이 번갈아 경환의 집으로 불려 다니고, 나비를 잡아 가서 사과하지 않으면 이듬해 땅을 부칠 수 없다며 부모님의 닦달이 거세다. 그래도 바우는 끝내 고집을 꺾지 않는다.

그런 바우의 마음을 일시에 누그러뜨린 것은 힘있는 '세계'가 아니라 '똑똑지 못한 걸음으로 밭두덩을 지척지척 돌며' 나비를 잡느라 허우적대는 아버지의 모습이다. 바우는 '그 아버지가 무척 불쌍하고 정답고 그리고 그 아버지를 위하여서는 어떠한 어려운 일이든지 못할 것이 없을 것 같'이 되고 마는 것이다.

결말에 이르렀지만 자아와 세계의 그 어느 쪽도 달라진 것은 없다. 바우의 변화된 자아는 세계에 굴복하거나 순종함을 뜻하지 않는다. 오히려 자아의 한 단계 성숙을 의미하며, 그것은 곧 세계와 대결 방식의 변화를 예고한다. 자아와 세계가 분리된 채 끝까지 서로의 우위를 주장하는 이러한 구도는 전형적인 소설 장르의 특징을 나타내고 있는 것이다.

이번에는 동화 장르의 내적 특질 규명을 위해 권정생의 「강아지 똥」[13]을 살펴보자.

---

13) 권정생 외, 『똘배가 보고 온 달나라』, 창작과비평사, 1977.

돌이네 흰둥이가 누고 간 강아지 똥은, 타자를 통해 자신의 존재가 '똥 중에서도 제일 더러운 개똥'이라는 사실을 알게 되어 울음을 터뜨린다. 그러나 흙덩이와의 대화를 통해 자신의 존재에 대한 작은 희망을 갖게 된다. "하느님은 쓸데없는 물건은 하나도 만들지 않으셨어. 너도 꼭 무엇엔가 귀하게 쓰일 거야."

그러나 강아지 똥을 거들떠보는 이는 아무도 없다. 봄나들이 나온 병아리들조차 찌꺼기라면서 외면한다. 지상에서 철저히 소외된 강아

정승각의 일러스트로 새롭게 꾸며진 그림책 『강아지 똥』(권정생 글, 정승각 그림, 길벗어린이, 1996).

지 똥은 먼 하늘의 별을 우러르며 작은 희망을 끝내 버리지 못한다.

그러던 어느 날 강아지 똥 앞에 파란 민들레 싹이 하나 돋아나, 강아지 똥에게 거름이 되어 주길 청한다. "너의 몸뚱이를 고스란히 녹여 내 몸 속으로 들어와야 해. 그래서 예쁜 꽃을 피게 하는 것은 바로 네가 하는 거야." 강아지 똥은 벅차오르는 기쁨에 민들레를 꼬옥 껴안는다. "내가 거름이 되어 별처럼 고운 꽃이 피어난다면, 온몸을 녹여 네 살이 될게."

비에 온몸이 자디잘게 부서진 강아지 똥은 민들레의 뿌리로 모여들어, 줄기를 타고 올라가 꽃봉오리를 맺게 한다. 활짝 피어난 민들레꽃은 샛노랗게 햇볕을 받아 '별처럼' 반짝인다.

이 동화에서 자아와 세계는 처음에 서로 대결하지만 결말 부분에서 통합을 이루며 신화적 질서로 승화된다. 신화적 질서란 자아와 세계가 분리되지 않은, 논리 이전의 총체성을 뜻한다.

그런데 신화에서는 자아와 세계가 다함께 강조되면서 서로를 보완하는 역할을 하는 데 비해, 동화에서는 처음에는 평균보다도 열등했던 자아가 결말에 이르러서는 일방적으로 세계를 자아화함으로써 변증법적 통합을 이룬다.

세계의 자아화란 서정의 대표적 특질로서, 슈타이거의 '회감(回感)' 개념과 일치한다. 회감은 자아와 세계의 미분리 상태를 가리키는 말이며, 이는 곧 양자 사이의 거리가 없다는 뜻이다. 이 회감의 작용 때문에 서정에서는 자아와 세계뿐만 아니라 리듬과 의미, 과거·현재·미래도 구분되지 않고 조화적으로 융합되어 있다.[14]

아동소설이 순수 산문인 데 비해 동화가 산문이면서도 시적인 성

---

14) 김준오, 『한국 현대장르비평론』, 문학과지성사, 1990, 68쪽.

격을 가지는 까닭은, 바로 이러한 회감 작용 때문이다. 자아와 세계, 의식과 무의식이 부드럽게 융합된 전 논리적 세계에서 독자는 초자아, 자아, 욕망의 총체적 인격 통합을 경험할 수 있다.

동화와 아동소설은 그 기능에 따라 성격이 달라진다. 소설이 사회 참여적 장르라면, 동화는 우주 참여적 장르이다. 현실 법칙 이상의 우주적 질서를 반영한다.

그러므로 환상 기법을 차용하였더라도 낡고 왜곡된 현실 질서에 독자를 얽어매는 동화는 진정한 동화가 아니다. 이를테면 일의적 교훈으로 귀결되며 현실 논리를 강화시키는 우화는 동화가 아니다.

이에 비해 사실주의 기법을 사용하였더라도 자아를 고양하고, 신화적 통합을 지향하며, 삶을 신선하게 되비쳐 우주적 질서를 구현해 보이는 소설은 동화가 될 수 있다.

대표적 작품으로 권정생의 『몽실언니』를 꼽을 수 있다. 이 작품은 한반도의 가장 참혹했던 시기인 전쟁과 분단 무렵을 배경으로, 장애를 가진 작은 소녀가 온몸으로 삶을 헤쳐 나가는 과정을 그렸다. 객관적이고도 사실적인 작품임에도 불구하고, 몽실의 순연함과 변함없이 흘러넘치는 사랑의 에너지와 삶에 굴하지 않는 끈질긴 의지가 이 소설을 동화로 만든다. 인간다운 어떤 고결함과 삶의 깊은 진정성이 작품에 구현되어 있어, 우주적인 빛을 발하고 있기 때문이다.

3) 장르 혼합과 아동문학적 특질

장르는 절대적으로 순수하기 어려우며, 모든 문학은 혼합적 성격을 가질 수 있다. 이럴 때는 주된 장르와 부차적 특성으로 이름 붙일 수 있다. 예컨대 시적 특성을 가진 동화는 '서정적 서사'라 할 수 있겠다.

동화와 아동소설의 장르 혼합은 특히 심하다. 자라는 과정에 있는 어린이들을 배려하여 자아와 세계의 대결 양상을 성인소설의 그것처럼 극단적이고 치열하게 설정하지 않는 반면, 화해와 통합의 세계관은 아동문학이 지향해야 할 기능으로 널리 인식되고 있기 때문이다.

확실히 아동문학은 일반문학과 다른 기능과 성격을 가진다. 사계절의 변화를 탄생과 죽음에 이르는 삶의 운동 과정에 대응시켜 문학 장르를 희극·로망스·비극·아이러니로 나누어 설명한 노드롭 프라이[15]의 견해를 참고하면, 아동문학은 봄과 여름에 해당되는 희극과 로망스의 성격을 가진다.

프라이에 따르면 비극은 "비교적 자유로운 삶을 인과관계의 과정 속에 제한시켜 버리는 행위"인 데 비해, 희극은 기존 사회의 속박으로부터 "젊음과 자유에 의해 지배되는 사회로의 움직임"이며, 주인공으로 하여금 "안정되고 조화로운 질서"에 이르게 하는 행위의 구조이다. 또 로망스 내의 운동은 매우 바람직한 세계 안에서의 운동이다.

프라이는 또 주인공의 행동 능력과 환경에 따라 문학을 다섯 가지로 나누었다.[16]

❶ 종류(Kind)에 있어 주인공이 다른 사람보다 뛰어나고 그의 환경도 다른 사람의 그것보다 뛰어나면 이것은 신화다.

❷ 로망스의 주인공은 종류가 아니라 정도(degree)에 있어 다른 사람보다 뛰어나고 환경도 뛰어나다. 전설·동화도 이에 포함된다. 여기서는 일

---

15) N. Frye. Anatomy of Criticism. 임철규 역, 한길사, 1982.
16) 김준오, 『문학사와 장르』, 문학과지성사, 2000, 167쪽.

상의 자연법칙이 일부 보류된다. 곧 도깨비나 마녀가 기적을 일으키는 일
도 개연성에 위배되지 않는다.

❸ 대부분의 서사시와 비극의 주인공. 정도에 있어서는 다른 사람보다
뛰어나지만 그가 타고난 환경에는 지배받는다. 곧 자연의 질서에 지배된
다. 이것은 상위 모방이다.

❹ 대부분의 희극과 리얼리즘 소설처럼 주인공과 그의 환경이 우리와
같으면 이것은 하위 모방이다. 여기서는 주인공은 개연성을 지키게끔 요
청된다.

❺ 주인공이 힘과 지성에 있어 보통 사람보다 못해서 우리가 그를 경멸
의 눈초리로 내려다본다면 이것은 아이러니 양식이다.

일반문학에 비해 아동문학의 주인공은 상위 단계에 머물러 있고,
아동소설보다는 동화가, 그보다는 전래동화의 주인공이 더욱 상위
단계에 속해 있음을 볼 수 있다.

동화의 주인공은 그 정도에 있어 처음에는 열등하고 세계에 패배
하는 것처럼 보일지라도, 결말에 이르면 세계와 상호보완적 통합을
이루거나 세계를 자아화하는 능력을 발휘한다. 아동소설에서 자아가
환경의 지배를 받고 세계의 횡포에 심한 고통을 받을지라도, 내적 자
아가 세계에 굴복하거나 비굴해지는 결말은 없다.

이것은 일반문학에 비해 아동문학의 기능이 다른 데서 오는 성격적
특질이다. 앞으로 부딪쳐야 할 거대한 세계에 맞설 자아의 힘을 기르
는 일이야말로 삶의 첫 출발점에 선 어린이들에게 가장 시급하고도
긴요한 일이기 때문이다. 동서고금의 수많은 동화들은 삶을 안전하게
걸어가는 데 도움이 되는 지혜와 더불어, 자아에 허락된 무한한 가능
성과 힘과 아름다움에 대해 지속적으로 속삭임으로써, 자아를 신뢰하

고 세계와 당당히 맞서며, 나아가 세계를 포용하도록 격려한다.

이에 비해 일반문학은 각 단계의 어른들이 해결해야 할 당면 과제들—꿈보다는 현실과 있는 그대로의 자신을 솔직히 인정하고, 받아들이고, 개혁하고, 초월하고, 이타성을 개발하는 등—을 다루게 되며, 인생의 가을과 겨울에 해당되는 단계인 만치 상대적 비극성이 두드러지게 됨은 당연한 일이다.

아동문학의 특질은 표현 양상에서도 찾을 수 있다. 아동문학은 몸을 통한 '체험'[17]에 호소한다면, 성인문학은 '사유'를 중시하는 특징을 보인다.

체험과 사유의 관계는 미메시스와 합리성의 관계와 비슷하다.

선사시대 인간의 자연에 동화하려는 미메시스적 행동방식은 자연의 공포를 제거하지도, 개념에 의해 자연을 고정시키거나 지배하려 하지도 않는다. 미메시스는 생물에 내재한 경향으로 자기를 내세우기보다는 주변세계 속에서 자신을 잃어버리는 것, 대상을 그대로 내버려 두는 것, 자연 속에 침잠하는 것이다.[18]

유년기에는 누구나 순수한 미메시스적 능력을 가진다. 주체적 체험과 미묘하고 분화된 감수성으로 직관적 인식에 도달한다. 이러한 독자의 특성을 반영하여, 동화와 아동소설을 불문하고 아동문학은 오감 이미지를 통해 '몸' 체험을 일깨우는 구조를 가진다.

---

17) 김유동 지음, 『아도르노 사상』, 문예출판사, 1993.
    아도르노에게 체험(Erfahrung)은 물화된 세계로부터, 그리고 강압(Zwang)이 된 체계로서의 인식에서 벗어날 수 있는 유일한 통로이다.
18) 김유동, 위의 책, 147~149쪽.

3. 아동문학 연구자의 과제

서두에서 아동문학이 국문학에서 소외된 현실에 문제 제기를 하였고, 이 글은 아동문학의 정당한 자리매김을 위한 실천의 한 방편임을 밝혔다. 그리고 동화와 아동소설의 장르적 특성을 규명하기 위해 통시적·공시적·작품 자체의 분석을 함께 하였다.

동화와 아동소설은 같은 서사류에 속한 두 갈래의 장르종으로 우열관계가 성립될 수 없으며, 기능에 따라 표현 양상이 다를 뿐이다. 아동소설은 경험적 세계를 사실적으로 보여줌으로써 현실적 정보를 주고 객관적 인식을 돕는 반면, 동화는 경험적 세계 너머 우주적 질서를 경험하게 하고 해방감을 맛보게 하며 자아의 강화에 기여한다.

두 장르는 어린이의 긍정적 자아 개념 및 바람직한 세계관의 형성을 돕는 상호보완적 기능을 가지며, 연령이 어릴수록 물활론적 사고가 강하므로 동화 장르의 역할에 중점이 주어지고, 자아와 세계의 건전한 분리를 추구해야 할 고학년 시기에 이르면 소설 장르의 역할이 보다 크게 요구된다.

아동문학 장르의 분류를 명확히 하고, 고유한 성격과 기능을 탐구하는 일은 대단히 중요하다. 그것은 곧 아동문학의 본질을 해명하는 일이기 때문이다. 각 장르의 본성과 기능과 미학적 원리를 체계적으로 규명함으로써 아동문학의 참다운 가치를 논할 수 있고, 이러한 근거 위에서 아동문학에 대한 온당한 인식을 도모할 수 있다.

아동문학 연구에 대한 학계와 사회 일반의 이해가 없고, 축적된 연구 성과도 빈한하며, 노력에 비해 보상의 여지가 너무나 미미한 것이 우리의 현실 여건이다. 그러나 언제까지나 개인적 소명의식만 강조하는 데 머물러서는 안 될 것이며, 주체의 자발성으로 본질을 추구하되 객체와 널리 소통을 추구하여 현실적 배려를 확보하는 데까지 이르러야 한다. 그렇게 하지 않고서는 아동문학 연구 성과의 지속적 축적을 후진에 기대할 수가 없다. 이러한 점을 자각한다면 아동문학 연구자가 할 일은 많고도 중하다. 함께 고민하고 실천하면서 아동문학의 학문적 바탕을 다지고 사회적 인식을 마련해 가야 한다.

이성과 감성, 의식과 무의식, 너와 나의 분리가 이루어지기 전 사물과 온몸으로 교감하는 어린 날, 생의 최상의 것들을 보여주고 경험하게 하고 즐기게 해주는 일은 참으로 중요하다. 유년의 체험은 개인의 일생을 관통하고 한 사회의 미래의 성향을 결정한다는 점에서, 아동문학과 아동문학 연구의 중요성은 더욱 강조될 수 있을 것이다.

(『아침햇살』, 2001. 봄호)

어린이들에게 옛날 이야기는 무엇인가?

1. 들어가며

현대의 어린이들은 최첨단 영상 매체를 생활의 일부로 받아들이는가 하면, 아득한 옛날 이야기인 전래동화를 즐긴다. 어린이들의 그 폭넓고 유연한 수용력에 감탄하면서, 한편으로는 시공간을 초월하여 변함없이 어린이들을 사로잡는 옛날 이야기의 힘을 새삼 주목하게 된다.

고대로부터 입에서 입으로 전해져 내려온 민족의 공동 창작, 그 나라 민중의 보편적 가치관과 꿈, 정서가 담겨 있고 어린이의 도덕성 형성에 영향을 준다는 일반적 상식 이상의, 옛날 이야기 자체의 고유한 가치를 탐구해 볼 필요성이 있다.

옛날 이야기에 관한 선행 연구를 살펴본 결과, 다른 나라들과 마찬가지로 민속학 분야에서 가장 먼저 구비문학의 중요성을 인지하고 자료를 발굴 채록하여 연구를 위한 중요한 발판을 마련하였음을 알 수 있었다.

그런데 '어린이를 위한 옛날 이야기(전래동화)'에 대한 이해와 관심이 부족하다 보니, 몇몇 부적절한 개념이 발견되기도 한다.

옛날 이야기를 가장 활발히 연구하고 있는 영역은 교육학 분야인데, 프랑스 페로(Perrault)의 『지나간 옛이야기 모음』이나 독일의 그림 형제(Jacob Grimm & Whihelm Grimm)의 『어린이와 가정을 위한 동화집』 같은 구비문학적 원형에 충실한 규범적 텍스트가 마련되지 않은 상황에서 시중의 전래동화집을 무분별하게 분석 대상으로 삼는 한계[1]가 눈에 띄었고, 주로 교육적 입장 즉 효용의 측면에서만 접근하고 있다는 점도 아쉬웠다.

한편 문예학 쪽에서는 옛날 이야기가 창작문학이 아니기 때문에 민속학이나 교육학의 영역이거나, 아니면 아동문학 전공자의 몫으로만 여기는 듯 관심을 기울이지 않는 실정이다.

언어학, 심리학, 일러스트레이션, 공예 디자인, 음악 교육 등 다양한 영역에서 전래동화 관련 논문이 나오고 있으나, '옛날 이야기' 그 자체의 고유한 가치를 밝히고자 천착한 글은 거의 찾아볼 수 없었다.

각 분야의 연구 상황을 두루 살펴보면서, 각 영역에서 혼란스럽게 나타나는 옛날 이야기의 개념과 용어 등의 문제를 새롭게 정리하고, 어린이들에게 있어 옛날 이야기는 과연 어떤 의의를 갖는지 종합적으로 추스려 볼 필요성을 느껴 이 글을 쓴다.

---

[1] 옛날 이야기는 각 시대의 정신을 수용하여 조금씩 변화한다는 특성을 갖고 있지만, 단지 흥미를 위하여 전혀 별개의 모티프를 마음대로 결합(각 나라의 민화를 뒤섞어 새로운 이야기를 만드는 등)시키거나, 자의성을 과도하게 개입시키는 등 우려할 만한 현상을 자주 목격할 수 있다.

2. 연구 성과와 문제점

1) 민속학에서의 옛날 이야기

우리나라에서는 장덕순이 설화를 신화·전설·민담으로 분류한 이 래, 대체로 3분법이 통용되고 있다. 어린이들을 위한 옛날 이야기는 민속학에서 따로 개념 정의되고 있지 않은 형편이며, 일반적으로 앞 의 3분법에 의거, 민담과 동일한 개념으로 수렴되고 있다.

① 민담이라는 용어 이외에 민화, 동화, 전래동화 등 학술용어가 있다. 우리나라의 관용어로는 이바구, 이야기, 옛날 이야기, 옛말 등이 있다. 한 때 민화라는 말을 많이 사용했는데 이 말은 민간설화의 약어이며 동화와 전래동화는 민담이 주로 어린아이에게 들려주는 것이라는 개념에서 불리 어진 말이다.[2]

② 민간 서사문학 가운데서도 민담은 민간고사·민화·동화·요정담 등 으로 불리는 설화의 한 갈래이다. 〔…중략…〕 민담은 지식 계층보다 무식 계층, 남자보다 여자, 어른보다 아이들의 취향에 더 어울리는 이야기이 다. 〔…중략…〕 민담이 기본적으로 환상 양식을 지향하여 발전되고 정착 된 중요한 이유를 여기서 찾을 수 있다.[3]

신화는 기원을 설명하는 것으로 믿어지는 이야기로 경험적인 것과

---

2) 김선풍 외 3인 공저, 『민속문학이란 무엇인가』, 집문당, 1993, 24쪽.
3) 민속학회, 『한국 민속학의 이해』, 문학아카데미, 1994, 335~343쪽.

초경험적인 것을 한데 아우르는 진실성을 지니며 신성하다고 인정되는 이야기이다.

전설은 구체적으로 제한된 시간과 장소를 이야기의 증거물로 제시하는 특징이 있으며, 주인공이 시대와 지역의 제한을 받는 구체적·역사적 인물이고 비극성이 두드러진다. 우리나라 각 지역에 널리 분포되어 있는 아기장수 설화, 장자못 전설 등이 대표적인 경우이다.

신화와 전설이 사실성에 뿌리를 두고 있고 이 점에 대한 신뢰가 이야기에 대한 가치 인식의 출발점이 된다면, 민담은 화자와 청자 모두 꾸며진 이야기임을 긍정한 데서 이야기로 성립되고 흥미 자체가 목적이 된다.

그런데 위에서 든 보기에서처럼, '어린이를 위한 옛날 이야기'를 '민담'의 개념에 한정시키는 것은 명백한 잘못이다. 어린이들을 위한 옛날 이야기 속에는 신화, 전설, 민담이 모두 포함되기 때문이다.

예를 들면 한 유치원 어린이를 대상으로 그들이 좋아하는 전래동화를 조사한 연구 결과 총 75명의 어린이 가운데 42명이 〈선녀와 나무꾼〉을, 37명이 〈해와 달이 된 오누이〉를 알고 있다고 응답하였고, 외국 명작동화와 비교한 선호도 면에서 각각 5위와 8위를 차지[4]하였다. 그런데 〈선녀와 나무꾼〉은 금강산을 무대로 하는 전설이며, 〈해와 달이 된 오누이〉는 일월신화이다.

위의 경우 외에도 〈단군 신화〉, 〈주몽 신화〉 등 많은 신화와 〈명당 전설〉, 〈오누이 힘내기 전설〉 등의 전설, 〈금도끼 은도끼〉, 〈토끼와 거북이〉 등의 민담이 구분되지 않은 채 어린이들에게 주어지고 있다. 〈금도끼 은도끼〉는 민담이고 〈연오랑 세오녀〉는 일월신화라는

---

4) 장지영, 「전래동화에 대한 유아의 인식」, 이화여대 대학원 석사논문, 1995, 35쪽.

임동권이 엮은 민담집(『한국의 민담』, 서문당, 1972).

차이점을 어린이들이 알 리도 없고 관심을 가지지도 않는다. 어린이들에게는 모두 똑같은 옛날 이야기일 뿐인 것이다. 물론 어린이들에게 '신화와 전설은 이렇게 다르다'라고 지식을 가르칠 수도 있지만, 이야기 자체를 즐기는 것과는 다른 차원의 일이다.

따라서 어린이들을 위한 옛날 이야기를 민담의 개념으로 제한하는 것은 적절하지 못하며, 옛날 이야기의 하위 개념으로 신화, 전설, 민담이 분류되어져야 한다.

아울러 민속학 연구자들이 공통으로 들고 있는 민담의 요소들— '옛날 옛적에'로 시작되는 정형화된 서두와 결말, 반복, 대립, 그리고 단선적, 누적적, 연쇄적 구성들 역시 '민담'만의 특성이 아닌 '옛날 이야기'의 특성으로 규정되어져야 한다. 신화와 전설 역시 거의 같은 구조이기 때문이다.

어린이들을 위한 옛날 이야기를 민담의 개념에 한정시킨 것은 독일의 메르헨이나 서구의 요정담 개념을 우리의 민담에 바로 대입시킨 결과이다. 그러나 우리나라 구비문학만의 특성이 있거니와, 페로 동화집이나 그림 동화집 같은 어린이에게 적합한 구비문학 텍스트가 마련되지 않은 상황에서 민담 전체를 동일 선상에 놓고 같은 개념을 적용시킬 수는 없다. 민담에는 어린이뿐 아니라 어른들끼리만 즐길 수 있는 이야기도 포함되기 때문이다. 성(性)을 주제로 한 민담도 양적으로 결코 무시할 수 없는데, 한꺼번에 두루뭉실하게 '민담'으로 묶어 전래동화의 개념을 대입시키는 것은 무리다.

다시 정리하면, 전체 설화 가운데 어린이들이 즐기고 그들에게 알맞은 이야기가 바로 어린이들의 옛날 이야기(전래동화)이며, 그 속에 신화·전설·민담이 모두 포함될 수 있다.

그림으로 나타내면 다음과 같다.

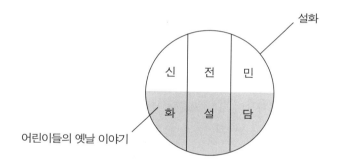

넓은 의미에서의 옛날 이야기는 '설화'라는 용어로 널리 쓰이고 있는 만큼, '옛날 이야기'는 '어린이들의 옛날 이야기'라는 축소된 개념으로 사용하는 것이 바람직하다고 생각한다.

교육학 쪽에서 일반적으로 쓰고 있는 '전래동화'는 문자와 문학의 등장 이후에 성립된 용어이므로 민속학의 용어로는 적절치 않아 보인다.

2) 아동문학에서의 옛날 이야기

아동문학의 주요 연구 대상이 근대 창작문학인 만큼 전승문학인 옛날 이야기에 대한 논의는 일반적이고 상식적인 수준에 머물고 있다. 그러나 민속학 쪽에 비해 '어린이들을 위한 옛날 이야기＝전래동화'의 뚜렷한 인식을 갖고 있음을 볼 수 있었다.

단군 신화는 그 가장 오래된 동화문학적 원형이 될 것이며, 주몽 신화는 보다 동화적 본질에 접근된 이야기로서 흥미와 곡절로 가득 찬 동화 발생기의 원초적 형태라 할 것이다. 이밖에도 동화문학적 원형을 보여주는 것들로는 신라의 시조 신화들(박혁거세, 석탈해, 김알지 신화), 가락국의 수로왕 신화, 제주도의 삼성시조 신화 등 『삼국사기』, 『삼국유사』나 『고려사』, 『동국여지승람』 등에 전하는 정착 신화나 현재 구전되고 있는 몇몇 천지창조나 홍수에 관한 창세 신화 등을 지적할 수 있을 것이다.

그러나 전래동화로서의 참 모습을 보여주는 문헌상 오래된 작품을 찾는다면, 신라에서 구전되는 旁𧎚說話와 龜兎說話를 들 수 있다.[5]

한국 아동문학의 구비문학적 전통을 논함에 있어 전래동화를 설화의 하위 장르인 민담의 개념으로 한정하지 않고, 신화, 전설, 민담을 두루 아우르는 개념으로 받아들이고 있는데, 다른 논자들도 대체로 일치하는 견해이다.[6]

---

5) 이재철, 『아동문학개론』, 문운당, 1967, 37쪽.
6) ① 김현희·홍순정 공저, 『아동문학』, 한국방송대출판부, 1993, 70~103쪽.
　② 석용원, 『아동문학원론』, 학연사, 1992, 57쪽.
　③ 유창근, 『현대아동문학론』, 동문사, 1989, 146쪽.
　④ 이상현, 『아동문학강의』, 일지사, 1987, 68쪽.

그러나 민속학적 이해가 부족하여 개념 정의와 용어 선택에 많은 혼란을 보인다.

① 민간 사이에서 떠돌던 '선녀와 나무꾼'이나 '호랑이와 곶감' 같은 이야기를 '옛날 이야기'라 불러왔는데, 근년에는 '민화'라고 부르는 사람들이 많아졌다. 〔…중략…〕 '민화'는 '민간 설화'의 준말로 전설, 세상 이야기, 수수께끼, 속담 등을 포함한 민간 전승문예 전체를 가리키고, '옛날 이야기'는 그 일종인 특정한 양식을 가진 이야기라고 하는 편이 타당할 것 같다.[7]

② 전래동화는 옛날 이야기, 신화, 전설, 우화, 민화 등을 뿌리로 하고 있는 문학이다. 전래동화는 흔히 옛날 이야기와 同槪念으로 보려는 견해가 많이 있다.[8]

아동문학에서 옛날 이야기는 민담, 전래동화, 민화 등으로 다양하게 불리며, 그 가운데 전래동화가 가장 많이 쓰이고 있다. 문예학에서는 창작동화와 대응되는 전래동화라는 용어가 허용될 수도 있겠으나, 본래의 구비문학적 성격을 온전히 반영하는 '옛날 이야기' 또는 '옛이야기'를 학술 용어로 사용하는 것이 바람직하다고 생각한다.

3) 교육학에서의 옛날 이야기

교육학에서는 '전래동화'라는 용어를 일반적으로 쓰고 있는데,

---

7) 석용원, 위의 책, 57쪽.
8) 유창근, 위의 책, 147쪽.

어린이들을 위한 옛날 이야기의 개념을 명확하게 인지하고 있지는 않다.

전술한 바와 같이 교육학 분야에서 옛날 이야기에 관한 연구가 가장 활발히 이루어져 왔는데,[9] 최운식, 김기창의[10] 진전된 논의가 비교적 눈에 띈다.

이 책은 영국의 포크테일(folktale)과 독일의 메르헨(marchen) 개념을 우리 전래동화에 바로 적용시킬 수 없는 이유를 밝히고, '설화 가운데 그 밑바닥에 동심을 깔고 있는 이야기는 전래동화'로 옛날 이야기의 개념을 명확히 하였으며, 우리나라에서 발간된 전래동화집 목록을 수록하는 등 상당한 성과를 축적하였다.

이상으로 전체적인 연구 상황을 종합해 볼 때, 구비문학적 원형을 충실히 살린 어린이를 위한 옛날 이야기의 규범적 텍스트를 확보하는 일이 시급히 필요하다고 생각된다. 그리고 주로 교육적 효용성에 입각한 연구에 치우치고 있다는 점에서 다양한 관점에서의 섬세한 조망이 요청되고, 특히 옛날 이야기 자체의 고유한 가치를 밝혀내기 위한 문예학적 관심이 절실히 요구된다.

3. 어린이에게 옛날 이야기는 무엇인가?

시공을 초월하여 어린이들이 옛날 이야기를 좋아하는 까닭은 무엇이며 옛날 이야기의 진정한 가치는 어디에 있는지, 다음과 같이 의의를 찾아보았다.

---

9) 필자가 2001년에 검토 확인한 관련 학위 논문만 사십여 편이었다.
10) 최운식 · 김기창, 『전래동화 교육의 이론과 실제』, 집문당, 1998.

1) 옛날 이야기는 놀이의 연장이다

놀이는 현실의 쓰임새에서 자유로운 것으로, 심리적으로나 시간적으로 한가로운 공간에서 이야기가 이루어져 왔다는 점에서 옛날 이야기의 놀이적 성격은 분명하게 드러난다. 외적 효용성이 아닌 오직 내면의 흥미를 따라 움직이는 어린이들은 진정한 놀이정신의 소유자로서, 그들에게 옛날 이야기의 세계는 무한히 매력적인 놀이 공간이다.

상상력을 통해 내용을 전달하는 옛날 이야기 구조와 상상력을 통해 사물을 이해하는 어린이들의 사고 구조는 일치한다. 물활론적 사고를 하는 어린이들에게 현실과 환상의 경계는 불분명하며, 초현실적 옛날 이야기의 세계 속에 살고 있는 초월적이고 마법적인 존재들과 마음껏 어울려 '노는' 즐거움이야말로 유년기에 주어진 특권이자 축복인 것이다.

옛날 이야기가 주는 재미는 내용과 그것의 표현이라는 측면에서 함께 말해질 수 있다. 그 둘을 분리해도 된다면, 내용적 측면에서 옛날 이야기 속에는 오랜 세월을 거치며 걸러지고 정선되어 혼만이 남은 원형(archetype)이 담겨 있다. 이 미지의 심적 세계는 개인과 인류에 관한 핵심적 정보의 저장고로서, 나는 누구이며 사람은 어떤 존재인가에 대한 풍부한 해답을 함축하고 있다. 어린이들이 이야기를 좋아하는 이유 중의 하나는 몸만큼이나 정신도 성장하려는 본능 때문이지만, 어린이들은 자신이 매료되는 이유를 알지 못한 채 이야기의 재미에 순수하게 몰입하는 것이다.

그런가 하면 옛날 이야기의 표현 방식은 세상을 처음 인지해 가는 어린이들에게 매우 적합하다. 뚜렷한 주제, 단순 명료한 구성, 간결하고 쉬운 언어, 선명한 대립, 심적 만족을 주는 결말 등 어린이도 즐

어린이를 위해 새롭게 꾸며진 바리공주 이야기(신현득
지음, 『우리 옛 이야기 바리공주』, 현암사, 2005).

길 수 있는 소박한 구조로 이루어져 있다.

의성어 의태어와 함께 반복적, 연쇄적, 누적적, 회귀적 구성도 어
린이들의 심리와 육체에 동시에 호소한다. 인체의 심장 박동 소리처
럼 규칙적이고, 자연의 구조처럼 순환적인 형식은 어린이들의 육체
적 감관을 자극하여 즐거움을 느끼게 해준다. "여우야 여우야 뭐하
니?" 또는 "꼬마야 꼬마야 뒤를 돌아라" 같은 어린이들의 놀이 노래
처럼, "떡 하나 주면 안 잡아 먹지" 같은 동일 화소의 반복은 리듬으
로 작용한다.

피에르 부르디외에 따르면 '리듬은 말 없이도 스스로를 전달한다.
음악은 혼의 상태와 결부되어 있지만 이것은 동시에 신체의 상태 또
는 이전의 용어대로 하면 체액의 상태와 결부되어 있기 때문에, 사람
을 매료시키고 열광시키며 감동시키게 된다. 음악은 말의 저편에 있
기보다 말의 이편에, 즉 신체의 제스처와 움직임의 리듬 속에 있다.'[11]

---

11) 피에르 부르디외, 최종철 옮김, 『구별짓기: 문화와 취향의 사회학』, 새물결, 1995, 143쪽.

즉 옛날 이야기의 표현 자체에 어린이의 감관을 자극하여 즐거움을 느끼게 하는 요소가 내장되어 있는 것이다.

그리고 인지력과 이해력이 부족한 어린이들에게 같은 모티프의 반복은 집중력과 기억력을 길러 준다. 세 가지 소원, 세 가지 보물, 삼형제 등 비슷한 이야기를 접하면서 이야기의 유형적 패턴을 쉽게 익힘으로써 차차 하나의 이야기와 비슷한 이야기 사이의 차이를 알아차릴 수 있게 된다. 자신이 잘 아는 것일수록 다른 비슷한 것과의 차이를 쉽게 분별해낼 수 있으므로 변별의 능력 이전에 유형화의 과정이 있어야 하는데, 옛날 이야기의 반복적 구조는 이러한 유형화 작업이 효율적으로 이루어지도록 돕는다.

그리하여 어린이들에게 있어 옛날 이야기를 듣거나 읽는 일은 오히려 음악을 감상하는 일과 비슷하다. 예컨대 동일한 '캐논변주곡'이 악기나 연주자에 따라 독특한 차이를 가지며, 그 곡을 잘 알수록 차이를 쉽게 느끼고 그것을 즐기게 되듯이, 어린이들은 비슷한 패턴의 옛날 이야기를 지치지 않고 되풀이해서 듣고 읽으며 노는 가운데 문학의 기본 구조를 익히고 차이를 알아차리고 즐기는 지적 성장 과업을 수행하는 것이다.

2) 옛날 이야기는 정서적 교감을 매개한다

화롯가 이야기(fire side story)라는 명칭이 말해 주듯이, 어느 나라에서나 옛날 이야기는 평온한 분위기에서 어른들이 자녀들에게 이야기를 들려준 데서 시작되었다. 화자와 청자가 얼굴을 대면하는 가운데 구연이 이루어지는 구비문학의 특성상, 옛날 이야기는 주로 친근한 관계 속에서 전해지게 된다. 특히 가정에서의 구연은 혈연관계에서 사랑으로 이루어지기 때문에 어린이에게 단순한 이야기 이상의 정서적 경험이 된다.

일본의 그림책 작가이자 이론가인 미쓰이 다다시는 그의 책에서, "나에게 있어서 어머니가 그림책을 읽어 주는 시간이야말로 어머니를 독점할 수 있는 기쁜 시간이었지요. 50여 년이 지난 지금도 그 시절 어머니께서 읽어 주신 그림책 속의 그림을 선명하게 기억합니다. [⋯중략⋯] 교과서는 반복해서 읽을 뿐만 아니라 한 자 한 자 자세히 가르침을 받았습니다. 그럼에도 불구하고 거의 기억하지 못하는데, 어머니가 반은 졸면서 읽어 준 유아기의 그림책 체험은 마음속에 선명하게 남아 있습니다."[12]라고 하였다. 어린 시절에는 사물을 개념이 아니라 이미지와 감각으로 통째로 수용한다는 점을 고려하면 쉽게 수긍이 가는 구절이다.

세상과 처음 대면하는 어린이들에게 사물의 형상들은 '있는 그대로의 전체'인 아우라[13]의 상태로 무의식에 스며든다. 더구나 사랑의 관계 속에서 마음을 열고 기쁨과 즐거움을 가지고 이야기를 들었다면, 그 특별한 시간의 분위기 전체가 고스란히 마음에 새겨진다. 방 안의 불빛, 책을 읽어 주던 익숙한 장소 주위에 놓여 있던 소품들, 어머니의 말소리와 숨결, 냄새, 눈빛, 마법적 울림을 가지던 언어와 그림들, 책의 질감⋯⋯.

편견과 의심 없이 사물을 만나는 유일한 시기인 유년기는, 나무의 나이테 한복판처럼 일생의 중심이 형성되는 지점이라는 점에서 정서적 교감을 나누는 일은 책 내용의 유용성에 비길 바 아니다. 물론 정서

---

12) 미쓰이 다다시, 이상금 엮음, 『어린이 그림책의 세계』, 한림출판사, 1999, 13~14쪽.
13) 분위기(Aura): 무의지적 기억에 자리잡고 있는 어떤 지각 대상의 주위에 모여드는 연상 작용.

적 매개체가 옛날 이야기에 한정될 이유는 없지만, 옛날 이야기는 유년기에 접할 수 있는 적절하고도 풍요로운 문학 경험임에 분명하다.

어머니 또는 아버지를 독점하고, 사랑받고 있다는 충만한 느낌에 젖은 채 마음을 열고 눈을 반짝이며 놀랍고 신비로운 이야기에 귀를 기울이는 순간만큼 어린이에게 행복한 시간은 없을 것이다. 이야기하는 사람과 듣는 사람이 서로 마음을 열고 교감하는 가운데 어린이는 지식 이상의 인성을 호흡하게 되며, 정서적 안정과 함께 자신과 타인에 대한 신뢰감을 형성하게 된다.

정서의 질(emotion color)은 어린이의 생활관을 결정하며 사회적 적응을 고취시킨다. Strang[14]의 아동실험 연구에 따르면 정서의 적응 문제는 지능의 변화와도 밀접한 관계가 있다고 한다. 어떤 이유에서든 정서적 장애가 있는 어린이의 말과 행동에서 장애가 나타나며, 어려운 상황에 대한 반응이 극히 유아적이며 욕구 견제가 어렵고 사회적 접촉에서 의기소침해진다. 신경증적인 버릇과 함께 주의가 산만한 것과 같은 육체적 반응도 나타난다.

기본 정서를 안정되고 풍요롭게 가꾸는 일의 중요성은 아무리 강조해도 지나침이 없다는 점에서, 따뜻한 분위기 속에서 들려 주거나 읽어 주는 이야기 문학의 필요성 또한 강조될 수 있다.

3) 옛날 이야기는 어린이의 무의식과 대화한다

현대 창작동화와 옛날 이야기의 가장 큰 차이점은 창작동화들은 의식의 층위에 주로 관여하는 반면 옛날 이야기는 인간 내면의 깊고

---

14) R.Strang. child Study(4th.Ed).N.y.: NacMillan Co. 1960. 346~352쪽.

어두운 무의식과 대화하는 구조를 갖고 있다는 것이다. 어린이들은 옛날 이야기를 읽으며 내부의 분화되지 않은 어둡고 악한 감정들을 투사하고 승화된 방법으로 해소할 수 있다.

문명화 과정에서 사람들은 자신의 일부로 인정하고 싶지 않은 추악하고 어두운 면을 억제하거나 거세하는 습관을 갖게 되었다. 이러한 사실은 언제부터인가 동화에서 '죽음'이 전혀 다루어지지 않거나 금기시되고 있는 현실에서 분명하게 드러난다. 대가족이 함께 거주하였던 전통 사회에서 출산과 죽음은 공개되어 있었고 그 모든 현장에 아이들도 있었다. 그러나 문명인들은 죽음을 사적인 영역으로 추방시켜 버림으로써 자신과는 무관한 듯한 포즈를 취하게 되었다. 그렇게 함으로써 마치 죽음이 자신과 무관해지기라도 하듯이.[15]

이러한 현상은 손으로 자신의 눈만 가리면 남들도 자신을 보지 못할 거라고 여기는 유아심리를 연상케 한다. 유아가 눈을 감아도 대상에 그대로 노출되어 있는 것처럼, 죽음을 은폐하여도 인간은 죽음 앞에 노출된 존재인 것이다.

인간이 은폐 왜곡을 기도하는 것이 죽음의 문제에만 한정되지는 않는다. 현대의 부모들은 어둡고 악한 동물적 이미지들로부터 아이들을 떼어 놓고, 사물의 밝고 소망스런 면만 보여주고자 한다. 현대의 '건전한' 창작들도 마찬가지여서, 어린이는 자기 내부의 어둡고 불안하며 혼돈스러운 본능과 홀로 대면해야만 한다.

사실 어린이들은 몸뿐 아니라 정신적인 성장을 이루기까지 많은 어려움과 고통을 겪는다. 열등감, 경쟁심, 의타심 등 내면의 갈등과 어둠을 극복하고 자신감과 자긍심을 길러야 하며 윤리적 감각을 익

---

15) 노베르트 엘리아스, 김수정 옮김, 『죽어가는 자의 고독』, 문학동네, 1998.

혀야 한다. 연령이 어릴수록 이성이 아닌 환상을 통해 이러한 능력을 기르게 되는데, 옛날 이야기의 상징적 구조는 내면적 과업이 원만히 이루어지도록 도와준다.

콩쥐와 팥쥐의 이야기를 읽으며 형제에 대해 품고 있던 질투나 미움의 나쁜 감정을 팥쥐에게 투사하고 콩쥐의 입장에 동조하여 자신도 행복해지리라는 믿음을 가진다. 계모나 호랑이 혹은 사악한 주인공을 마음껏 미워하는 것으로 어둡고 악한 감정들을 외부화시킴으로써 억압을 해소하고, 힘센 영웅과 지혜로운 인물 혹은 선한 존재들과 자신을 동일시함으로써 스스로에 대한 긍정적 감정을 기른다.

어떤 이야기의 어떤 부분이 어린이에게 어떤 영향을 미치는가는 일률적으로 말해질 수 없다. 어린이들마다 무의식 속 억압의 내용이 다르고, 그것의 해소 방식도 다르기 때문이다. 그러나 옛날 이야기 속에 등장하는 다양한 허구의 인물들은 결국 인류의 원형적 정신을 보편적으로 드러낸 것으로, 영웅도 노현인도 태모도 사실은 우리 내부에 살고 있는 것이다.

어린이들이 내면적으로 수행해야 할 가장 큰 과제가 본능(id), 자아(ego), 초자아(super ego)의 세 영역을 원만히 통합하는 일이라고 할 때, 옛날 이야기 속의 인물들은 선하거나 악하거나 간에 모두 어린이의 내적 성장을 돕는 바람직한 존재라는 것이 정신분석학의 입장이다.

4) 옛날 이야기는 삶의 진정한 조언자이다

현대는 정보의 시대이다. 사람들이 가장 즐겨 귀담아 듣는 것이 이제는 더 이상 먼 곳으로부터의 소식이 아니라 가장 가까이 있는 것에 하나의 단서를 제공하는 정보이다. 매일 아침 우리들은 지구의 새로운 사건들을 알게 되지만 정작 진귀한 이야기의 빈곤을 겪고 있다고 벤야민은 말한다. 그 까닭은 우리들이 알게 되는 일들이란 하나의 예외도 없이 '모두 설명이 붙여져서' 전달되기 때문이다.

정보는 새로웠던 그 순간에 이미 가치를 상실하는 일회적 성격을 갖고 있어, 결코 삶에 대해 진정한 조언을 하지 못한다. 그러나 태초의 이야기는 그렇지 않았다. 모든 이야기꾼들의 이야기의 원천은 입에서 입으로 전해지는 경험이었고, 그들의 이야기는 실제적 삶의 재료로 짜여진 조언이었으며, 그 조언의 내용은 바로 지혜였다. 현대인은 바로 이런 지혜가 사멸되어 가는 시대를 살고 있다.[16]

옛날 이야기와 좋은 환상동화의 구조 속에는 정보가 가질 수 없는 풍성함과 폭넓은 상징성이 있어, 그가 이해하는 바대로 사물을 해석하는 재량이 허용된다. 정보는 직접적이고 일회적인 지식을 주지만, 옛날 이야기는 은유적 지혜를 통해 어린이들이 앞으로 걸어갈 삶의 총체적 국면을 예비하게 한다. 그리고 옛날 이야기는 또한 앞으로 어떤 마음으로 어떤 행위를 하며 살아야 할지 속삭인다. 욕심을 부리다 혹 하나를 더 달게 된 혹부리 영감의 이야기는 욕망과 절제의 함수관계를, 어머니에 이어 오누이까지 잡아먹으려다 수수밭에 떨어져 죽은 호랑이의 이야기는 인과응보의 원리를, 흥부와 놀부의 이야기 역시 권선징악의 교훈을 말해 준다.

옛날 이야기는 인간과 삶에 대한 철저한 현실성을 반영하고 있으면서, 인간의 질서 너머 우주적 진실을 구현하고 있기도 하다. 옛날 이야기의 세계는 인간 주체 중심적 우월한 세계가 아니라 천지만물

---

16) 발터 벤야민, 반성완 편역, 『발터 벤야민의 문예이론』, 민음사, 1983, 169~176쪽.

이 동등한 입장에서 소통하는 열린 세계인 것이다. 사람 가운데서도 약자의 입장, 생명체뿐만 아니라 무생물의 처지 등 다양한 입장과 인물의 내면화 경험을 충분히 가져보는 것만으로도 어린이는 그만큼 타자와 공감하고 소통하는 능력이 커질 것이다.

유년기에는 상징의 형태로 주어지는 지혜를 통째로 흡수하여 무의식에 저장하는 뛰어난 능력을 가졌는데, 그렇게 저장된 지혜들은 어린이들이 인생을 걸어감에 있어 필요할 때마다 적절한 조언을 하게 될 것이다. 인생의 출발점에 서 있는 어린이들에게 옛날 이야기를 포함한 좋은 이야기를 많이 주어야 하는 이유가 거기 있다. 아무리 현명한 부모라도 언제까지나 아이의 곁에서 조언을 해줄 수는 없기 때문이다.

5) 옛날 이야기는 정체성 형성을 돕는다

어렸을 때 해외로 입양된 사람이 나중에 자신의 뿌리를 찾아 고국을 방문하는 경우를 종종 본다. 그러나 막상 고국에 와서도 그들은 자신이 이방인이라는 느낌을 갖게 된다. 성장 배경이 다른 관계로 취향이 다르게 형성되었기 때문이다. 취향은 사람을 묶어 주기도 하고 단절시키기도 한다. 동일한 조건의 산물인 모든 사람들을 함께 묶어 주는 반면, 그 밖의 사람들과는 구분시켜 준다.

자신이 어딘가에 속해 있다는 느낌, 즉 받아들여지고 있다는 느낌은 심리적 안정에 큰 영향을 미치며, 이러한 안정감은 긍정적 자아 개념을 위해 필수적이다. 그래서 자아 개념이 싹트기 시작하는 유년기에 옛날 이야기를 즐기는 일은 매우 의미 깊다. 세대에서 세대로 전해지는 가운데 내면화된 정신은 민족적 공감대를 형성하게 되고,

각 시대마다 열리고 닫힌 의미를 수용하는 가운데 자연스럽게 민족의 정체성이 습득된다. 그래서 인류학자들은 옛날 이야기를 사회의 결속제(the cement of society)로 보았다.

　신성 로마 제국의 해체와 나폴레옹 군에 의한 프로이센의 패배 등으로 독일이 국가적 위기에 처했을 때 그림 형제가 애국적 경향을 띠고 민간 이야기를 수집하여 『어린이와 가정을 위한 동화집』을 펴냈고, 대만의 경우에도 일본 침략에 대한 민족적 저항의 차원에서 구비문학을 연구하여 어린이들에게 주기 시작했으며[17], 우리나라의 경우 역시 일제 치하에서 '민족 계몽 운동'의 차원에서 옛날 이야기를 문자화하여 어린이에게 주는 등 아동문화 운동을 펼치기 시작했다. 이러한 사례들은 옛날 이야기의 효용성이 단순히 교육이나 오락적 기능에만 있는 것이 아님을 말해 준다.

　현대처럼 다양한 문화들이 상호 충돌하는 문명적 위기의 시대에 자아 정체성을 확고히 하는 일은 어느 때보다 필요해 보인다. 세계화니 지구촌이니 하는 말들이 일상적으로 쓰이는 현실은 마치 국경을 초월한 우호적 연대의 시대로 접어든 듯한 착각에 빠지게 하지만, 피부색과 자본에 의해 구별되는 나라와 민족 간의 서열화와 그에 따른 불평등한 분배구조는 예전보다 더욱 견고하며, 모순은 갈수록 심화될 것이다. 물론 편협한 내셔널리즘은 경계해야 마땅하지만, 자신과 공동운명체인 민족의 현실을 객관적으로 응시할 수 있는 힘이 그 어느 때보다 요청되는 시대임은 분명하다.

　이러한 힘은 뚜렷한 자아 정체성을 형성한 이후에 가질 수 있다. 옛날 이야기는 아무것도 가르치지 않으면서 어린이의 자아 정체성과

---

17) 蔡尙志, 「중국과 대만의 아동문학」, 『시와 동화』 가을호, 동심원, 1997, 195쪽.

민족 정체성 형성에 깊이 관여한다.

4. 나오며

옛날 이야기가 긍정적인 측면만을 갖고 있는 것은 아니다. 틀에 박힌 상상력, 억압적 유교적 가치관, 불합리성, 책임 회피, 질투, 속임수, 잔혹 행위 등 옛날 이야기가 함유하고 있는 부정적 가치관에 대한 우려의 목소리도 높다. 그리하여 시대에 맞는 새로운 가치관을 담아 어린이의 정서에 알맞도록 이야기를 순화하여 전달하고자 하는 시도가 계속 있어 왔다.

그러나 대부분 원래의 옛날 이야기가 가진 매력에 도저히 미치지 못하는 교과서적인 이야기를 만드는 데 그치고 마는 것을 보아 왔다. 합리적 이성적 현대적 가치관에 입각하여 옛날 이야기를 평가한 나머지, 옛날 이야기의 진정한 힘이 비합리적 전 논리적 상징적 요소에서 비롯된다는 점을 간과한 결과이다.

옛날 이야기의 가치는 좀더 신중하게 찾아져야 한다. 예를 들어 『삼국유사』 기이편(紀異編)의 탈해왕조를 보면, 탈해가 숫돌과 숯을 밤에 몰래 묻어 두는 속임수를 써서 호공의 집을 차지하는 장면이 나온다. 현대적 관점에서 볼 때 탈해의 행위는 명백한 '사기'이므로, 표면적 줄거리만 읽어서는 '교육상' 어린이들에게 들려 줄 수 없는 이야기로 평가할 수 있다.

그러나 어린이의 입장에서 보면, 탈해의 속임수는 힘이 약해도 머리를 써서 강한 자를 이길 수 있다는 희망과 용기의 메시지로 기능할 수 있다. 〈잭과 콩나무〉, 〈장화신은 고양이〉 등 동서양을 막론하고 이러한 속임수 모티프의 이야기는 많이 있는데, 이런 이야기는 보통 행위의 정당성 여부에 초점이 놓이지 않는다. 자기 뜻대로 할 수 있는 일이 많지 않기 때문에 언제나 자신이 보잘것 없다는 생각에 사로잡혀 있는 어린이들에게 가장 필요한 것은 '언젠가 자신도 반드시 성공할 수 있다'는 확신이며, 약한 자가 꾀를 써서 성공하는 '트릭스터'의 이야기들은 어린이 내면에 안심감을 준다.

물론 수단과 방법을 가리지 않고 성공만 하면 된다는 잘못된 가치관을 심어 주지 않을까 우려되는 측면이 없는 것은 아니지만, 그렇다고 탈해의 성격이나 전후 사정을 뜯어 고쳐 합리성을 부여한다면 이 이야기의 고유한 성격이 훼손되며, 어떤 면에서 현실의 왜곡이 이루어지게 된다. 즉 현대적 판단 이전에, 옛날 이야기의 진정한 힘을 고찰하려는 노력이 있어야만 할 것이다.

옛날 이야기의 의의가 크긴 하지만 치우친 독서는 경계해야 한다. 열린 사고를 위하여 다른 문화권에서 탄생된 다른 나라의 옛날 이야기를 어린이들이 접할 기회를 함께 가져야 함은 물론이고, 독창적 상상력과 현대적 가치관을 담고 있는 국내외 창작동화를 보다 풍요롭게 즐기도록 어른들이 세심히 배려해 주어야만 한다.

(『돈암어문학』 12호, 1999)

판타지 동화와 판타지 소설

1. 시작하며

한국의 문학인들 사이에 판타지 논의가 활발히 일게 된 것은 1990년대 후반부터였다.

그 원인으로 수많은 복합적 요인이 있겠으나 크게 세 가지의 문화적 배경을 손꼽을 수 있다.

첫째, 영상 문화의 개화 및 인터넷의 등장이 직접적 촉매제가 되었다.

TV, 영화, 애니메이션 특히 인터넷의 보급으로 문자 문학이 급격히 외면당하는 현상이 나타난 반면, '판타지 소설'이라는 낯선 장르가 PC상에 등장하여 영상 세대들의 열광적인 호응 속에서 기존의 출판계를 뒤흔드는 사건이 일어났다.[1]

문자 세대인 작가와 영상 세대인 독자 사이의 괴리[2]로 인한 독자 상실의 위기와, 컴퓨터의 등장으로 기존 담론의 장 자체의 상실 위기에 처한 문학인들은 나름대로 다양한 생존전략을 모색하게 된다. 보다 자유로운 상상력에 대한 독자의 요구와, 기존의 사실주의 기법으로는 더 이상 이 시대의 독자와 소통할 수 없다는 작가의 위기감이 맞물린 가운데 판타지 문학이 논의되기 시작한 것이다.

둘째, 이념의 붕괴와 이에 따른 창작 방향의 상실이 하나의 계기가 되었다.

순수와 참여논쟁이 대표하듯, 어떤 태도로 창작을 하든 우리 문학과 문학인들은 보이지 않는 이항 대립적 사유 틀에서 자유롭기 어려웠다. 그런데 이념이 붕괴되자 기존의 이데올로기를 내면화해 왔던 다수의 작가들이 창작의 방향성을 잃어버리게 되었고, 문학적 대안을 모색하는 가운데 판타지가 주목되었다.

셋째, 가장 포괄적인 측면이 되겠는데 주체에 대한 반성과 억눌려 있던 것들의 복권이라는 시대정신에 힘입었다.

기성 가치에 대한 총체적인 비판 및 해체가 이루어지면서, 이분법적 논리에 의해 소외되고 억압되었던 가치의 권리 회복 또한 광범위하게 시도되었다. 중심이 해체되고 변방에 위치하였던 가치들이 새롭게 중심을 향해 움직이는 유동성 속에서 의식보다는 무의식, 현실적인 것보다는 상상/환상적인 것이 떠오르게 되었는데, 판타지의 부상도 같은 맥락에서 해석할 수 있다.

그런데 문제는 이러한 판타지에 대한 관심이 자생적으로 싹터 나왔다기보다 외부의 충격에 따른 반응 차원에서 표출되었다는 것이

---

1) 남경완, 「아이들은 밤마다 우주전사가 된다」, 『아침햇살』, 2000년 봄호, 108쪽.
　　1999년 9월을 기점으로 『드래곤 라자』가 42만 부, 『용의 신전』이 35만 부, 『마왕의 육아일기』가 10만 부, 『퇴마록』은 1백 30만 부를 기록했다고 한다.
2) 남재일, 「영상세대와 문학의 전략」, 『문예중앙』, 1999년 봄호, 중앙 M&B, 152쪽.
　　영상은 문학에 비해 반성보다는 반응, 상상력보다는 감각, 사유보다는 직관, 연속보다는 단속, 은유보다는 직유, 해석보다는 전유를 요구하고 조장한다.

다. 폭넓은 공감의 토대를 형성하지 못한 만치, 판타지는 문학 담론으로서 진지하게 다루어지지 못하고 신세대들의 변덕스러운 취향쯤으로 가볍게 취급[3]되고 있는 현실이다.

그러나 세계 각국의 민속 설화를 통해 알 수 있듯, '문학'과 '사실주의'의 근대적 개념의 성립 이전에 상상력이 있었다. 그리고 무엇보다, 우리 문학의 과도한 현실주의에 식상한 독자들이 그들의 정서를 채워 줄 환상적인 문학을 강력히 요청하고 있다는 사실을 간과해서는 안 된다. 시대의 흐름에 따라 문학은 당대 정신을 반영하는 가장 적절한 형태로 늘 변화해 왔기 때문이다.

이 글에서 판타지의 기초 개념과 기능 및 의의를 간단히 정리하고, 기원과 역사도 간략히 살펴보려고 한다. 또 '판타지 동화'와 '판타지 소설'은 어떤 공통점과 차이점을 지니는지, 명칭과 성격을 고찰해 보고자 한다. 구체적인 접근을 위해 판타지 동화의 모범적 본보기 가운데 하나로 손꼽히는 『Tuck Everlasting』[4]과 판타지 소설의 효시로 공인되고 있는 『The Hobbit』[5]의 분석을 통해 장르적 특성을 알아볼 것이다.

판타지가 본래 서구의 개념인 만큼 이 글에서는 주로 원론적 논의를 하게 될 것이며, 우리나라의 판타지 문학의 전통 탐구 및 현대 판타지 텍스트의 분석은 다음 과제로 미룬다.

---

3) 우리 문학에서 '판타지' 논의는 거의 황무지 상황이다. 아동문학인들 사이에서 번역서에 의존한 판타지 논의가 간간이 눈에 띌 뿐 일반문학에서는 진지한 판타지 담론을 찾아볼 수 없다.
　'그것은 문학이라기보다 활자로 된 신종 문화산업이며 내용적으로 컴퓨터 게임의 구조에 황당한 요소를 가미한 변형된 무협지류일 뿐이므로 문학적 미래는 없고 신종 문화상품으로서의 미래만 있다'(하응백, 「팬터지 소설의 허와 실」, 『문예중앙』, 1999년 봄호, 중앙 M&B)는 평은 그나마 관심을 가져준 이례적인 경우이다. (덧붙임: 이 글을 쓸 때와 그 이후의 상황이 많이 달라져서 아동문학계에 적지 않은 판타지 담론이 생성되었다. 그러나 최초에 지면에 발표한 글을 그대로 싣는다.)
4) Natalie Babbitt(1975), Tuck Everlasting, 최순희 옮김, 『트리갭의 샘물』, 대교출판, 1992.
5) J. R. R. Tolkien, The Hobbit, 김석희 옮김, 『호비트 1, 2』, 시공주니어, 1999.

2. 판타지란 무엇인가?

1) 판타지의 개념과 기능 및 의의

많은 추상적인 용어들이 그러하듯이, '판타지' 역시 지나치게 광범위하고 시대와 환경에 따라 다양하게 변형된 의미 층위를 지니고 있어 개념 정의가 어렵다.

판타지에 관한 수많은 단편적인 논의 가운데서 비교적 주목할 만한 것을 요약하면 다음과 같다.

먼저 판타지의 어원은 '눈에 보이는 것 만들기'를 의미하는 희랍어에서 왔다.

옥스퍼드 사전에 따르면 판타지란 '초자연적이고 비현실적인 요소를 포함하는, 특정 작가에 의해 쓰여진 소설 길이의 픽션'이다.

판타지 동화의 본보기로 손꼽히는 『트리갭의 샘물』(나탈리 배비트, 최순희 옮김, 대교출판, 1992)과 판타지 소설의 효시로 공인된 『호비트』(톨킨, 김석희 옮김, 시공주니어, 1999)

판타지에 관한 체계적인 정의를 시도한 사람은 츠베탕 토도로프가 손꼽히는데, 그는 환상문학의 성립 조건으로 세 가지를 들었다.

첫째, 텍스트가 독자로 하여금 작중 인물들의 세계를 살아 있는 사람들의 세계로 간주하고, 묘사된 사람들에 대해 자연적 또는 초자연적으로 이해할 것인지 주저하도록 만들어야 한다.

둘째, 이러한 망설임은 또한 작중 인물을 통해 경험될 수도 있다.

셋째, 독자는 텍스트와 관련하여 어떤 특정한 태도를 취해야 한다. 말하자면 그는 '시적(詩的)'인 것뿐만 아니라 '알레고리적' 해석 태도를 거부하여야 한다고 하였다.[6]

현대 판타지 작품의 규범적 작가인 J. R. R. 톨킨은 경험적 세계를 제1세계(Primary World)로, 이야기꾼이 만든 세계를 제2세계(Secondary World)로 나누어 설명하였다. 이야기꾼에 의해 창조된 2세계는 경험적 세계의 질서가 아닌 작품 내적 질서가 지배하는 공간이다. 톨킨은 제2세계는 독자에게 '압도적 기이함'의 느낌이 일어나도록 만들어야 하며, 1차 세계의 낡은 실존에서 '탈출'하고 감춰져 있던 진실 혹은 리얼리티를 통해 '위안(또는 기쁨)'을 체험하고 경험적 삶의 신선감을 '회복'하게 해주어야 한다고 주장하였다.[7]

판타지의 기능 및 의의에 관한 논의 역시 단편적이거나 포괄적인 형태로 이루어져 왔는데, 주목할 만한 관점을 찾아보면 다음과 같다.

프로이트 이후 수많은 심리학자들은 환상이 무의식과 소통하는 구조로 되어 있음을 인정해 왔다. 낮 동안 해결하지 못한 문제들을 꿈을 통해 해소하고 소망을 충족시키듯, 동화를 읽으며 이드 충동을 해

---

6) Tzvetan Todorov, The Fantastic, Cornell University Ithaca, New York, 1968, 157~158쪽.
7) Tolkien, J. R. R. "On Fairy Stories" in Tree leaf, London: Unwin Book, 1964.

방시키고 심리적 보상을 받으며 인격을 통합한다는 것은 아동문학에서는 일반화된 이론이다.

Ray Bradbury는 나아가 환상이 삶의 '기본적이고 본질적 요인'임을 주장하였다.[8] 또 L. Alexander는 1971년 12월 『Hon Book Magazine』에 "판타지 영웅은 행위들의 실행자만은 아니다. 그러나 그도 도덕의 골격 안에서 움직인다. 그의 동정(연민)은 실제의 가장 큰 용기만큼이나 크다. 우리는 다른 어떤 것보다 더욱, 그의 인도적인 특질이 실제의 영웅에 관한 모든 것이라고 간주할 수 있을지도 모른다. 나는 이것이 우리들에게 우리 자신의 최고의 일부들을 생각나게 하는 것을 경이롭게 생각한다"라고 발표하였다.

이밖에 판타지에 관한 주요 논의들을 요약 정리하면 다음과 같다.

판타지는 오감으로 인식할 수 있는 경험적 세계 너머의 정신성을 작가의 독창적인 상상력으로 구체화시키는 힘이며, 사실은 아니지만 진실과 관계되고, 언어적 세계가 아닌 '있었거나 있어야만' 할 세계를 지향하며, 현실 세계의 법칙이 아닌 작품 내적 질서를 따른다.

작품 외부의 목적에 복무하지 않고, 구조 자체가 곧 즐거움이며, 인생의 행복하고 젊은 목숨과 관계되고, 우리가 바랄 수 있는 것보다—우리의 힘보다—우리를 크게 되는 것을 허락한다.

또한 판타지는 무엇보다도 권리 위임의 문학이고, 삶의 유사(類似)이며, 생명의 이중성과 삶의 모호함과 대면하게 하며, 탈출의 경험을 통해 현실적 삶을 또한 새로이 회복시킨다.

---

8) Mary Harrington Hall, A Conversation with Ray Bradbury and Chuck Jones., Psyshology Today 1. (April 1969): 28~29쪽.

2) 판타지의 기원과 전통

판타지의 기원은 세계 각국의 민족 신화와 설화들로 거슬러 올라간다.

다음에는 12세기 아서왕 이야기를 필두로 17세기 초까지 픽션의 지배적 형식이었던 로맨스에서 많은 부분 판타지 전통의 계승 및 개화를 찾을 수 있다.[9] 로맨스의 주요한 즐거움으로 말해지는 '경탄'과 '해방감'은 여전히 현대 판타지의 근원적 힘이기도 하다.

로맨스에서 소설이 분리된 후 판타지는 낭만주의와 밀접한 관련을 맺는다.

이성과 합리성의 시대인 신고전주의에서 감성과 비합리성의 시대인 낭만주의로 접어들면서, 기계론적 세계와 대비되는 유기체로서의 '자연' 및 '소박한 원시사회'에 대한 깊은 관심이 일어났다. 육체의 눈이 아닌 상상력의 눈으로 표면을 넘어서는 내재적 이상—진선미로 구성된 영원하고 무한한 세계를 포착하고자 하였던 낭만파 작가들에게 기이한 일이 일상적으로 일어나는 민요 및 민담은 주목의 대상이 되었다. 특히 켈트문화에 대한 복고적 취향이 전 유럽을 휩쓸었다.

그 가운데서도 독일의 낭만주의는 민족주의 경향과 결합하여 무수한 민요와 민담을 수집하였으며, 민요와 민담들은 기교가 없는 듯한

---

9) Gillian Beer, 문우상 역, 『The Romance』, 서울대 출판부, 1980. 『천로역정』, 『보물섬』, 『호비트』는 이러한 종의 로맨스의 변종이다.(4쪽) 로맨스는 보통 제한된 삶의 테두리를 넘어선다. 로맨스의 세계는 넓고 포괄적이며 그 자체의 내재적이고 고정된 법칙에 의하여 유지된다.(5쪽) 로맨스를 읽는 즐거움의 일부는, 우리가 그 이상적인 세계에 언제까지나 머물러 있을 필요가 없다는 것을 알고 있기 때문이다. 로맨스는 우리의 경험의 영역을 확대하며, 가까운 일상적인 문제를 우리에게 깊이 느끼게 하지 않는다. 그러나 가장 훌륭한 로맨스는 항상 영혼과 결부된 책임에 큰 관심이 있다. 〔…중략…〕 로맨스는 성격을 단순화함으로써 우리를 다른 사람들과 구별하는 개인적 특질을 제거한다. 이리하여 우리는 유형화한 인물을 통하여 인간 경험의 근본적인 충동을 체험할 수 있다.(11~13쪽)

대중의 순박한 발언을 포착하려는 전성기 낭만파 작가들의 창작의 모델[10] 노릇을 하였다.

　나라마다 차이는 있지만, 대체로 근대화가 이루어지고 경제적 부를 축적하게 되면서부터 가장에게 딸린 부속물로 여겼던 어린이들을 차츰 자율적 인격체로 인지하게 되었고, 초기의 엄숙하고 교훈적인 이야기에서 즐거움을 위한 책들이 나오기 시작하였다. 민속 설화의 환상성과 구별되는 오늘날의 판타지 개념은 이때 성립하게 된다. 근대적 문학 양식인 소설의 발달로 인해 상대적으로 기존의 판타지 양식에 대한 까다로운 요구들이 생겨났고, 현대적 리얼리티를 확보하면서도 개인의 상상력과 정서가 발휘된 판타지 문학이 창작되기 시작한 것이다.

　불특정 다수 혹은 성인 독자층을 주로 겨냥하였던 전통 설화와는 달리 어린이의 특성을 먼저 고려한 동화들이 쏟아져 나오게 되면서, 환상이 어린이들의 전유물로 인식되는 가치의 전도가 일어난 것도 특기할 만한 현상이다.

　판타지 동화와 판타지 소설의 성격 구분을 위해서는, 전통 설화와 현대 판타지의 차이점을 먼저 알아볼 필요가 있다.[11]

　판타지의 영역이 워낙 광범위해서 아래 범주를 일괄적으로 적용할 수는 없으나, 두 영역의 경계가 다음 장의 논의에 도움을 줄 것이다.

---

10) Max · Ruity, 이상일 역, 『유럽의 민화』, 중앙신서, 1982, 8쪽.
　　독일 낭만파 시인 노발리스는 그의 동화 「푸른 꽃」에서 '모든 시는 동화적이어야 한다'고 말했다. 그는 또 '나의 정서를 가장 잘 드러낼 수 있는 것은 동화의 세계'라고 하여, 동화를 시의 귀감으로 내세우고 있다.
11) 김서정, 「독일의 동화문학과 판타지」, 『아침햇살』, 2000, 봄호, 21쪽.

전래동화	판타지
초현실 세계와 현실 세계가 한 지평에 있다. 초현실 존재와 사건은 당연한 것으로 받아들여진다. 놀라움이나 걱정, 감정적 동요는 없다.	초현실 세계와 현실 세계는 분리되어 있다. 사건은 두 지평에서 따로 벌어지고, 특정한 전환점에서 만난다. 현실 세계의 인간은 초현실 세계의 기이함을 지각한다.
시간, 공간이 정해져 있지 않다. 시간과 공간에 대한 묘사가 없거나 간략하다.	시간과 공간이 특정하게 주어진다. 시간과 공간이 세밀하게 묘사된다.
등장인물은 왕, 공주, 가난한 농부 등 늘 일정한 타입이다. 인물들은 서로 분리되어 있다. 인물의 상세한 성격 묘사가 없다. 감정의 동요, 개인적 반응이 없다.	다양한 인물들이 등장한다. 인물들은 서로 긴밀한 관계에 있다. 인물의 개성이 세밀하게 묘사된다. 감정 동요 등이 합리적으로 정확하게 묘사된다.
길이가 짧다. 간단한 에피소드 형식이다.	길이가 다양하다. 다층적 이야기에서 보드북까지 형식이 다양하다.
작가가 알려져 있지 않다. 이야기들의 구조가 서로 비슷하다.	작가가 알려져 있다. 이야기마다 작가의 개성이 뚜렷하다.

3. 판타지 동화와 판타지 소설의 비교

1) 명칭 및 성격에 관한 고찰

일반적으로 동화는 아이들의 이야기이고 소설은 어른들의 이야기로 인식되고 있는 만치, 판타지 동화는 아이들의 것이고 판타지 소설은 어른들이 즐기는 환상문학으로 칭해지고 있는 경향이다. 전적으로 틀린 명칭은 아니지만, 그렇게 단순하게 말해질 수 있는 개념도 아니다.

판타지 동화와 판타지 소설의 성격 파악을 위해, 먼저 동화와 소설의 개념부터 짚어 보자.

동화는 넓은 의미의 개념과 좁은 의미의 개념으로 나눌 수 있다.

광의의 개념은 어린이들을 위한 이야기 전체를 가리키는 말이고, 협의의 개념은 어린이들을 위한 이야기 가운데서도 근대 사실주의 작품(아동소설)을 제외한, 전통적이고 시적이며 환상성을 특질로 하는 작품을 말한다.

정리하면 다음과 같다.

> 동화(어린이를 위한 이야기)
> ＝동화(고유 문학 장르)＋아동소설(독자 대상에 따른 분류)

그런데 통념과는 달리 동화 장르는 어린이들의 이야기만은 아니다.

동화문학의 특성과 물활론적으로 사고하는 어린이의 인식 구조가 일치하고, 동화의 주 독자가 어린이들이며, 어린이용 동화가 주류를 이루다 보니 '어린이들의 이야기'로 널리 인식되었을 뿐이다.

본질적으로 동화는 시와 소설과 나란한 층위의 문학 장르로서, 표현 양상에 따라 어린이부터 어른까지 읽을 수 있는 동화도 가능하고 어른이 되어야 읽을 수 있는 동화도 성립된다. 소설이 아동소설도 있고 어른들만 읽을 수 있는 소설이 있는 것과 마찬가지이다.

그런데 이러한 원론적 장르 개념 너머 '동화'라는 단어에는 오랜 세월에 걸쳐 침잠된, 긍정적 이미지로부터 부정적 이미지까지의 다양한 이데올로기들이 항상 따라붙는다. 예컨대 '유년기, 따스한, 그리운, 소망스러운, 환상적인, 아름다운, 현실감이 없는, 허무맹랑한, 퇴행적인……' 등등의.

이러한 이데올로기들은 아버지의 법으로 상징되는 경험적 현실 세계로 들어서기 이전, 어머니와 친밀한 이자관계를 이루었던 흔적을 재현한다. 크리스테바에 따르면 이러한 기호계의 흔적 재현은 심리치료의 과정이 되는데, 동화는 어떤 장르보다 기호계의 표식을 많이 가지고 있다.

이번에는 소설의 개념을 살펴보자.

이규보의 '白雲小說' 이래로 우리나라에서 小說이라는 단어는 '하찮고 보잘것 없는 의론'이라는 뜻으로, 전통적인 학문에 비해 흥미 위주의 이야기라는 의미를 담고 있었다.

현대적 '소설' 개념은 서구의 nevel 개념이며, 이 단어에 내포된 '새롭다'는 뜻은 이전까지의 문학 양식이었던 로망스에 비해 '허황되거나 황당무계하지 않은' 이야기 문학이라는 자부를 포함한다.

노블의 중요한 변별성은 제재를 인간의 현실적인 경험 공간 속에서 찾고 있다는 것과, 그것을 실감 있는 인과관계로 엮고 있다는 사실에서 찾을 수 있다. 인과관계란 경험을 유기적으로 배열함으로써 얻어진다는 점에서 노블은 긴밀한 얽어 짜기, 즉 플롯이 필요하게 된다.

따라서 노블의 핵심적인 두 가지 규범은 산문 정신과 플롯이라고 말해도 무방하다.[12]

포스트모더니즘 시대로 접어들면서 플롯이 해체되는 등 서사 구조의 많은 변화가 초래되긴 했지만, 기본적으로 노블은 로망스에 대립적 어원을 내포하며, 현실 공간에서 벌어지는 사건을 사실주의 기법으로 형상화하는 특질을 가지고 있음은 분명하다.

이러한 원론적 관점에서 본다면 판타지 동화는 동어반복이고 판타

---

12) 한용환, 『소설학 사전』, 고려원, 1996, 246~247쪽.

지 소설은 모순이다. 동화는 본질적으로 환상성을 특질로 하며, 판타지 세계는 이미 소설이 아닐 것이기 때문이다. 그럼에도 판타지 동화라는 말이 널리 쓰이게 된 데는 첫째, 민속 이야기의 환상성과 구별되는 개인적 상상력을 강조하고 둘째, 소위 '생활동화'와의 차별화 의도가 크게 작용한 결과로 볼 수 있다. 이에 비해 '판타지 소설'은 우리나라에서 정통 문학의 범주에서 벗어난, '청소년(성인)용의 공상적 이야기' '통신상에서 창작되고 읽히는, 허무맹랑한 이야기' 심지어는 '변형된 무협지'의 개념으로 받아들여지고 있다.

그러나 본고에서는 아동문학의 관점으로 한정하여, 서구에서 시작된 판타지의 기원과 성격을 알아보고자 한다.

현대 판타지 소설의 효시는 J. R. R 톨킨[13]으로 일컬어진다. 판타지의 독특한 관례의 다수를 그가 창조하였으며, 이후의 판타지 소설들은 톨킨이 창조한 특정 관습을 의도적으로 답습하는 경향이다. 예컨대 현실 시공간이 아닌 신화적 시공간을 무대로 하며, 눈에 보이지 않는 세계를 구체화시켜 보여주기 위한 상세한 지도(map)가 제시되고, 신화 속의 존재―요정, 난쟁이, 거인, 용, 마법사―등이 등장하며, 모험의 주인공은 반드시 특별한 검이나 반지 같은 신기한 보물을 얻게 된다는 것 등이다.

판타지 동화가 독창적 상상력과 리얼리티의 요구를 함께 충족시킴으로써 세련되고 다채로운 현대성을 얻었다면, 판타지 소설은 신화

---

13) 존 로널드 로웰 톨킨: 영국 판타지 문학의 한 축을 세운 작가이자 옥스퍼드 대학의 교수로, 중세 영어와 고대 서사 문학 분야의 권위자로 학계에서도 존경을 받았던 학자이다. 중세 언어와 신화와 전설에 대한 깊은 지식과 문학적 상상력으로, 그는 현대 판타지 소설의 규범이 되는 대다수의 관례를 창조하였다. 그는 아이들에게 들려주기 위해 1933년 처음 『호비트』를 썼고, 그 후속편이자 성인들을 위한 본격 판타지 소설인 『반지전쟁』을 통해 그의 작품은 전 세계적으로 알려지게 되었다. 『실마릴리온』 역시 수 주 동안 뉴욕타임즈 베스트셀러 리스트를 이끌었다.

적 시공간 및 신화적 존재들과 깊은 연관성을 가지며, 형태와 내용 면에서 암묵적인 규칙을 답습하는 도형성을 보인다는 점에서 전통 설화에 더욱 맥이 닿아 있다.

그러나 특정 창작자가 없는 전통 설화와는 달리, 판타지 소설은 개인이 '의도적으로' 특정 양식을 전유한다는 점에서, '현대에 파생된, 판타지 문학의 독창적인 한 갈래'로 규정할 수 있다.

구체적인 텍스트를 통해, 판타지 동화와 판타지 소설의 특성을 알아보기로 한다.

2) 텍스트 분석 ; 『트리갭의 샘물』과 『호비트』

(1) 주제와 이야기 전개 방식

『트리갭의 샘물』은 불로영생의 생명수를 마신 터크 가족의 이야기를 통해 생명과 죽음의 문제를 다룬 판타지 동화이다.

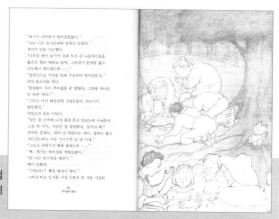

불로영생의 생명수인 샘물의 비밀을 위니에게 털어놓는 터크 가족들.

인간의 원형적 소망을 반영한 영생과 생명수 모티프의 이야기는 고대로부터 현대에 이르기까지 세계 각국의 문학에서 공통적으로 발견된다.

판타지 동화가 이처럼 인간과 삶에 관한 보편적 주제와 소재를 문학적으로 형상화하여 드러낸다면, 판타지 소설은 의미나 내용보다 전개 과정 자체가 곧 목적이 된다.

예컨대 동화 『트리갭의 샘물』이 큰 주제를 구심점으로 하여 전체 플롯이 수렴되고 확산되는 구조인데 비해, 『호비트』는 전형적인 고전적 탐색 패턴으로서 전개 과정 자체에서 다양한 즐거움을 느낄 수 있다.

'호비트'라는 낯선 존재와 그들 생활방식의 신기함, 신비로운 존재인 '마법사' 간달프, 도리, 노리, 오리, 오인, 글로인 같은 리듬감 있는 이름만으로 즐거움을 주는 '난쟁이'들, '거인' '요정' 등 신화적 존재와의 만남, 우거진 숲과 거친 황야와 어두운 동굴과 깊은 계곡 등 아직 젊은 지구로 예상되는 신비로운 공간들을 탐색하며 느끼는 정서 등이 그 자체로 독자에게 경탄과 해방감을 준다.

판타지는 시적(詩的)이거나 알레고리적[14]이어서는 안 된다는 츠베탕 토도로프의 말을 다시 상기해 보면, 『호비트』는 '주제'나 '내용'에 있어 알레고리적으로 환원되지 않는 판타지의 전형임을 알 수 있다.

동화 『트리갭의 샘물』도 삶과 죽음에 관한 성찰이라는 주제가 구심점으로 드러나지만, 텍스트 전개 과정에서 느낄 수 있는 즐거움이

---

14) Allegory : '다르게 말한다'는 그리스의 allegoria라는 말에서 나온 것으로 이중적 의미를 가진 이야기 유형을 지칭한다. 즉 말 그대로의 표면적인 의미와 이면적인 의미를 가지는 이야기의 유형이 그것이다. 그러므로 그것은 두 가지 이상의 수준에서 읽히고 이해되며 해석될 수 있다. 우화(fable)나 비유담(farable)과 밀접한 관계를 가지고 있는데, 대표적으로 『이솝우화』를 들 수 있다.

결코 적지 않다.

평범한 소녀 위니가 어느 날 숲에서 백네 살(그러나 열일곱 상태 그대로인)의 제시 터크와 만나게 되고, 생명수인 줄 모르고 샘물을 마시려는 위니를 터크 가족이 자신들의 오두막으로 납치하는 급박한 상황이 발생한다. 87년째 조금도 모습이 변하지 않은 네 사람의 생활 속으로 뛰어든 소녀 위니가 느끼는 호기심과 놀라움의 섬세한 정서들은 독자에게 고스란히 전달된다.

시간의 흔적을 지닌 소품들이 주는 낯설음, '노란 옷을 입은 남자'로 묘사되는 '악마적' 이미지의 인물이 풍기는 어둡고 신비로운 정서, 샘물의 비밀을 알게 된 위니가 그 샘물을 마실 것인지 안 마실 것인지 결말을 열어 독자를 텍스트 속으로 호출하는 구성 등 독서 과정의 재미도 크다.

『트리갭의 샘물』은 판타지의 즐거움을 활용하면서도 텍스트 외적 내적 리얼리티 획득에 힘을 쏟고, 독창적 상상력과 치밀한 구성으로 현대적인 문학성을 얻었다. 이에 비해 『호비트』는 텍스트 외적 현실에 무관심하며 오직 내적 진실만을 문제삼는다.[15]

사람들에게 친숙한 신화적 모티프를 적극 발굴하여 내면화된 이데올로기를 의도적으로 수용한 까닭에 어떤 장르보다 상호 텍스트성이 높은 한편, 독창적이고 질 높은 작가적 상상력이 뒷받침되어 있어 전통 설화가 줄 수 없는 섬세하고 다채로운 재미를 준다.

---

15) Axel olrik, Epic Laws of Folk Narrative, The Study of Folitales, 129쪽.
올릭은 덴마크 민속 이야기를 분석하면서, 신화 전설 민담 포크송 같은 형태의 총체적 합병 개념으로서의 Sage를 제시하였다. 올릭에 따르면 Sage의 세계는 독립된 영토이고, 진짜 세계로부터 분리된 실재의 영역으로, 현실의 일상적인 규칙에 선행되는 그들 자신의 규정과 규칙의 지배하에 있다.

(2) 등장인물

『트리갭의 샘물』의 무대는 현재적 시공간이며, 주인공과 등장인물들은 현실의 인물들이다. 남에게 불친절하고 다소 이기적인 위니의 가족들은 독자가 주변에서 볼 수 있는 현실인들의 모습으로 현대적 리얼리티의 획득 요인이자, 그 집 소유의 숲에 사람들이 들어가지 않아 불로장생의 샘이 발견되지 않도록 하는 장치가 된다.

주인공 위니의 가족들은 평범한 현실적 인물들 이상의 특징을 드러내지 않는 반면, 영원한 생명을 지닌 터크 가족들은 각각 개성적이면서도 강한 흡인력을 가진 매력적인 인물로 묘사된다.

세상의 다양한 변화와 구경거리를 찾아다니며 영원한 생명과 젊음을 즐기는 제시, 움직이고 변화하고 자라 결국은 죽음으로써 새로운 생명에 자리를 내어 주는 자연의 질서에 다시 동참할 수 있기를 간절히 바라는 터크 씨, 싫든 좋든 주어진 운명을 받아들여 나름대로 하루하루를 유한한 삶인 듯 살아가려는 매 아줌마. 이들은 인간이 가질 수 있는 다양한 자질 가운데서 선하고 아름답고 고결한 면모를 보여주며, '우리 자신의 최고의 일부들을 생각나게' 한다.

동화에 등장하는 온전한 인격체들은, 감상주의적 과장도 현실의 기만도 아니다. 얼마든지 크고 자유롭고 아름다울 수 있는 본래적 자아를 대면하게 하고, 그리 되도록 격려하며, 얼마나 왜곡되고 축소되었건 다시금 원래의 자아로 향하게 하는 무의식의 지표들이다. 유년의 경험은 취향을 형성하며, 아무리 멀리 떠나더라도 거듭 그곳으로 돌아오도록 되감는 구심력인 것이다.

무한한 시간을 가진 터크 가족이 보여주는 초연한 삶의 방식 또한 경이와 놀라움의 정서를 유발시킨다. 일상에 대한 넉넉한 무관심은 독자로 하여금 지금까지 의심 없이 추종해 왔던 삶의 관습들을 처음인 듯 낯설게 바라보게 한다. 『트리갭의 샘물』은 기존의 가치들을 알레고리화하여 전달하지 않으면서, 깨닫지 못하는 사이 내면이 풍요로워지게 만드는 전형적인 현대 판타지 동화이다.

이에 비해 『호비트』의 등장인물은 사람이 아니고 신화에서 발굴한 종족이지만, 실상 인간 특성을 상징적으로 강조한 형상이라 하겠다.

갈등, 필사의 투쟁, 발견의 고전적인 탐색 플롯에 따라, 주인공인 호빗족 빌보를 중심으로, 난쟁이, 마법사, 요정 등이 한쪽에 배치되고, 그 적대자인 트롤, 고블린, 용, 악어(꿀꺽이) 등이 반대편에 자리잡는다. 주인공 빌보를 중심으로 한 축을 이루는 인물들은 봄, 새벽, 질서, 풍요, 활력, 젊음 등과 연상되며, 적대자들은 겨울, 어둠, 혼란, 불모, 병든 삶, 노령 등과 연상된다.

민속 설화적 성격에 가까울수록 등장인물들은 주인공의 조력자 역할이거나 아니면 반대편으로 단순히 분할되는 경향이 있다. 만일 조력자들인 경우 단순히 용감하다든가 순결하다든가 하는 정도로 이상화되며, 만일 방해자인 경우 단순히 악랄하다든가 비겁하다든가 하는 정도로 희화화(戲畵化)된다.[16]

'낙천적인 호비트' '고상한 구석이라고는 털끝만큼도 없는, 우둔해 보이는 트롤', '천성이 흉포하고 잔인한 고블린' 등의 표현에서 알 수 있듯이, 『호비트』에도 각 등장인물들이 매우 단순화되어 있고 특히 적대자들이 희화화된 모습으로 나타난다.

그러나 민속 설화의 시공간과 인물이 '옛날 어느 마을에 한 나무꾼이'라는 식으로 극도의 추상성을 띠며 심리 묘사나 배경 묘사가 배제되는 데 비해, 『호비트』는 작가의 독창적 상상력으로 비현실적 존재

---

16) N. 프라이, 임철규 역, 『비평의 해부』, 한길사, 1976.

'외딴 산'의 비밀문을 찾아 험한 산맥을 넘어가는 빌보 일행의 모험이 시작되고 있다.

들에 구체적 인격을 부여하고 상세한 심리 묘사와 함께 풍부한 정서적 분위기까지 연출하여 '그럴듯함'의 개연성을 높이고 있다.

특히 주인공 빌보는 평범한 인간과 매우 닮은 모습을 하고 있는데, 난국에 부딪칠 때마다 인내심, 정의감, 신의, 용기, 희망 같은 그의 인도적 자질을 통해 어려움을 하나하나 극복해낸다. 모험이 거듭될수록 그의 인도적 자질은 더욱 빛을 발하며, 그러한 경험의 축적을 통해 한 차원 더 성숙하고 지혜로워진다.

『호비트』의 후속편인 『반지전쟁』에서 등장인물들의 성격과 무대는 더욱 섬세하고 풍요롭게 가다듬어진다. 마법사 간달프는 현명하며 성숙한 인격에 완벽한 마법적 능력을 펼쳐 보이며, 요정 엘프들은 비천체인 지상의 것들과 차별화되는 더없이 순수하고 고결하며 아름다운 존재로 묘사된다. 처음으로 등장한 인간 종족의 대표 역시 영웅적인 장엄한 면모를 지니며, 온갖 신화적인 존재들이 독특하면서도 아름다운 인간적 자질들을 뿜어낸다. 실제 현실 사회가 장려하는 인간상이 아니라, 인간 영혼에 깃들어 있다고 믿어지거나 소망스러워하는 이미지들을 곳곳에서 만날 수 있는 것이다.

물론 악의 세력 역시 더욱 음험하고 지능적이며 구체화된 모습으로 나타난다. 따라서 선악의 대결은 더욱 치열한 양상으로 전개되고, 주인공인 프레드(빌보의 조카)의 임무가 그만큼 무거워지며, 모험의 여정도 훨씬 다채롭고 험난하다. 그러나 전형적인 탐색 플롯 자체는 전편과 차이가 없으며, 프레드는 빌보와 마찬가지로 임무를 무사히 완성하고 한결 성숙된 모습으로 귀환한다.

판타지 동화뿐만 아니라 판타지 소설도 인간 정신의 어떤 열정, 고매함을 접하고 동일시하고 함께 성장할 수 있는 구조일 때 독자들을 깊이 사로잡음을 볼 수 있다. 단순한 소모성 유희만을 제공하는 텍스트는 일시적 도피를 제공할 뿐 충만한 내적 에너지를 나누어 주지 못하는 것이다.

4. 맺으며

지금까지 판타지 동화와 판타지 소설을 비교 고찰해 보았다.

판타지 문학은 현실적 삶을 구체적으로 다루기보다는 원형적이며 보편적인 소재와 주제를 상징적으로 다루며, 잘 형상화된 텍스트는 특정 현실에 적용되면서도 항상적인 시간성을 동시에 확보하는 영원한 생명력을 지닌다.

판타지 문학은 기존의 문학이 중요시하였던 가치인 '내용'이나 '형식' 그리고 결합된 의미로서의 '미적 자율성'에 큰 관심이 없으며, 전개 과정 자체에서 느끼는 즐거움, 놀라움, 기쁨, 경탄, 해방감을 주요한 목적으로 한다. 특히 판타지 소설은 '놀이' 개념에 가까운 까닭에, 작가적 정신의 질이 뒷받침되지 않을 경우 소모성 유희로 흐를 위험이 있다.

판타지 동화가 전통 설화의 환상성을 계승하면서도 작가나 텍스트 구성 방식, 추구하는 가치 등의 측면에서 전통과의 뚜렷한 단절을 보이는 데 비해, 판타지 소설은 전통 설화의 형식을 많은 부분 의도적으로 전유함으로써 전통 설화와 현대 창작문학의 중간적 성격을 보유한다.

판타지 동화는 대체로 현실의 시공간을 무대로 하여 사건이 시작되는 반면, 판타지 소설은 신화적 차원의 시공간에서 사건이 일어난다. 그러나 등장인물의 인도적 자질들이 텍스트의 주요한 에너지로 작용한다는 공통점을 지닌다.

그러나 판타지 동화와 판타지 소설이 자로 재듯 나누어질 수 있는 것은 아니며, 많은 부분 성격이 겹칠 수 있음은 물론이다.

판타지 문학을 위해서는 주제가 아주 중요한 진실성에 의해 세워져야 하고, 실재 안에 측정되지만 존재하지 않기 때문에 작가에게 최고의 지식, 현명함, 직관력 등이 요구된다. 그러나 열정, 고귀함, 고매한 상상력은 기발함의 약한 모스를 쫓는 것을 선호하는 현대 작가들의 일반적인 자질이 아니다.[17]

그러다 보니 우리 문화권에서는 문학적 질이 결여된, 고정적 틀을 손쉽게 차용한 흥미 위주의 오락물이 '판타지 소설'로 불리는 경향이 없잖아 있다. 가뜩이나 상상적인 것에 친숙하지 않은 문화적 풍토에 판타지 문학이 부정적 이미지로 수용되는 현실은 상당히 유감스럽다. 하지만 그렇다고 해서 판타지 소설의 미래는 없다고 단언하는 것은 성급하다. 앞에서 말했듯 판타지의 부상은 일시적 유행이 아니

---

17) Cornelia Meigs 외 3인, A Critical History of Children's Literature, The Macmillan Company, New York, 1953, 468쪽.

라 기존의 문학과는 다른, 상상력에의 요구를 충족시켜 줄 문학에 대한 독자들의 갈망이 표출된 것이기 때문이다.

이 시대의 독자들은 더 이상 진리와 진실에 관한 무거운 담론에 짓눌리기를 거부하며, 경탄과 즐거움을 통해 내면의 해방감을 맛보고 싶어한다. 따라서 이 시대에 새롭게 도전하고 개척해 볼 만한 미지의 영역이 판타지 분야이다. 독창적인 상상력이 주는 재미와 문학적 질을 갖춘 판타지 동화는 물론이고, 읽는 즐거움과 통찰의 기쁨을 함께 주는 품격 있는 판타지 소설의 탄생이 기대되는 시점인 것이다.

물론 판타지 소설의 관습들은 서구의 것이지만, 인터넷상에서 국경이 없어진 지금 굳이 문화적 국수주의를 고집할 이유가 없다. 판타지 텍스트를 이루는 신화적 모티프는 특정 개인의 것이 아니라 지구촌 공동의 자산이므로, 아키타입을 전유하면서 오히려 우리의 문화자산을 적극적으로 전파하는 능동성이 필요하다. 또한 세계적으로 고정 독자층이 형성되어 있는 톨킨류의 판타지 소설뿐 아니라, 남미의 보르헤스나 가브리엘 가르시아 마르케즈 등이 열어 보인 새로운 차원의 판타지 문학도 미래지향적 관점에서 관심을 가질 필요가 있다.

상상적인 문학의 전통이 오래 단절된 우리나라 풍토에서 작가들이 자유로운 판타지 문학을 창조하는 일은 쉽지 않다. 문학도 그 나라의 고유한 문화적 풍토 안에서 태어나고 자라는 것이기 때문이다. 그러나 기존 이데올로기와 관념들에 고착되기를 거부하고 새롭고 신선한 이미지들을 추구하며, 의식에 지나치게 억눌려 왔던 무의식의 해방을 지향하는 자세를 애써 가질 때 상상적인 것이 싹터 나올 수 있을 것이다. 그리고 그러한 풍토 속에서만이, 날이 갈수록 각 방면에서 절실히 요청되는 자유자재한 상상력을 발휘할 주체들이 자라날 수 있을 것이다.

(『돈암어문학』 14호, 2000)

동화와 애니메이션 텍스트의 비교

『흙꼭두장군』[1]을 중심으로

1. 시작하며

이 시대 문화의 핵심 키워드는 문학이 아니라 영상이다. 말과 글을 통해 이미지를 머릿속에 떠올리던 상상모드에서, 생생한 이미지를 시각적으로 경험하는 영상모드로 문화의 조류가 바뀐 것이다.

영상시대의 도래와 함께 활자매체의 종말을 예고하였던 캐나다 문화인류학자 마샬 맥루언[『미디어의 이해(Understanding Media)』, 1963]의 말이 완전히 실현된 것은 아니지만, 영상문화의 확산과 더불어 인쇄매체의 위축이 심화되고 있는 현실이다.

그런데 문학이 침체되는 전반적 흐름과는 달리, 동화책은 그 어느 때보다 많이 창작되고 많이 만들어지고 많이 언급되고 있다. 몇몇 베

---

1) 김병규, 『흙꼭두장군』, 서강출판사, 1990(원본), 푸른책들, 2000(개정본).

스트셀러를 빼면 판매량이 그렇게 많은 것은 아니지만, 다른 문학 장르와 비교할 때 상대적으로 이 시대 독자들의 자발적 호응을 받는 장르인 것만은 틀림없다. 어린이 동화책은 물론이고, 어른을 위한 동화책이 활발히 창작되고 판매되는 등 실질적인 움직임을 보이는 점을 볼 때 그러하다. 판매량이 중요한 것이 아니라, 이러한 현상에서 '장르 해체'와 '영상모드'라는 이 시대의 핵심 코드를 읽어낼 수 있다.

역사 속에 나타났다 사라진 수많은 문학 갈래들—향가(사뇌가)·경기체가·가사·가전체 등—을 돌아보면, 한 시대의 정신을 드러내는 데는 유용하였으나 변화하는 시대의 정신을 표현하는 데 적합하지 않아 수명을 다하고 말았다. 현대문학 갈래 역시 문학의 도달점이 아니라 특정 시기의 표현 양식이라는 점에서, 장르 확장 또는 장르 해체를 통한 생존 모색은 이 시대 문학의 필연적 전략의 하나로 보인다.

단순 소박함과 애니미즘적 상상력을 특질로 하는 동화문학은 그 성격상 굳어진 권위를 가질 수 없는 까닭에, 시공을 초월하여 당대 독자와 호흡을 같이 하며 시대의 변화에도 비교적 유연하게 적응해 올 수 있었다. 그리고 이러한 기본 특질이 영상 문화시대와 상통하는 측면이 있어 오히려 적극적으로 수용된다고 여겨진다.

사실 어린이 책은 시대의 변화에 빠르고 능동적으로 적응해 왔다. 지난 10년을 기점으로 그 이전의 동화책과 이후의 동화책들을 비교해 보면 이러한 점은 금방 알 수 있다.

우선 눈에 띄는 외형상의 변화로 책의 디자인이나 일러스트레이션 등 시각적인 측면이 엄청나게 화려해졌다. 내실을 중요시하던 전통적 사고방식이 어린이 책에서는 완전히 역전되었다고 볼 수 있다. 눈길을 끄는 판형과 세련된 디자인에 수준 높은 일러스트레이션이 곁들여진 그림책 개념의 동화책들이 어린이 도서 시장의 판도를 바꿔 놓으면서, 화려한 장정의 올 컬러 동화책이 서점을 뒤덮고 있다. 1990년대 초반만 해도 유아용 그림책을 제외하고는 컬러 삽화를 넣은 책이 별로 없었다는 점을 상기한다면, 보이는 것을 중시하는 영상 시대의 정서를 어린이 책 출판 편집인들이 누구보다 발 빠르게 수용하였다 하겠다.

두 번째 변화로는 영상시대의 핵심 키워드 가운데 하나인 '가벼움'인데, 이는 긍정적인 측면과 부정적인 측면을 함께 지닌다. 전대 우리 동화의 발랄한 상상력을 억압해 왔던 역사, 교육, 진리와 진실에 관한 무거운 담론 등을 벗어 던진 다양한 형태와 주제의 동화들이 나타난 것은 긍정적 측면이고, 인간 정신의 본질을 단순 소박하게 구현한 가벼움이 아닌 소재주의적 가벼움이 화려한 외피를 입고 독자의 호주머니를 노리게 된 현상은 부정적 측면이다.

세 번째 중요한 변화는 독자 대중의 폭넓은 확산이다. 문화 자본주의 시대에 자녀 교육에 대한 부모들의 뜨거운 관심은 어린이 책의 시장성을 담보하고 사회적 담론을 유도한다. 어린이를 위한다는 명분과 출판사의 상업적 전략 및 언론 매체의 지원에 힘입어 권장도서를 추천하는 단체가 중대한 영향력을 행사하는 권력기구가 된 것도 이 시기의 특기할 만한 사항이다. 이후 어린이 책 추천단체가 우후죽순으로 늘어난 현상 역시 긍정적인 면과 부정적인 면을 함께 가진다.

지금까지 우리 동화문학이 현재 처해 있는 문화적 상황을 살펴보았다.

이제부터는 창작동화가 영상 문화와 어떻게 소통하고 습합하는지, 영상매체 중에서도 동화와 긴밀한 영향관계를 가지고 있는 애니메이션과 비교 고찰해 보고자 한다.

동화와 애니메이션은 그 역할과 기능이 다르지만, 시대 정신을 드러내는 각각의 방편으로, 독자와 폭넓은 의사소통을 추구한다는 점에서는 다를 바가 없다. 따라서 양 매체의 특성을 재확인하고 옹호하는 데 머무르지 않고, 타 매체의 이용 가능한 장점을 수용하여 이 시대의 독자와 적극적으로 소통할 방도를 찾아보고자 한다.

분석 텍스트인 김병규의 동화 『흙꼭두장군』은 1990년에 초판이 나왔고, 1993년 MBC 만화영화로 제작되어 방송되었으며, 2000년에 개정판이 나왔다.

이 글에서는 먼저 동화와 애니메이션의 기본적 특성을 알아보고, 원작 동화를 애니메이션화하였을 때 어떤 변화를 보이는지 구체적 텍스트를 통해 논의할 것이다. 그리고 애니메이션화 이후 개정판 동화와 원작 동화를 비교함으로써, 영상문화의 영향력을 실증적으로 밝혀볼 것이다. 그러한 결과를 바탕으로 영상시대 동화문학의 방향성을 모색해 보고자 하는 것이 이 글의 목적이다.

1990년에 나온 『흙꼭두장군』 초판본(『까만수레를 탄 흙꼭두장군』, 서강출판사)과 2000년에 나온 개정판(『흙꼭두장군의 비밀』, 푸른책들).

2. 동화와 애니메이션 매체의 이해

동화는 말문학과 글문학을 모두 포함하며, 전래동화로 불리는 구비문학으로부터 현대의 창작동화에 이르는 오랜 역사와 전통을 가지고 있다.

이에 비해 애니메이션은 19세기 기계문명의 발달로 탄생된 영상문화의 자녀이다.

1826년 의사 존 에어튼 파리스(John Ayrton Paris)가 연속적인 동작을 나타낸 그림을 원판에 꽂고 회전시켜 그림의 움직임을 보여주는 소마트로프(Thaumatrope)를 만들고, 1876년 에드워드 메이브리지(Edward Muybridge)가 사진총(Photographic Gun)을 내놓으면서 환등기 시대는 끝이 나고 영사기 시대로 돌입하게 된다. 영사기에 걸린 최초의 애니메이션 작품은 프랑스의 에밀 콜(Emile cohl)이 1908년 제작한 〈판타스마고리(Fantasmagorie)〉와 초단편 시리즈 〈판토슈(Fantoche)〉이다.

그러나 애니메이션의 기원은 고대 동굴벽화로 거슬러 올라간다. 처음으로 애니메이션(動畫)이 발견된 곳은 기원전 1만 년 전에서 5000년 전쯤에 형성된 것으로 추정되는 스페인 북부 알타미라(Altamira) 지방의 동굴이다. 그 동굴 벽에는 사냥꾼에게 쫓기는 멧돼지 그림이 그려져 있었는데, 이상하게도 멧돼지의 다리는 4개가 아니라 8개였다. 이것은 곧 움직임을 표현한 그림, 즉 동화였던 것이다.[2]

애니메이션(animation)의 기원이 희랍어의 animal(동물), 라틴어의

---

2) 황선길, 『애니메이션의 이해』, 디자인하우스, 1996, 10~17쪽.

anima(생명)에서 비롯되었고 움직이는 것을 뜻한다는 점을 주목한다면, 만물이 살아 있고 움직인다고 여겼던 고대인의 애니미즘적 사고가 첨단 기계문명의 도움으로 실현되었음을 알 수 있다.

만물에 인격성을 부여하는 물활론적 사고는 동화 장르의 가장 큰 특질로서, '불신의 자발적 중지'라는 면에서 양 매체가 상통한다. 시공간의 배경적 세부 표현에 제한을 받지 않는다는 점에서도 애니메이션은 영화와 차이점을 가지며 오히려 동화와 유사한 구조를 보인다.

문학과 영상은 다같이 이미지를 만드는 과정이지만 유사성과 차이점을 가진다. 로버트 리처드슨에 따르면 이미지는 생생함과 중요함을 강조하기 위해 사용되는데, 문학에서는 중요한 부분을 시각적으로 드러내기 위해 애쓰고, 영화에서는 시각적으로 보이는 것이 중요함을 강조한다.[3]

이것은 문학이 '말'과 '글'에 의존하여 머릿속 화면에 스스로 구성한 이미지를 투사하는 데 비해, 영상은 구체적 소리와 풍경을 경험한다는 차이에서 온다.

언어와 문법에 의존해야 하는 문학에 비해, 영상은 형상을 통해 더 강하고 더 깊게 의미와 감정을 전달할 수 있다. 또 영상은 그 자체가 만국공통어로서, 식자와 무식자를 가리지 않고 내용 전달을 할 수 있다는 장점을 가진다.

그런 반면 문학에 비해 영상은 또한 상상력의 제한이라는 한계를 가지기도 한다. 문학의 독자는 개념의 추론과 이미지화를 위해 스스로 상상력을 활발히 발휘하며 독서를 하지만, 구체화된 세부가 제시된 영상은 경험 자체로 자족적이어서 텍스트 내부에 독자가 채울 여

---

3) 로버트 리처드슨, 이형식 옮김, 『영화와 문학』, 동문선, 2000, 100쪽.

백이 별로 없다.

문학과 영상의 상호 수용 가능성을 여기서 찾아볼 수 있다. 문학은 이미지를 생생하게 드러내기 위해 영상의 시청각적 재생 효과를 참조할 필요가 있고, 영상은 텍스트 내부에 독자의 상상력을 채울 문학적 여백을 마련할 필요가 있다.

한편 애니메이션은 영화와 달리 과장성과 왜곡성을 주요 특질로 가진다. 등장하는 인격화된 사물이 단지 사람처럼 행동하는 자체만으로는 관심을 끌 수 없으며, 희화화(戲畫化)된 단순한 선과 색채로 인간 본질의 핵심을 어떻게 간명하고 재치 있게 드러내는가가 문제가 된다.

선명한 캐릭터, 분명한 스토리, 플롯 내에 지속적으로 배치된 이벤트, 1초에 24프레임이라는 정해진 표현 수단으로 전체 구조의 깊이를 어떻게 간명하게 녹여 드러내는지, 시청각적 효과를 어떻게 극대화시키는지, 형용사가 아닌 동사로 이루어지는 영상의 구문, 속도와 리듬과 분위기와 타이밍 등 애니메이션은 영상시대의 아동문학 창작에 많은 지침을 제시한다. 일방적으로 영상문화를 추종하는 것이 아니라, 걸어가던 속도에서 고속전철을 타고 가는 속도로 바뀐 것이 오늘의 현실임을 인정하고, 현재의 흐름을 놓치지 않으면서 보편적 가치를 지킬 방안을 찾아야 할 것이다.

그런데 동화와 애니메이션의 큰 차이는, 개인의 창작물인 동화와는 달리 애니메이션은 분명한 상업적 목적 하에 공동 작업으로 탄생되는 장르라는 것이다. 따라서 언제나 대중화 보편화를 지향하게 되는데, 그 점은 애니메이션의 장르적 한계가 되겠지만 문학에 시사하는 면도 분명 있다. 개인의 섬세한 감수성과 독창적인 상상력과 뛰어난 인식 능력 등을 최대한 고양시켜 드러낼 수 있는 문학의 가능성을 소중히 추구해야 할 것이지만, 애니메이션의 보편화와 대중화 노력을 오늘의 문학이 수용할 필요가 있는 것이다.

3. 텍스트의 분석

1) 동화의 애니메이션화에 따른 변화

(1) 시청각 이미지의 위력

감각은 개념에 선행된다. 따라서 형상과 소리는 글보다 권력적이다.

시각과 청각의 직접적 이미지로 전달하는 애니메이션 〈흙꼭두장군〉은 '감각의 직접 체험'이라는 면에서 동화가 흉내낼 수 없는 힘을 가진다.

동화가 지문으로 길게 묘사한 배경과 동작과 표정을, 애니메이션은 설명 없이 한 장면으로 나타낸다.

원작 동화	애니메이션
김 박사의 지시에 따라, 한 사람이 카메라로 사진을 찍기 시작했다. 밭 전체의 모습과 주위의 산, 그리고 이곳 저곳을 여러 각도에서 찍어댔다.	카메라 셔터 음향. 조리개 모양으로 열렸다 닫히는 그림 속에서 풍경 교체.
무덤 안은 안온한 방처럼 꾸며져 있었다. 여러 가지 부장품 가운데 가장 눈길을 끄는 것은 흙으로 만든 인형들이었다. 여인이 가야금을 뜯는 모습, 말을 탄 사람, 한 손으로 입을 가리고 미소 짓는 여인, 웃는 할아버지 얼굴, 신하들, 관복을 입은 남자상…….	돌문이 열릴 때의 음향. 어둠을 뚫고 위에서부터 서서히 빛이 비치며, 무덤 속 흙인형들을 차례로 비친다. 푸르고 어두운 실내 구석구석이 서서히 모습을 드러낸다.

문자 언어에 비해, 캐릭터의 목소리는 그 자체로 비교할 수 없이 많은 정보를 전달한다. 감정, 성격, 교육 수준, 정신 상태, 사회 계층, 지역, 직업 등등. 그리고 실제적인 효과음(빗소리, 물소리, 개구리 울음, 앰뷸런스 소리)은 친숙한 감각에 직접적으로 호소하고, 추상적 음향은 시각을 보완하여 극적 체험을 불러일으킨다. 또한 음악은 주제를 향한 방향성을 가지고 내용의 깊이와 풍부함을 더한다.

원작 동화	애니메이션
하늘에는 수많은 별들이 반짝이고 있었다. 흙꼭두장군은 멀리서 온 별빛을 받아 먹었다. 국수를 건져 먹듯 그렇게 별빛을 먹었다.	푸르고 어두운 밤하늘 별들이 초롱초롱 빛난다. 별빛이 흙꼭두장군을 향해 빠른 속도로 일제히 모여들고, 작은 종들이 바람에 일렁이는 듯한 맑고 신비롭고 투명한 음향.
밖에는 어둠과 빗소리뿐이었다. 한참 동안 어둠과 비를 싸잡아 노려보던 빈수가 그 속을 밀고 들어갔다. (……) 금세 옷이 푹 젖어, 몸에 착 달라붙었다. "가짜 도깨비다!" 빈수가 나지막한 소리를 내뱉었다. 쌍릉골에는 주먹만한 불덩이가 빗속에서 이리저리 움직이고 있었다.	대사 없음. 칠흙 같은 어둠. 빗소리. 거친 불협화음의 현악기 소리. 마치 톱으로 무언가를 써는 듯한 불안한 음향이 점점 커지고 빨라짐.

입체적이고 감각적인 영상매체와 문학을 경쟁 매체로 비교하기는 어렵다. 그러나 독자의 감각을 일깨우고 정서에 호소하는 생생한 이미지를 문학 텍스트 속에 재생시키려는 노력이 필요한 시대이다.

(2) 주제를 향한 집중력과 속도감
실제로 인식할 수 있는 것보다 더 빨리 이미지의 홍수를 제시하는 것은 영상매체의 고유 능력이며, 애니메이션의 경우 이러한 움직임이 더 많이 요구된다. 애니메이션의 특성이 과장성과 왜곡성인데, 스피드의 과장도 여기 포함된다.

애니메이션 서사는 시간에 따라 정확히 계산된 프레임 속에 기―승―전―결의 효율적인 구조로 미리 배열되어지고, 그 과정에서 중심 스토리를 강화시키는 요소는 확장되고 부분적인 곁가지들은 제거된다.

원작 동화	애니메이션
"야, 너 요즈음 무척 게을러졌구나." "네?" "그렇게 안 봤는데 농땡이로군." "무슨 말씀이세요?" "내 말이 틀렸다는 거냐?" "그래요." 박 선생님은 차돌 같은 주먹으로 빈수 머리에 알밤을 먹였다. "예끼, 요녀석! 그래도 입은 살아가지고…." "억울합니다, 선생님." "야, 지금이 몇 시냐? 그런데 이제 책가방을 들고 어슬렁어슬렁 등교해. 쯧쯧, 지각을 해도 분수가 있어야지…. 앞으로 정신차려."	장면: 책보를 멘 빈수 선생님과 마주치다. 대사: "너 지금 몇 신데 어슬렁어슬렁 들어오니?" 빈수 머리 긁으며 머쓱한 표정. 장면 교실로 바뀜.

스토리 전개상 필수적이지 않은 느슨한 대화 대신 상황을 집약하여 '보여'줌으로써, 중심 주제를 강화시키는 효과를 얻고 있음을 볼 수 있다.

이밖에도 빈수가 학교에서 사회 시간에 발표를 하는 장면(25~28쪽), 지혜로운 젊은이가 한꽃님왕이 된 이야기(49~55쪽), 도깨비불에 관한 에피소드(56~60쪽) 등, 부분을 제거하여도 전체 플롯이 크게 훼손되지 않는 삽화들은 모두 제거하여 이야기의 핵심을 향한 집중력과 속도감을 강화하였다.

이에 더하여 평화로운 시골 풍경을 보여줄 때는 가볍고 평화로운 음악, 새길이 혼자 피리를 불 때는 쓸쓸한 음악, 쌍릉골을 둘러싼 전설을 이야기할 때는 신비로우면서도 밝은 음악, 빈수에게 위협이 닥쳐올 때는 빠르고 불길한 음악으로 주제를 심화시킨다.

스토리와 사건 중심의 단일한 구성과, 선명한 캐릭터, 전체 주제를 구심점으로 적절한 확산과 수렴이 이루어진 구조 등은 텍스트의 흡인력과 속도감을 부여하는 요소로서, 우리 동화가 적극 수용해야 할 측면이다.

(3) 보편성 / 합리성 / 대중성

상업성과 대중성을 뚜렷이 표방하는 장르인 애니메이션은 개인적 감수성보다는 일반 대중의 정서를 중요하게 여긴다.

기획자, 감독, 시나리오 작가, 콘티 작가, 캐릭터 디자이너, 원화맨(Key Animator), 동화맨(in-betweener), 배경미술인(Background Artist), 선화인(Inker), 채색인, 특수효과인, 검수인, 촬영인, 편집인, 성우, 음악인, 효과인, 타이틀 디자이너 등 애니메이션 제작 과정에 참여하는 수많은 사람들의 눈과 손을 거치면서 다수가 공감하는 보편성과 합리성을 얻게 된다.

애니메이션 〈흙꼭두장군〉 장군 역시 구조와 세부적 내용이 이러한 방향으로 사소한 상황까지 수정됨을 볼 수 있다.

원작 동화	애니메이션
새길: "배가…… 아파…… 죽겠어" 배를 잡고 뒹구는 삽화. 그러나 뒷부분에서 병명을 심장병으로 밝힘	앞부분의 대사를 고침. "가슴이…… 가슴이 답답해……."
새길 아버지의 캐릭터: 주인공에 맞서는 적대자로서의 도굴꾼 이미지에 충실함. 다른 도굴꾼은 주변인으로 머물러 있음.	딸에 대한 부성이 강한 자상한 아버지의 면모 강조. 아버지가 새길을 업고 정겨운 대화를 나누는 장면. 아버지와 수박을 잘라먹는 장면 삽입. 딸의 수술을 위해 어쩔 수 없이 나쁜 짓을 하게 되었다는 인간적인 측면을 지속적으로 부각. 대신 다른 도굴꾼이 전형적 악역 이미지.

애니메이션에서는 빈수와 새길의 두 소년 소녀 캐릭터에 대등한 힘을 실어 주면서, 새길 아버지를 무성격의 차가운 이미지에서 부성이 부여된 따뜻한 이미지로 바꿔 놓았다. 있는 현실 묘사에 충실하고자 하였던 원작 동화와는 달리, 대중성을 지향하는 애니메이션에서는 독자에게 따뜻한 안심감을 주는 편을 택했던 것이다.

자신의 최선의 자아에 충실한 참다운 질서가 아닌, 독자를 만취시키는 평화롭고 따뜻한 가짜 질서야말로 이 시대의 문학이 가장 경계해야 할 측면이다.

그러나 보편성과 합리성은 좋은 문학이 반드시 확보해야 할 요소이기도 하다는 점에서, 애니메이션의 자연스러운 구어체 대사와 매끄러운 상황 연결을 유심히 살펴볼 필요가 있다.

그 밖에 애니메이션의 대표적 특성인 재치와 유머 역시 동화 장르가 적극 수용해야 할 가치 있는 즐거움이다.

2) 원본과 개정본 텍스트의 비교

1990년에 간행된 원본에 비해 2000년에 간행된 개정본은 세부적인 문맥과 전체 구조가 함께 안정되면서 명료해지고, 형용사가 줄어든 대신 동사의 활용이 늘어나면서 탄력적인 속도감이 생겼다.

구조를 느슨하게 하였던 삽화가 제거되고, 대화와 상황에 합리성이 부여되며, 언어는 문어체에서 생활언어에 보다 근접한 구어체를 쓰고 있다.

전반적인 변화를 요약해서 말한다면, 저자가 의도하였든 그렇지 않든 영상 기법을 직접 간접으로 텍스트에 수용하고 있음을 발견할 수 있는 것이다.

구체적 비교를 통해 살펴보자.

(1) 시각 이미지의 강화

원본에서는 전혀 묘사하지 않았거나 대충 언급하였던 세부 장면이, 개정본 텍스트에서 눈에 보이는 듯 선명하게 그려지고 있는 장면이 여러 군데서 목격된다.

원본	개정본
도입부, 배경묘사 없음.	박바가지를 엎어 놓은 듯 둥그런 산은 좀 가풀막졌다. 중턱 위쪽에는 소나무가 우거졌고, 계곡 쪽으로 내려오면 오리나무가 숲을 이루고 있었다. 농부가 쟁기질하고 있는 밭은 이 산자락에 딸린 비탈밭인데, 꽤 넓고 편평했다.
흙꼭두장군의 눈에서 파란 불이 번쩍하였다. 선생님의 책상 위를 그 불빛이 스쳤다. 그러자 책상 위에 놓여 있던 가정 통신문이 까만 수레에 옮겨 실려졌다.	흙꼭두장군의 눈에서 파란 불이 번쩍했다. 선생님의 책상 위에 놓여 있던 가정통신문이 '우표만하게' 줄어들면서 까만 수레에 옮겨 실려졌다.

예로 든 개정본 텍스트는 둘 다 애니메이션화되었을 때의 시각적 장면을 그대로 수용한 묘사로서, 영상이 동화에 직접적인 영향을 미친 경우라 하겠다. 그리고 위의 경우 외에도 군데군데 시각적 묘사가 강화된 예는 여러 곳에서 찾을 수 있다.

지나치지 않는 범위 내에서 문학에 있어서의 세부 이미지 묘사는 사실감을 높여 주며, 그럴듯함의 개연성을 부여한다. 또한 텍스트에 대한 정서적, 감각적 반응을 유도하기도 한다.

이러한 생생한 감각 이미지와 상상력은 영상시대 동화가 추구해야 할 가장 바람직한 방향으로, 저자는 능동적으로 시대정신을 수용하였던 것이다.

(2) 현실성/ 보편성/ 합리성의 부여

10년이라는 세월을 거치는 동안 더욱 예리해진 작가의식과 창작 능력으로 문맥과 구조를 설득력 있게 다듬은 결과이기도 하겠지만, 애니메이션 매체가 보여준 실감나는 생활언어 구사와 합리적 상황 설정이 원작의 수정에 일정한 영향을 미쳤으리라는 추정도 해볼 수 있다.

원본	개정본
김박사에게 들키지 않고 숨어 있던 흙꼭두장군은, 까만 수레를 타고 농부의 뒤를 따라왔던 것이다. "내가 숙제를 안 한 건 어떻게 알았지?" "네 얼굴만 봐도 무슨 생각을 하고 있는지 알 수 있어. 그것 말고도 난 신통한 재주를 좀 가지고 있지?" "어떤 어떤 재주야?"	김박사에게 들키지 않고 숨어 있던 흙꼭두장군은, 까만 수레를 타고 농부의 뒤를 따라왔던 것이다. "우리 집엔 왜 왔니?" "날 좀 도와 줘. 내가 꼭 할 일이 있어. 그런데 내가 잠자는 동안에 세상이 어떻게 달라졌는지 모르거든." "좋아. 먼저 아버지께 인사드리러 가자."

"차차 보여주지. 하여튼 넌 나와 함께 다니면 이로운 점이 많을 거야. 물론 내가 너의 도움이 필요할 때도 더러 있겠지." "좋아. 그럼 아버지께 인사하러 가자." "안 돼." "왜?" "아버지께서는 나를 김 박사에게 보내려고 할 거야. 박물관 유리 속에 갇히는 게 싫거든."	"안 돼!" 흙꼭두장군은 제비꽃만한 손을 재빨리 내저었다. "왜?" 빈수가 눈을 동그랗게 뜨며 물었다. "너희 아버진 나를 김박사한테 보내려고 할 거야. 난 김 박사가 싫어. 그 사람은 나를 그냥 흙인형으로 볼 뿐 흙꼭두장군으로 여기지는 않을 테니까."
김 박사가 일어났다. 문을 밀치고 밖으로 나왔다. 조순경은 밖에까지 따라 나와 인사를 하였다. "박사님. 언짢게 생각 마십시오. 솔직히 말씀드리면 저도 대학에서 고고학을 전공했습니다. 박사님께서 지으신 책으로 공부를 했지요."	김 박사는 일어나 문을 밀치고 밖으로 나왔다. 조 순경은 밖에까지 따라나와 인사를 했다. "박사님, 언짢게 생각하지 마십시오. 저도 박사님께서 지으신 책의 겉장을 봤습니다. 제 친구 중에 고고학을 전공한 녀석이 있었거든요."

　흙꼭두장군과 빈수가 처음 만나는 상황 묘사와, 흙꼭두장군의 성격 및 능력이 개정본에서 보다 합리적으로 제시됨을 볼 수 있다. 상상적 존재와 현실적 존재가 만나게 되는 경우 내적 개연성이 없으면 허황한 느낌을 주게 되는데, 원본에서 현실감이 부족한 부분이나 다소 비합리적이었던 부분들이 개정판에서 현실적/보편적/합리적으로 수정되면서 전체 이야기 구조가 한결 탄탄해지고 설득력을 얻게 되는 것이다.

　애니메이션의 특성 가운데서 문학에 수용 가능한 장점을 취할 필요는 있지만, 애니메이션이 지향하는 대중성은 결국 상업성과 동전의 양면관계라는 점에서 결코 문학의 궁극적 지향점이 될 수 없다는 점은 유의해야만 할 것이다.

(3) 스토리 및 속도감의 강화

원본에 비해 개정본은 스토리 전개가 한결 뚜렷하고 속도감이 강화된다. 이러한 변화는 전체 구조가 중심 줄거리를 향해 수렴되고 확산된 결과이다. 눈에 띄는 세부적 변화를 찾아보면 다음과 같다.

❶ 형용사에서 동사로

형용사는 움직임을 정체시키고, 동사는 이야기에 속도감과 박진감을 준다. 개정본에서는 원본의 형용사들이 대거 삭제되고, 동사가 주요 기능을 수행한다.

원본	개정본
댓돌 위로 올라선 농부는 빈수가 쓰던 방문을 열었다. 빈 방에서 찬 기운이 확 끼쳤다. 농부는 문고리를 잡은 채 한동안 꼼짝 않고 서 있었다. 초가지붕 위에서 박꽃이 농부를 내려다 보았다. 철 늦게 핀 박꽃이지만 함초롬이 밤이슬을 머금어 더욱 하얗다. 살며시 문을 닫으며 돌아서는 농부의 눈에는 눈물이 얼비쳤다.	댓돌 위로 올라선 농부는 방문을 열었다. 빈 방에서 찬 기운이 확 끼쳤다. 문고리를 잡은 채 한동안 꼼짝 않고 서 있었다. 살며시 문을 닫으며 돌아서는 농부의 눈에는 눈물이 얼비쳤다.
언덕에 오른 빈수는 오두막집을 바라보았다. 빨간 놀을 등지고, 새길은 문 앞에서 아직 이쪽을 바라보고 있었다. 손을 흔들었다. 가랑잎 하나가 거미줄에 매달려 흔들리는 것 같았다. 빈수는 마주 손을 흔들었다. 그 모습을 보고 흙꼭두장군이 빈정거렸다. "앞으로 이 언덕에 자주 오르게 생겼군."	언덕에 오른 빈수는 외딴집을 내려다보았다. 빨간 노을을 등진 새길이 아직 이 쪽을 바라보고 있다가 손을 흔들었다. 빈수는 마주 손을 흔들었다. 그 모습을 보고 흙꼭두장군이 종알거렸다. "앞으로 이 언덕에 자주 오르게 생겼군."

동사는 대표적인 영상 언어이다.

수사의 우열관계가 성립될 수 있는 것은 아니지만, 생생한 이미지와 움직임이 결합될 때 한결 생동감이 생기며 독자의 눈길을 끄는 것은 당연하다.

어휘뿐만 아니라 수사 역시 전체 구조를 구심점으로 가장 적절한 것이 선택되어야 하지만, 한국 동화의 오랜 병폐가 밋밋한 스토리에 과다한 수사, 지나친 감상성이었음을 염두에 둔다면, 생기 있는 동사의 적극적인 활용이 권장된다.

❷ 중심 플롯 외의 곁가지 삭제

상황이 집약되지 않았던 문어체 대화가 상황을 압축한 구어체 대화로, 느슨하였던 지문이 스피디하게 축약되는 전반적인 변화와 더불어, 중심 스토리 전개에 도움이 되지 않거나 오히려 방해가 되는 에피소드들이 대폭 제거된다.

원본	개정본
옛 왕릉이 발굴된 빈수네 목화밭에서 도깨비불을 보았다는 사람은 여럿이었다. 그런데 도깨비불에 대한 설명은 저마다 달랐다. (이후 전체 플롯에 영향을 주지 않는 도깨비에 관한 에피소드가 56쪽에서 58쪽 상단까지 삽입)	옛 왕릉이 발굴된 빈수네 목화밭에서 도깨비불을 보았다는 사람은 여럿이었다. 그런데 도깨비불에 대한 설명은 저마다 달랐다. (이후 스토리 전개에 도움을 주는 현실적 목격담 6행 삽입)

몇 행부터 몇 페이지에 이르는 불필요한 곁가지들을 없애고, 인물과 사건과 배경을 한층 실감나게 형상화함으로써 『흙꼭두장군』 개정

본은 원본에 비해 눈에 띄는 속도감과 박진감을 가지게 된다.

주제와 소재에 따라 분위기와 리듬과 톤이 달라져야 하며, 그 구조가 요구하는 가장 적절한 내용과 형식으로 형상화되어야 함은 장르를 떠나 모든 예술의 기본 원칙일 것이다.

그동안 주체의 욕망으로 어린이 책에 입혀 왔던 장식과 의미를 지양하고, 어린이 독자 스스로 발견하고 경험하게 하는 이미지와 사건 중심의 입체적인 텍스트를 구성해 나가야 함은 이 시대 동화문학이 추구해야 할 방향이다. 그런 점에서 영상매체는 문학의 적이 아니라 오히려 문학의 풍요로운 젖줄일 수 있다.

4. 맺으며

지금까지 김병규 동화 『흙꼭두장군』이 매체의 변용을 거치며 어떻게 변화되었는지 살펴보았다. 그 결과 영상 기법을 적극 수용하는 쪽으로 변모하였고 따라서 작품이 한결 생동감을 갖게 됨을 알 수 있었다.

영상 문화시대 독자와의 폭넓은 교감을 위해 동화 창작에 수용 가능한 요소들을 찾는 데 주안점을 두었으나, 문학 장르만이 가진 고유한 장점들을 소중히 활용하여야 할 것임은 말할 필요도 없다.

동화와 애니메이션과의 교류 가능성은 두 방향으로 열려 있다. 원작 동화를 애니메이션화하는 방법과, 동화 창작에 애니메이션 기법을 차용하는 방법이다. 물론 애니메이션의 입장도 마찬가지이다.

현재로서는 동화와 애니메이션의 직접적인 교류는 거의 이루어지고 있지 않은 실정이다. 〈백설공주〉〈인어공주〉〈피터팬〉 등 디즈니

만화영화가 동화를 원작으로 캐릭터를 개발하고 현대적 감각을 가미하여, 동화와 애니메이션이 다함께 독자에게 한결 친숙해진 경우를 보더라도, 완성도 높은 국내 동화를 원작으로 한 한국적 애니메이션의 제작은 지속적으로 추구해야 할 바람직한 방향이라 하겠다.

따지고 보면 특정 매체에만 집착할 것은 못 된다. 굳어진 형식에 갇히다 보면 썩고 만다. 시대 정신과 소통하고 부단히 체험을 나누어야 할 것이다. 동화든 애니메이션이든 혹은 다른 영역이든 한 매체를 자유롭게 표현할 수 있다는 것은 유용한 도구를 가졌다는 뜻이며, 더욱 소중하게 여겨야 할 것은 주체의 절실한 문제의식이다. '왜?'라고 끊임없이 근원을 되묻지 않는 현재에의 충실은 생의 소모를 가져온다.

그리고 자신과 타자의 삶을 함께 생각하면서, 보다 폭넓게 교감하고 에너지를 주고받을 수 있는 방안을 찾아보아야 한다. 역사라는 거대 담론을 들먹이지 않더라도, 개인의 삶 역시 지향점에 따라 변증법적인 방향성을 획득해 간다는 점에서, 자신이 할 수 있는 최선의 방법으로 이 시대의 유동적인 삶의 운동 과정에 참여할 필요가 있다. 동화문학 역시 고유한 장르적 특질을 활용하여 자신의 영혼의 정수를 드러내는 것이 되어야 할 것이다.

(『돈암어문학』 16호, 2001)

제2부 아동문학과 이데올로기

감각과 사유가 미분화된 유년기에 어떤 체험을 하였는가에 따라 개인의 아비투스가 형성
된다. 즉 어린이의 몸은 특정 이데올로기를 내면화하여 미래를 담지하는 장소이므로, 특정
권력에 의한 이데올로기 주입이 가장 집중적으로 이루어질 수 있는 위험성이 있으며, 따라
서 주체의 자유와 존엄성을 지키려는 노력 역시 가장 치열하게 이루어져야 할 공간이다.

문단 형성기 아동문학장의 고찰
반공주의를 중심으로

1. 들어가며

이 글의 목적은 1945년 해방 이후 및 1950년 한국전쟁 직후의 아동문학장(場, champ)[1]을 살펴보고, 아동문학 문단 형성기에 반공주의가 어떤 작용을 하였으며 그 의미와 한계는 무엇인지 알아보는 데있다.

---

1) 현택수 외, 『문화와 권력』, 나남, 2002. 피에르 부르디외, 정일준 역, 『상징폭력과 문화재생산』, 새물결, 1997.
피에르 부르디외, 최종철 역, 『구별짓기: 문화와 취향의 사회학』, 1995. 참조.
부르디외는 사회를 하나의 총체로 보는 '방법론적 전체주의'에 반대하기 위해서, 동적이고 다양한 잠재적인 인식의 공간에 대한 개념을 제안하는데 이것이 바로 '장(field)'이다. 그의 이론에 따르면, 모든 사회는 여러 개의 장들(경제적 장, 교육적 장, 정치적 장, 문화적 장 등)로 이루어져 있고, 각각의 장에는 단순히 물적 교환관계로 환원될 수 없는 그 장의 일정한 교환관계(이해관계)가 있다. 장은 갈등의 영역이며, 이 속에서의 인간행위의 목적은 서로 다른 종류의 자본들을 축적하고 독점하는 것이 된다. 여기서 부르디외는 자본의 개념을 확장한다. 이해 관심의 대상은 항상 물질적인 것만은 아니다. 신성화나 위신에 기반한 권위는 순수하게 상징적이며, 많은 양의 경제적 자본의 소유를 함축하지 않는다. 부르디외는 경제자본으로 환원될 수 없는 자본의 다양한 형태를 구분함으로써, 경제 결정론적인 계급 개념을 극복하고자 하였다.

제국주의 침략과 동족상잔의 전쟁, 그리고 분단으로 이어진 한반도의 특수한 역사 현실은 한국 아동문학의 성격 또한 상대적으로 특수하게 만들었다. 해방을 맞아, 잃었던 말과 글을 되찾아 본격 문학과 문단을 형성해 가던 이 시기의 아동문학을 고찰하면, 차후 전개될 한국 아동문학의 근원적 성격을 상당 부분 해명할 수 있을 것이다.[2]

이때 한반도는 극단적 이데올로기 대립이 전쟁으로 폭발되고, 물질적 정신적 기반이 일시에 와해된 카오스 상태에서 새로운 사회 질서를 전면 재구축해 가던 역동적 시공간이었다. 아동문학 문단 역시 정치 사회적인 다양한 힘의 역학관계를 고스란히 함축하고 있기에, 문학 내재적 탐구나 역사 전기적 접근 방법만으로는 그 의미를 제대로 포착하기 어렵다. 이에 본고는 부르디외의 장 이론을 원용하여, 아동문학장을 전체로서 조망해 보고자 한다. 누가 어떤 말을 하고 글을 썼건 실제 어떻게 움직였고 무엇을 지향하였는가의 좌표가 객관적 사실을 더욱 명징하게 보여준다. 문단 형성기 아동문학장 구성원의 분포와 성향, 활동 내용 및 변화 양상을 살펴보면, 한국 아동문학의 성향과 한계가 일정하게 드러날 것이다.

왜 반공주의를 문제삼는가 하면, 문단 형성기 남한 사회의 총체적 지배 이데올로기가 반공이었고, 아동문학장 질서 재편에 있어서 주요한 내적 원리로 기능하였기 때문이다. 이데올로기는 그 성격상 소수의 이해관계에 봉사하며, 타자 배제의 원칙과 기만의 수사학을 특

---

2) '문단'은 국어사전에 '문인들의 사회'로 모호하게 정의되어 있다. 1920년대에 아동문학 각 장르가 형성되었고, 잡지에 투고하던 독자들이 성장하면서 자연스럽게 창작 담당층이 되었지만, 일제 강점기에는 전반적으로 근대적 습작 문단의 성격이 강했다. 이 글에서 해방기와 1950년대를 아동문학 문단 형성기로 본 것은, 1946년에 〈조선문학가동맹〉 '아동문학분과'가 조직된 것을 필두로, 1949년 〈한국문학가협회〉 '아동문학분과'를 비롯하여 1954년에 〈한국아동문학회〉가 결성되는 등, 이 시기에 아동문학인들의 단체가 구성되고 회원과 정관을 갖춘 조직체로 정비되며 일반 사회와 차별화되는 일종의 '전문가 사회'를 형성해 가는 양상이 뚜렷하기 때문이다.

성으로 한다. 그런 점에서 아동문학에도 넘쳐났던 '반공＝애국' 담론의 기표 너머, 말해지지 않은 기의의 실체를 밝혀 보고자 하는 것이 이 글의 주된 의도이다.

해방 이후 한반도 전체가 극심한 이데올로기 대립에 휩싸였고 일반 문단에서도 격렬한 이념 논쟁이 벌어졌던 것에 비해, 아직 독자적인 문단이 뚜렷하게 형성되지 않은 아동문학에서는 작가들끼리 눈에 띄는 이념 대립이나 논쟁을 벌이지는 않았다. 그러나 정치 대립이 심해지는 1940년대 후반에 이르면 작가들도 사상 또는 생존의 지리 공간을 선택하여 이동하게 되며, 전쟁 이후 아동문학장의 지형은 완전히 새롭게 개편된다.

영토를 각각 확정한 남과 북의 국가는 각각 차별과 배제를 통해 자국의 '국민'을 만들어 갔는데, 이때 남한 '국가'의 국민 자격은 '반공주의'의 잣대로 주어졌다. 아동문학장에서도 반공주의 작가들이 중심부에서 활약한 반면 이에 배치되는 종류의 이념을 가진 작가들은 사라지거나 발화를 억압당하였다. 전쟁 이전과 이후의 아동문학장 구성원의 성향과 보유한 자본의 종류 등이 어떻게 달라지는지 실제로 살펴보자.

2. 해방기 아동문학장의 분석

해방이 되자 잃었던 말과 글을 되찾은 벅찬 감격과, '새로운 나라의 건설'에 기여하고자 하는 출판인들의 열망 속에 각종 출판물이 홍수처럼 쏟아져 나왔는데, 그 중에서도 어린이와 교육 관련 서적 출판이 단연 두드러졌다.[3]

문학과 교육은 장이 다르지만, 현실적으로 아동문학에 대해 사회 일반은 교육적 기능을 기대한다. 특히 식민지 침탈로 극도로 피폐한 현실이었기에, 교육 관련 서적은 필수품으로 여겨진 반면 문학책은 일종의 사치품으로 여겨졌다. 따라서 출판사들은 안정된 판매가 보장되는 교재류를 다투어 펴냈고, 각종 아동도서들이 교육의 외피를 강조함으로써 상업성을 지향하는 현상이 나타났다. 그런가 하면 흥미 위주의 피상적 오락물에 쉽게 반응하는 어린이의 특성을 노린 조악한 만화, 해적판 번역물 등도 마구 쏟아졌다. 아직 아동문학 산문 장르가 제대로 성장하지도 못하였고, 소비자도 한정되어 있는 제한된 공간에서 이익만을 노린 모리출판이 먼저 횡행하였던 것이다.[4] 이런 현상은 주변문학[5]이나 교육과 그 경계가 비교적 명확한 일반문학과 달리, 상호 침투 가능성이 그만큼 열려 있는 아동문학장의 특수한 성격에서 초래된 결과이기도 하다.

---

3) 이중연, 『책, 사슬에서 풀리다』, 혜안, 2005, 170쪽.
　『경제연감』(조선은행 조사부, 1949)에 실린 1947년 출판 통계에서 아동물과 교재류 비율을 일부 살펴보자.
　정치 80(8.4%), 법률 10(1.0%), 경제 21(2.2%), 사회 22(2.3%), 산업 15(1.6%), 철학 17(1.8%), 종교 20(2.1%), 역사 42(4.4%), 아동 75(7.8%), 교과서 123(12.9%), 참고서 111(11.6%), (기타 생략)
4) 이중연, "영리 위주 출판에 대한 비판 자료", 앞의 책, 153쪽.
　• 비교육적 아동도서 / 『학생연감』, 동방문화사, 1950. 2.
　• 어떤 교과서가 이익을 남겼다 하면 경쟁적으로 교과서 출판에 뛰어드는 행위 / 장만영, 「출판문화의 저하」, 『민성』, 1948. 11월. 64쪽; 박연희, 「출판문화에 대한 소고(상·하)」, 『경향신문』, 1949. 3. 19. 3. 22.
　• 비양심적 만화 ('악취미, 저열, 부패, 잔인, 황당무계한' 내용의 책) / 이동수, 「아동문화의 건설과 파괴」, 『조선중앙일보』, 1948. 3. 13.
5) 주변문학: 통속물, 만화, 게임, 영화, 추리, 탐정, SF, 기타.

[그림 1] 일반문학과 아동문학장의 성격 비교

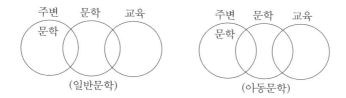

(일반문학)   (아동문학)

위의 그림을 보면 아동문학이 주변문학 및 교육 영역과 공유하는 면적이 훨씬 폭넓은데, 이 부분이 상업성을 담보하게 된다. 즉 아동문학장에서 문화자본[6]을 경제자본으로 교환할 수 있는 기회가 상대적으로 폭넓으며, 그 때문에 어느 시대나 보다 많은 사람들이 아동문학장에 손쉽게 진입하게 된다. 해방기 아동도서 출판시장은 아동문학장의 이러한 성격을 구체적으로 확인시켜 준 무대였다.

『해방 후 4년간 出版大鑑』[7] 집계를 보면 모두 170권의 아동도서가 발행되었는데, 이 가운데 순수 문학(창작, 선집)은 19권(11%)에 불과하고, 교육 관련 서적(독본, 작문, 과학, 물리, 지리, 역사, 영어 등)이 74권(44%)으로 나타나며, 상업성 지향 도서(만화, 전래동화, 위인전, 번역서, 기타)가 66권(39%), 나머지 잡지 등 정기 간행물이 11권(6%)으로 나타난다. 공간과 재화가 한정된 상황에서 교육과 상업성 지향의 목적적 도서가 80% 이상 발행되고 유통된 현실은, 해방이 되자마자 자본주의 원리가 아동도서 출판시장에서 얼마나 기민하게 작동하였는지 객관적으로 보여준다.

---

6) 문화자본은 학력자본과 예술자본으로 나눌 수 있다.
7) 『해방 후 4년간 出版大鑑』, 조선출판문화협회, 1948.
　　이 기간 동안 발행된 모든 아동도서목록이 완벽하게 기록되었다고 보기는 어렵다. 해적판은 말할 것도 없고, 만화 등 영리 목적의 도서들이 많은 부분 누락된 것으로 보인다.

아동문학장의 상황을 살펴보면, 좌파 계열 문인들의 결집과 활동이 확연히 두드러진다. 1945년 〈조선문학가동맹〉이 결성되면서 아동문학부 위원회가 만들어졌고, 기관지『아동문학』이 3집까지 발간되었다.[8] 같은 해에 프로 아동문학의 대표적 잡지였던『별나라』가 복간되고,『새동무』(김원룡 주간)와『아동문화』등 좌파 성향의 잡지들이 잇달아 창간되며 해방 후 아동문학장의 담론을 주도해 나갔다. 잡지 내용은 어린이들에게도 정치 사회 현실을 자세히 알려주고자 하였고, 일제 잔재 및 친일파 청산, 새로운 국가 건설, 봉건주의 타파, 계급주의 모순 타파 등을 주요 창작 소재와 주제로 삼았으며, 기존 아동문학의 동심 천사주의 경향을 강하게 비판하기도 했다.

그놈그놈 하더니만/왜놈들은 다 갓는데//아양떨며 껍죽대던/리상긴상은 가지 않고//나라맨드는 일한다고/얼렁뚱땅 한목보네//인젠인젠 하더니만/태극기는 꽂쳤는데//아지머니, 아저씨는/나라일은 제처놓고//왜놈 물건 사너라고//갈팡질팡 정신없네//된다된다 하더니만/해방독립 된다는데//울어머니 아버지는/옷밥걱정 웨하시오//왜놈들이 쫓겨갈제/가난만은 두고갓나요[9]

오늘날까지도 어린이들에게 대한 社會人의 關心과 人間的인 취급이 너무나 疏忽하고 冷冷하고 또 이에 對한 指導理念이 歪曲된 그대로이기 때문에 兒童은 純眞한 人間이라는 것을 口實삼아 하는 社會와 굳게 墻壁을 싼 에덴동산에서 단꿈을 꾸라고 力說하는 것이다.

---

8) 정지용이 위원장이었고, 박세영, 홍효민, 송완순, 이동규, 이주홍, 김동석, 한효, 박아지, 염근수, 신고송, 유두웅, 윤세중, 양미림 등이 소속되어 있었다.
9) 송완순, 「왜놈은 갓건만」, 『새동무』, 1946, 4호, 4쪽.

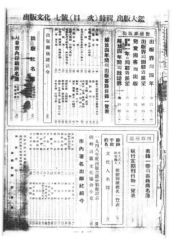
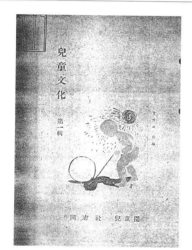

▲▲ 『해방 후 4년간 출판대감』의 표지와 목차. 1948년에 발행된 『출판대감』은 해방 후 아동도서 시장의 실제 현황을 객관적으로 보여주고 있다.
▲ 『아동문화』 1집의 표지와 수록 글. 아동문학에 대한 비판 담론을 주도한 좌파 성향의 잡지이다.

大體로 어린이의 純眞한 인간성이란 곧 先天的인 것을 말함이요, 낳으면서부터 地極히 不遇한 환경 속에서 嫉視와 冷待를 받아가며 커난 아이가 八百萬朝鮮兒童의 거의 全部라는 것을 생각할 때, 本然의 純眞性이라는 것을 고대로만 發揮시킬 수는 없는 것이다.[10]

이에 비해 우파 계열의 작가들은 뭉치기보다 개별적으로 활동하였고, 정치 사회 현실과 순항관계를 가졌다.

아동문학에 대한 비판 담론은 좌파 작가 이론가들이 주도하였으며, 우파 작가들은 대응하지 않고 침묵을 지켰다. 아직 전문 아동문학인들이 소수에 불과했고, 작가들 사이에 일종의 동인의식이 있었기에, 일반문학인들과 다르게 이념에 따른 대립을 심하게 보이지 않았다. 이원수, 신고송, 윤복진, 이주홍, 현덕 등 좌파 계열의 작가들도 『소학생』이나 『소년』 등 우파 성향의 잡지에 작품을 발표하고, 윤석중, 한인현, 김영일, 박은종 등 우파 작가들도 『아동문학』, 『아동문화』 등에 작품을 싣는 등 상호 교류함을 볼 수 있다.

해방기에 발행된 단행본 현황을 정리해 보면, 아동문학장 구성원 분포와 성격이 보다 명료하게 드러난다. 저자가 불분명한 목적적 아동 도서는 제외하고, 아동문학장에서 일정한 상징권력을 점유한 주요 활동 문인들이 펴낸 도서를 대상으로 아래와 같이 집계하였다.[11]

---

10) 정태병, 「아동문화운동의 새로운 전망」, 『아동문화』, 同志社兒童園, 1948. 11, 19~20쪽.
11) 『해방 후 4년간 出版大鑑』, 앞의 책, 14~17쪽. 이재철, 『세계아동문학사전』, 계몽사, 1989, 500~501쪽 및 국립어린이청소년도서관 소장도서 목록을 참고하였다. 완벽한 자료는 아니지만 전반적인 틀을 파악하는 데는 무리가 없을 것이다.

(표1) 해방기 아동문학장 주요 작가 발간 단행본

(일반문학인 : ★ 아동문학인: ☆)

번호	이 름	제 목	출판사	연도	장르	비고
1	주요섭	웅철이의 모험	아협	1945	장편동화	★
2	이주홍	못난돼지	경문사	1946	동화	☆
3	이병기	어린이 역사	정음사	〃	기획	★
4	아협 (윤석중)	원숭이	아협	〃	번역	☆
5	아협	걸리버 여행기	아협	〃	번역	☆
6	아협	로빈손 크루소	아협	〃	번역	☆
7	현덕	집을 나간 소년	아문각	〃	소설	★☆
8	현덕	포도와 구슬	정음사	〃	동화	★☆
9	박영종	동시집	조선아동회	〃	동시	★☆
10	박영종	초록별	을유문화사	〃	동시	★☆
11	윤석중	초생달	박문출판	〃	동요	☆
12	정태병	조선 동요선집	신성문화사	〃	동요	☆
13	한인현	민들레	제일출판사	〃	동요동시	☆
14	윤석중	어린이 한글책	아협	〃	교재	☆
15	김래성	똘똘이의 모험	영문사	〃	모험소설	★
16	주요섭	웅철이의 모험	아협	〃	장편동화	★
17	아협	소학생모범작문집	아협	〃	작문집	☆
18	주요섭	웅철이의 모험	아협	〃	장편동화	★
19	박태원	중국동화집	정음사	〃	번역	★
20	방정환	사랑의 선물	박문출판사	1947	동화	☆
21	정홍교	소년기수	동화출판사	〃	소설	☆
22	정홍교	금닭	동화출판사	〃	번역	☆
23	아협 編	소파 동화독본 전 5권	아협	〃	동화	☆
24	현덕	토끼 삼형제	아협	〃	동화	★☆
25	김원룡	내 고향	새동무사	〃	동요	☆
26	아협	우리 마을	아협	〃	기획	☆
27	이원수	종달새	새동무사	〃	동요동시	☆
28	아협	소학생 모범작문집	아협	〃	작문집	☆

번호	이 름	제 목	출판사	연도	장르	비고
29	김래성	만화 똘똘이의 모험	금룡도서문구	1947	만화	★
30	아협	조선동요백곡선	아협	〃	동요선집	★
31	문용구, 심은정, 조풍연	설희와 장미	종로서원	1948	번역	★
32	마해송	토끼와 원숭이	청구문화사	〃	동화	☆
33	박태원	이순신 장군	아협	〃	전기	★
34	방기환	누나를 찾아서		〃	소설	★
35	윤복진	아동문학선집	아동예술원	〃	선집	☆
36	이영철	백설공주	글벗집	〃	번역	☆
37	이영철	사랑의 학교	아협	〃	번역	☆
38	이원수	봄잔치	박문출판사	〃	그림동화	☆
39	이원수	어린이나라	박문출판사	〃	그림동화	☆
40	정인택	난쟁이 세 사람	동지사아동원	〃	그림동화	★
41	아협	꿈나라 아이리스	아협	〃	그림동화	☆
42	아협	링컨	아협	〃	그림동화	☆
43	아협	보물섬	아협	〃	그림동화	☆
44	아협	로빈손크루소	아협	〃	그림동화	☆
45	아협	어린 예술가	아협	〃	그림동화	☆
46	조풍연	프란더스의 개	성문사	〃	번역	★
47	조풍연	왕자와 부하들	아협	〃	번역	★
48	주요섭	어머니의 사랑	수선사	〃	번역	★
49	주요섭	꽃	상호문화사	〃	?	★
50	권태응	감자꽃	글벗집	〃	동시	☆
51	윤석중	굴렁쇠	수도사	〃	동요선집	☆
52	장만영	유년송	산호장	〃	시	★
53	임인수	어디만큼 왔냐	동지사 아동원	〃	동요동시	☆
54	김 송	아름다움 전설	백민문화사	〃	전래동화	★
55	정비석	인도동화집	동지사	〃	번역	★
56	김래성	도깨비감투	백호사	〃	전래동화	★
57	김 송	방랑하는 소년	일성당	1949	소설	★

번호	이 름	제 목	출판사	연도	장르	비고
58	방기환	꽃필 때까지	문화당	1949	소설	★
59	양미림 편	운동화		〃	소설	☆
60	임인수	봄이 오는 날	대한기독교서회	〃	동화	☆
61	정비석	마음의 꽃다발	수문각	〃	소설	★
62	정인택	봄의 노래	동지사아동원	〃	소설	★
63	정인택	하얀 쪽배	신대한도서	〃	장편소설	★
64	정홍교	박달 방맹이	남산소년출판사	〃	동화	☆
65	아협	소학생 소년 소설 특집	아협	〃	선집	☆
66	아협	피노키오	아협	〃	그림동화	☆
67	최병화	꽃피는 고향	박문출판사	〃	장편소설	☆
68	최병화	희망의 꽃다발	민교사	〃	소설	☆
69	박영종 編	현대동요선	한길사	〃	동요선집	★☆
70	윤복진	꽃초롱 별초롱	아동예술원	〃	동요	☆
71	이종택	사과장수와 어머니	계몽사	〃	동시	☆
72	방기환	손목잡고	문화당	〃	동극	★
73	윤석중	어린이 독본	글벗집	〃	교재	☆

총 73권

위의 표에서 다음과 같은 점들을 읽을 수 있다.

첫째, 아동문학인뿐 아니라 일반문학인들이 어린이 책을 활발히 펴냈다. 총 73권 가운데 32권을 일반문인이 펴내어 44%의 비율을 보이는데, 해방 이후 각종 아동잡지에 이들이 대거 아동소설을 창작하였던 것에 비하면 단행본으로 펴낸 분량은 오히려 적은 편이다.[12]

---

12) 1940년대 후반 아동잡지와 신문 등에 아동문학을 창작한 일반문학인은 방기환, 박영준, 최태응, 김송, 최인욱, 홍구범, 김광주, 김영수, 유주현, 박계주, 김래성, 정비석, 정지용, 박영종, 계용묵, 채만식, 한효, 박태원, 홍효민, 정인택, 현동염, 임서하, 홍구범, 송 영, 임옥인, 최정희, 박인범, 조풍연, 전영택, 김동리, 손동인, 박흥민, 염상섭, 조지훈, 김상옥, 박두진, 김윤성 등이다.

아직 아동문학 문단이 뚜렷이 형성되지 않고, 아동문학의 특수성에 대한 인식도 부재하였던 때라 일반문인들도 지면이 주어지는 대로, 혹은 적극적으로 아동문학을 창작하였던 것이다.

해방 이전에는 정지용, 윤동주, 박영종(목월) 등이 뛰어난 동시 창작으로 아동문학 발전에 기여하였고, 해방 후에는 소설가들이 아동문학의 산문 시대를 주도적으로 열었다. 그런데 소설가들은 아동문학을 양적으로 풍성하게 하였으나, 질적 발전에 기여한 면보다 흥미 위주의 글쓰기나 목적적 글쓰기로 아직 제대로 형성되지도 못한 아동문학장을 왜곡시킨 혐의가 더욱 크다.[13]

둘째, 아동문학인들이 펴낸 단행본 가운데서도 순수 창작집은 소량에 불과했다. 해방 직후 담론을 활발히 주도하였던 좌파 계열의 작가들 가운데서는 정태병, 양미림이 기획도서를 펴낸 정도이고,[14] 이원수, 현덕, 윤복진, 이주홍, 최병화 등 문학적 역량을 뚜렷이 보여준 작가들만 일부 단행본을 펴냈다.

우파(중도) 작가 가운데서는 윤석중, 박영종, 임인수, 권태응, 마해송, 이종택 등 문학적 성취를 보인 작가들이 창작집을 펴냈다. 특히 '아협'[15]을 내세운 윤석중의 활약이 단연 두드러지는데, 개인 창작집보다 아동문화 활동의 일환으로 각종 교육서적이나 번역서를 대량으로 펴낸 것이 확인된다. 그 밖에 이영철, 정홍교처럼 아동문학장에 일정하게 적을 두었으나 번역서, 교육적 기획서 등을 더욱

---

13) 김래성, 박계주, 정비석은 대표적 통속소설로 아동문학장을 상업적으로 장악하였고, 반공문학에 앞장서서 기여한 바가 크다. 다른 소설가들도 전쟁이 터지자 대부분 종군작가단에 가입하여 반공 아동문학의 틀을 만들고 전파시켰다.

14) 강승한, 송완순, 송 영, 양미림, 박세영, 신고송, 박아지, 김원룡, 임원호, 윤세중, 이동규 그 밖에 여러 아동문학인이 해방기에 활발히 활동하였으나, 사회주의 계열의 작가들에 대한 아동문학 분야의 연구 자체가 오래 누락되어 있었고, 아직 본격적으로 살펴지지 않은 상황이라 정확한 자료는 제시하기 어렵다.

15) 〈조선아동문화협회〉의 약칭. 실질적으로 단체라기보다 윤석중의 개인적 활동에 가까웠다.

활발히 펴낸 구성원들도 있다. 마지막으로, 아동도서 판매를 통한 이윤 취득 자체에 목적이 있었던 많은 구성원들이 또한 활발한 움직임을 보였다.

셋째, 위 표를 참고하여 해방기 아동문학장을 살펴보면 아래 그림과 같은 네 그룹의 행위자로 파악된다.[16]

[그림 2] 해방기 아동문학장의 구성

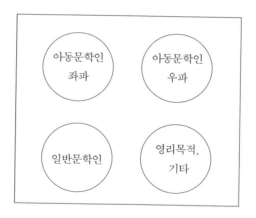

모든 사회 공간은 질서를 갖추고 있고, 질서는 높고 낮음의 위계제로 나타난다. 위계제는 행위자들이 사회공간에서 어떤 지위를 차지하는가에 따라 차이가 확보되는 체계로서, 지배―권력의 관계이다. 문학 생산의 장 역시 상징지배의 정당성을 획득하기 위한 문학 행위자들의 경쟁과 대립 그리고 투쟁의 공간이다.[17] 권력관계는 보유 자본의 크기로 결정되며, 각 장마다 특정 종류의 자본이 더 많은 영향

---

16) 좌파와 우파가 명료하게 구분되었던 것은 아니다. 전쟁으로 어느 '편'이든 택해야만 했기에, 결과적으로 나눌 수 있게 된 셈이다.

력을 갖거나 그렇지 않을 수도 있는데, 문학의 장에서는 '문화자본'을 토대로 한 '상징자본'(명성, 명예, 위신 등)이 '경제자본'이나 '사회자본'보다 표면적으로 우위에 있음은 물론이다.[18]

시대적 맥락(context) 속에서 이 시기 아동문학장을 분석해 보면, 해방 직후부터 1946년까지는 좌파 작가 이론가들이 일시적으로 중심에 위치하였다. 이들은 새로운 국가 건설을 위한 친일 잔재 청산 및 계급의 타파 등 당시 전 국민적인 열망과 부합되는 진보적 문학 담론을 활발히 생성시키며 상징권력을 얻었지만, 문화자본의 일정한 점유에 그쳤을 뿐 경제자본이나 사회자본을 목적적으로 추구하지 않아 자본의 총량이 제한적이었다. 자본의 총량은 자본의 종류와 양 외에 '시간'이 중요한데, 좌파 급진 그룹은 짧은 기간에 문학장의 중심부에 진입하였던 만큼, 정치 현실의 변화와 함께 급속히 영향력을 잃었다.[19] 반면 해방 이전부터 꾸준한 창작 활동을 해온 이원수, 이주홍, 현덕, 윤복진 등은 아동문학장 안에서 안정된 상징자본을 보유하고 있었기에, 정치 현실의 변화에 관계없이 단행본을 펴내며 상징권력을 행사할 수 있었다.

우파(중도) 작가들의 특성은 시대 흐름에 순응하거나 적극적으로

---

17) 현택수 외, 『문화와 권력』, 앞의 책, 32~34쪽
"예술작품 가치의 생산자는 예술가가 아니라, 예술가의 창조력에 대한 신념을 생산하면서 물신으로서의 예술작품의 가치를 생산하는 신념의 세계로서의 생산의 장이다. 〔…중략…〕 문학의 장이란 이 속에 들어선 모든 사람들에게 이들이 점유한 위치에 따라 차등적인 방법으로 작용하는 힘의 장이며, 동시에 이 힘의 장을 유지하거나 변형시키려는 경합과 투쟁의 장이다."
18) 부르디외에 따르면 각 자본은 상호 교환이 가능하며, 상호 확장과 축적을 돕는 특징이 있다. 경제자본만이 아니라 문화자본과 사회자본, 그리고 시간의 총량으로 그가 속한 계급을 평가할 수 있다.
19) 물론 어떤 작가와 작품에 대한 문학사적 평가는 시대 상황 속에서 작품의 질을 따져야지 활동 시간의 길이나 편수로 논할 문제는 아니지만, 1940년대 아동문학 연구가 제대로 이루어지지 않은 상태이기에 일단 외적 상황을 정리하였다. 좌파계열 아동문학인들의 실태와 활동 내용 및 그 의의를 밝혀, 소거된 아동문학사를 균형 있게 복원하는 일이 절실히 필요하다.

편승하면서 자본의 총량을 확장해 가는 양상이 두드러진다. 대표적 사례로 윤석중을 들 수 있는데, 아동잡지 독자에서 창작 담당층으로 성장한 1세대 아동문학가로서 안정된 문화자본을 보유하고 있었던 그는, 1945년 12월 해방 후 최초의 아동단체인 〈조선아동문화협회〉를 만들어 학급문고 만들기 등 아동문화운동을 펼치며 한글 독본 등 각종 학습 관련 교재와 번역동화를 잇달아 간행하였다. 이는 문화자본을 적극 활용하여 경제자본을 확장한 양상이기도 하다. 또 『소학생』 잡지를 1946년부터 전쟁 직전까지 통권 79호 발행하며 일반문학인과 사회 저명 인사를 대거 필진으로 기용하는 등 사회자본도 적극 확장함을 볼 수 있다.[20]

좌파 우파를 떠나 문학적 성취를 중요하게 여긴 작가들은 상징자본을 일차적으로 지향하지만, 우파 성향이 강할수록 문화자본과 경제자본의 교환 및 자본 총량의 확장에 관심과 능력을 보였다. 특히 일반문인들의 경우 극소수 외에는 어린이나 아동문학의 내적 원리에 대한 진지한 이해나 관심이 없었다. 그랬기에 전쟁이 발발하자 이 그룹에서 어린이 독자에 대한 일말의 배려 없이 목적적 반공소설을 손쉽게 창작하였다고 생각된다. 그 밖에 영리 추구 자체가 목표인 출판사, 기획자, 기타 그룹이 있었지만, 이들은 문학장 안에서 상징권력은 갖지 못했다.

일제 침탈로 더없이 피폐해진 생존 환경이었기에, 치열한 시장 원리가 해방기 아동문학장을 지배하고 있었다. 그러나 식민지에서 해방된 주체이자 아직 전쟁과 분단을 겪기 전 자유로운 주체로서, 사회 각 계층이 저마다의 입장과 욕망을 자유롭게 표현했던 유일한 시공

---

20) 1949년 10월 이승만 정권은 좌익분자 색출을 빌미로 각종 문학단체도 하나로 통폐합시켜 〈한국문학가협회〉가 탄생되었는데, 윤석중이 아동문학분과 위원장을 맡았다.

간이었다는 점에서, 해방기 아동문학장은 한국 아동문학의 '전체적 가능성'을 시사한다.

3. 1950년대 아동문학장과 반공주의

해방 이후 정치의 영향으로 문단에도 좌우 이데올로기 대립이 격렬했다. 1946년 남한에서는 좌익 계열 시인 유진오가 「햇불」, 「38이남」, 「누구를 위한 벽차는 우리의 젊음이냐?」 등 미군정을 비판한 작품을 발표하여 서대문형무소에 1년간 수감되었는가 하면, 북한에서는 구상 등이 발간한 합동시집 『응향』(1946)이 '도피적, 퇴폐적, 반동적'이라는 이유로 혹독한 자아비판을 강요당했고 책은 발매 금지 처분을 받았다. 두 사례는 이남과 이북의 어느 한 체제를 선택할 수밖에 없는, 당시 문인들이 처한 상황을 상징적으로 보여준다.

미군정의 좌익 탄압 속에, 대한민국과 조선민주주의인민공화국이 각각 세워지면서 이데올로기 투쟁은 더욱 격화되었다. 1940년대 후반 남한 사회에는 제주 4·3사건, 여순사건 등 반공 이데올로기에 의한 국가폭력이 만연하였고 매카시즘의 광풍이 전국을 휩쓸었다. 언론은 이미 통제되어 양민 학살은 은폐되고 여론은 조작되었으며, 문교부는 문인들을 현지에 파견해 시찰을 시킨 다음 정부에 유리한 글을 쓰게 했다.[21] 국가보안법 제정 후 언론 탄압은 더욱 가속화되어 1949년 5월까지 7개 일간지와 1개 통신사가 폐간 및 폐쇄되었으며,

---

21) 강준만, 『한국현대사산책』 2권, 인물과 사상사, 176쪽.
　　박종화, 이헌구, 정비석, 최영수, 김송 등은 서울역에서 문교부 장관의 전송을 받으면서 기차를 탔다.

많은 기자들이 체포되었고 발행인 및 편집자들이 제거되었다. 방송국은 아예 정부의 하부 조직으로 흡수돼 '대한민국 공보처 방송국'으로 국영화되었다.

1949년 6월 5일 이승만 정부는 "개선의 여지가 있는 좌익세력에게 전향의 기회를 주겠다"며 '국민보도연맹'을 만들어 좌익 활동을 한 사람들과 중도좌파들도 강제 가입시켰다. 좌파 문화인은 3단계로 분류되었는데, 1급이 월북 문인이었고 남한에 남은 좌파 문인은 2급과 3급으로 나누어졌다. 월북 문인들의 책은 금서 조처가 되었고, 남한에 남은 좌파 작가들은 '전향'을 표명하고 보도연맹에 가입하지 않으면 창작과 발표 활동을 제한한다고 하였으며, 좌파 작가 작품 가운데 불온서적과 좌익사상을 고취한 40여 명의 작품을 발행과 판매 금지시키기도 했다. 보도연맹 가입은 선택이 아니라 강제였기에, '조선문학가동맹'에서 활동하였던 문인들은 예외 없이 가입과 전향을 강요받았다.

그러다 1950년 동족상잔의 비극이 일어났다. 전쟁을 충분히 예상할 수 있는 상황에서[22] 북진통일을 외치며 끊임없이 호전성을 보였던 이승만은, 전쟁 발발의 또 한 축의 원인 제공자였지만 모든 잘못을 북한 공산당의 탓으로 돌려 반공의식을 고취시켰다. 저변의 원인이 어찌되었든, 전쟁 자체가 준 말할 수 없는 고통과, 북한이 먼저 침략을 한 사실 때문에 반공주의는 단숨에 남한 국민들에게 받아들여졌다.

---

22) 류길재, 「전쟁 직전 남북한관계의 전개과정: 정부수립에서 한국전쟁 발발까지」, 한국정신문화연구원 현대사 연구소 편, 강준만, 앞의 책, 298쪽에서 재인용.
'그때 남한에 살고 있었던 2천만 한국 인민 중 단 10만 명이 행복하거나 그냥 만족하고 살았는지를 나는 의심한다. 불안감이 우리 모두에게 엄습하여 괴롭혔고 이 불안감은 어떻게 해소될 수 없는 것이었다. 우리는 모두 무슨 일이 일어날 것을 기다리고 있었는데, 그것이 전쟁이란 것을 우리는 모두 알고 있었다. 누가 이 전쟁을 저지 못했다고 누구를 원망할 것이냐? 또 결국 북한이 공격을 했지만 누가 전적으로 그들에게만 책임을 돌릴 수 있을까? 모든 한국의 여건이 전쟁이 일어나도록 익어 있었다.'

문학인들도 즉시 '문총구국대'를 조직하여 종군 활동에 나섰으며, 9·28 수복 후에 문총구국대를 해체하고 종군작가단(육군, 해군, 공군)을 결성하여 휴전 때까지 활동하였다. 이들 종군작가들이 아동잡지에 목적적 반공소설을 일제히 발표하였다. 그러면 1950년대에 발행된 단행본 자료 가운데, 아동문학장의 주요 구성원들을 집단별로 분석해 보자.

[표 2] 1950년대 아동문학장 주요 작가 발간 단행본

(종군작가: 종, 월남작가: 월, 기독교: 기)

번호	이 름	제 목	출판사	연도	장르	비고	기타
1	김영일	다람쥐	고려서적주식회사	1950	동시	☆	
2	윤석중	아침까치	산아방	〃	동요	☆	종
3	김 송	귀여운 어린이	수도문화사	1951	소설	★	종
4	방기환	싸우는 어린이	향학사	〃	전시극본	★	종
5	김영일	소년기마대	*	〃	동요	☆	
6	서덕출	봄편지	자유민보사	〃	동요	☆	
7	강소천	조그만 사진첩	다이제스트사	1952	동화	☆	월,기
8	유영희	천사가 지키는 아이들	기독교아동문화사	〃	동화	☆	월,기
9	최태호	아름다운 이야기	세종문화사	〃	동화	☆	
10	김래성	쌍무지개 뜨는 언덕	청운사	〃	소설	★	
11	김소운	착한 어린이		〃		★	
12	김 송	방랑하는 소년	동아출판사	〃	소설	★	종
13	염상섭	채석장의 소년	평민사	〃	소설	★	종
14	이종택	새싹의 노래		〃	동시	☆	
15	김동리	새로 뽑은 어린이독본	일민출판사	〃	독본	★	종
16	강소천	진달래와 철쭉	다이제스트사	1953	동화	☆	월,기
17	강소천	꽃신	한국교육문화협회	〃	동화	☆	월,기
18	마해송	떡배단배	학원사	〃	동화	☆	종
19	윤석중(편)	내가 겪은 이번 전쟁	박문출판사	〃	어린이작품	☆	종

번호	이름	제목	출판사	연도	장르	비고	기타
20	이원수	숲속나라	신구문화사	1953	동화	☆	
21	이원수	오월의 노래	신구문화사	〃	동화	☆	
22	이정호	애국소년	글벗집	〃	동화	☆	
23	강소천 최태호	어린이문학독본	문화교육 출판사	1954	독본	☆	월,기
24	김 송	고향없는아이들	청춘사	〃	소설	★	종
25	함처식	꼬마십자군	대한기독교서회	〃	동화	☆	월,기
26	이주홍	피리 부는 소년	세기문화사	〃	소설	☆	
27	이주홍	아름다운 고향	남향문화사	〃	소설	☆	
28	박화목	밤을 걸어가는 아이	정음사	〃	소설	☆	월,기 종
29	강소천	꿈을 찍는 사진관	홍익사	〃	동화	☆	월,기
30	방인근	소영웅	문성당	〃	모험소설	★	
31	방기환	언덕길 좋은길	숭문사	〃	소설	★	종
32	방기환	빛나는 소년용사	문교사	〃	전시동극	★	종
33	윤석중	윤석중 동요곡 100집		〃	동요	☆	종
34	박경종	꽃밭	중앙문화사	〃	동요	☆	월,기
35	최정희	장다리꽃 필 때	학원사	〃	소설	★	종
36	강소천	달 돋는 나라	*	1955	동화	☆	월,기
37	강소천	바다여 말하여 다오	*	〃	동화	☆	월,기
38	마해송	씩씩한 사람들(문교부)	문교부	〃	독본	☆	종
39	박화목	부엉이와 할아버지	현대사	〃	동화	☆	종
40	이주홍	비 오는 들창	기독교아동문화사	〃	동화	☆	
41	최태호	리터엉 할아버지	동국문화사	〃	동화	☆	
42	임옥인	아름다운 시절	*	〃	소설	★	월,기
43	한국아동 문학회	현대 한국 아동문학선집	동국문화사	〃	선집	☆	월,기
44	강소천	종소리	대한기독교서회	1956	동화	☆	월,기
45	강소천	해바라기 피는 마을	대경당	〃	소설	☆	월,기
46	신지식	하얀길	산호사	〃	소설	☆	
47	박계주	날개 없는 천사	학원사	〃	소설	★	종

번호	이름	제 목	출판사	연도	장르	비고	기타
48	조흔파	알개전	학원사	1956	소설	★	
49	박목월	동시교실	아테네	〃	동시	☆	종
50	윤석중	노래동산	학문사	〃	동요	☆	종
51	김신철	장미꽃	향문사	〃	동요	☆	
52	모기윤	백두산의 꽃	*	〃	소설	★	월
53	강소천	무지개	대한기독교교육협회	1957	동화	☆	월,기
54	강소천	꽃들의 합창	*	〃	동화	☆	월,기
55	김요섭	깊은 밤 별들이 울리는 종	백영사	〃	동화	☆	월,기
56	김요섭	따뜻한 밤	고려출판사	〃	동화	☆	월,기
57	손동인	병아리 삼형제	한글문예사	〃	동화		
58	박경종	꽃밭	남향문화사	〃	동요	☆	월,기
59	윤석중	노래선물	학문사	〃	동요	☆	종
60	김신철	은하수	향문사	〃	동요시	☆	
61	여운교	아버지의 선물	향문사	〃	동화	☆	
62	강소천	인형의 꿈	새글집	1958	동화	☆	월,기
63	마해송	모래알 고금	가톨릭출판사	〃	동화	☆	종
64	마해송(편)	소년소녀문학선집	신태양사	〃	동화,소설	☆	종
65	박경종	노래하는 꽃	인문각	〃	동화,소설	☆	월,기
66	신지식	감이 익을 무렵	성문각	〃	동화	☆	
67	김상덕	파리의 인형	인문각	〃	동화	☆	
68	유영희	즐거운 동산	신생사	〃	동화	☆	월,기
69	이영희	책이 산으로 된 이야기	신교출판사	〃	동화	☆	
70	이주홍	후라이 대감의 모험	글벗집	〃	소설	☆	
71	김래성	똘똘이의 모험	문구당	〃	소설	★	
72	정비석	파랑새의 꿈	글벗집	〃	장편소설	★	종
73	최효섭	성경동화집	한길문화사	〃	동화	☆	월,기
74	박화목	초롱불	인간사	〃	동시	☆	월,기 종
75	이석현	어머니	가톨릭청년사	〃	동요	☆	월,기

번호	이 름	제 목	출판사	연도	장르	비고	기타
76	새싹회	위인전	학급문고간행회	1958	전기	☆	종
77	이원수	국민학교 글짓기본1-6	〃	〃	교재	☆	
78	한정동	갈잎피리	청우출판사	〃	동화동요	☆	월
79	강소천	꾸러기와 몽당연필	새글집	1959	동화	☆	월,기
80	김래성	꿈꾸는 바다	육영사	〃	번역	★	
81	김요섭	오 멀고 먼 나라여	청록문화사	〃	소설	☆	월,기
82	마해송	앙그리께	가톨릭출판사	〃	소설	☆	종
83	이원수	참새 잡던 시절	신구문화사	〃	소설	☆	
84	이주홍	외로운 짬보	세기문화사	〃	동화	☆	
85	최요안	은하의 곡	학원사	〃	소설	★	
(총 85권)							

위의 표는 다음과 같은 점들을 말해 준다.

첫째, 1940년대 활동 아동문학인들과 1950년대 문학인들이 단절적으로 교체되었다. 해방기에 활발한 작품 활동을 펼치며 여러 권의 책을 펴냈던 윤복진, 현덕, 최병화, 정인택 등은 물론이고, 잡지 신문 등 각종 지면에 활발히 글을 발표하였던 신고송, 박아지, 강승한, 임원호, 송완순, 송영, 송창일, 임서하, 박인범 등 좌파 계열의 월북 작가들의 이름이 일체 사라지고 없다.

반면에 1940년대에는 활동이 미미하였거나 이름을 발견하기 어려웠던 문인들이, 1950년대 한국 아동문학장의 중심에서 활약하였다. 강소천, 박화목, 박경종, 김요섭, 유영희, 최효섭, 함처식 등 월남 문인이 그들이다. 이 시기에 단행본을 펴내지 않았지만, 장수철, 박홍근, 이주훈, 한낙원 등 다른 월남 작가 역시 활발한 활동을 하였다.

둘째, 1940년대 후반에 아동소설을 썼던 일반문인들이, 1950년대에도 아동도서를 다양하게 펴냈다. 이들이 1950년대 초반에 펴낸 아동서는 두 유형인데, 1940년대 후반에 어린이 잡지에 연재하여 인기를 얻었던 아동소설을 묶은 창작집과 전시에 펴낸 전시독본 등 종군 활동의 결과물이 그것이다. 휴전으로 종군작가단이 해체되자 대부분의 소설가들은 일반문학장에 집중하게 되었으나, 김래성, 정비석, 박계주 등 대중성이 높은 작가들은 1950년대는 물론이고 그 이후에도 아동문학장에서 상업적 성공을 거두었다.

셋째, 1950년대 문학장은 종군작가, 월남 작가, 기독교인의 세 집단의 구성원들로 채워졌다. 단행본 86권 가운데 52권을 이 그룹에서 펴내어 전체의 60퍼센트 비율을 보여준다. 그런데 종군작가는 당연히 반공을 전제로 하며, 월남인과 기독교인은 우리 사회의 대표적인 반공주의 집단이다. 물론 개인에 따라 차이가 있지만, 일반적으로 '반공주의'를 공통분모로 하는 그룹임에 분명하며, 실제로 이들이 반공문학 대다수를 생산하였다.

그렇다고 나머지 40퍼센트의 단행본도 반공의 자장(磁場)에서 그리 멀어 보이지는 않는다. 김영일, 김소운은 친일 혐의가 있으며[23] 김

어린이들에게 반공 이데올로기를 주입하고 전파하는 데 주도적 역할을 한 『반공독본』 5호(이문당, 1956).

상덕은 일제 말기에 일어로 작품을 쓰고 1944년에 일역 동화집 『반도명작동화집』을 펴내기도 했다. 최태호는 문교부 편수관으로 전시에 반공적인 내용의 교과서 및 반공 독본 등을 편찬하는 위치에 있었다. 김래성이 쓴 반북 모티프의 모험소설 『똘똘이의 모험』은 김영수 극본으로 경성방송국 어린이 드라마로 방송되어 큰 인기를 끌었고, 만화와 영화로 제작되며 반공 이데올로기의 문화적 전파에 큰 몫을 하였다.

그 밖에 방인근, 조흔파 등 오락적 대중소설 작가들은 어떤 현실의식도 제거된, 흥미 위주의 모험물과 명랑물을 지속적으로 발간하였고, 표 목록에는 없지만 많은 작가들이 창작을 하기보다 전래동화나 번역서, 기획서 등을 손쉽게 펴냈다. 물론 식민지 시절에 익힌 일어로 일본에서 출판된 서구 명작동화를 한글로 옮긴 책들로서 문화자본과 경제자본의 교환이 출판의 주된 목적이었다.

그 밖에 좌파와 우파를 불문하고, 문학적 완성도를 지향한 작가들이 꾸준히 창작집을 펴냈다. 이원수, 이주홍 등 좌파 계열 작가 및 마해송, 강소천, 윤석중 등 반공주의 작가, 1950년대 후반에 등단한 신지식, 이영희 등 신인작가 등이 아동문학장 안에서 상징투쟁을 벌이는 가운데 현대적 문단을 실질적으로 형성해 가는 양상이다.

위의 표를 바탕으로 1950년대 아동문학장을 그림으로 구성해 보면 다음과 같다.

---

23) 김영일은 일제 고등계 형사였고, 『아이생활』에 친일 동시를 여러 편 발표하였으며, 김소운은 1943년 《매일신보》에 발표한 수필 등으로 하여 친일문학인 42명에 포함되었다. (2002년 『실천문학』 가을호)

[그림 3] 1950년대 아동문학장[24]

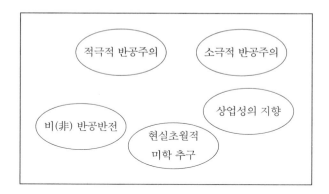

〔그림 3〕은 다양한 계층의 담론이 한 공간에서 공존하였던 해방기와는 달리, 1950년대 아동문학장은 이념적으로 통일되었음을 보여준다. 장 속에서 집단과 개인들 간에 권력관계가 형성되고 위계질서가 존재하는데, 좌파 계열이 1950년대 문학장에서 사라지거나 변방으로 소외된 반면, '적극적 반공' 그룹이 가장 많은 상징권력[25]을 가지고 활동하였다.

적극적 반공과 소극적 반공은 반공주의 입장은 동일하지만 '내적 자발성'의 차이가 있다. 예컨대 종군작가단의 경우 반공주의가 전제되는 집단이고, 전시에 활동하였기에 가장 강력한 반공의식을 표현하였지만, 저마다의 입장과 이해관계에 따라 그 '정도'가 달랐다. 즉 곽하신, 홍효민, 이봉구, 정비석, 최정희, 최인욱 등은 친일 작품 발

24) 단행본 발행 및 잡지 발표 작품 등을 기준으로 분류하였으나, 각 집단의 정확한 크기와 시간의 차이에 따른 변동은 나타내지 못하였다.
25) 피에르 부르디외, 정일준 옮김, 『상징폭력과 문화재생산』, 앞의 책, 101쪽.
　　"상징권력─주어진 것을 말을 통해 형성하고, 사람들로 하여금 보고 믿게 만들며, 세계에 대한 전망을 확신시키거나 변형시키고, 그리하여 세계에 대한 행위와 따라서 세계 그 자체를 바꾸는 힘(물리적이건 경제적이건 간에)을 통해 획득될 수 있는 것과 동등한 것을 사람들로 하여금 갖게끔 만들 수 있는 거의 마술적인 권력인데, 특수한 동원에 의한 것이다─은 그것이 자의적으로 오인되었을 때만 행사가 가능한 권력이다."

표 전력이 있고, 정비석, 김광주, 박계주, 박영준, 최정희, 손소희, 장덕조 등은 좌파 계열에 관계하였거나, 한국전쟁 당시 서울 잔류문인으로 부역 혐의가 있으며, 박화목, 최태응, 임옥인 등은 월남 문인이었다. 즉 이들은 새로운 국가의 국민으로서 자격을 증명해야 할 미묘한 내적 동기가 있었고, 국방부 편수관 유주현, 국방부 정훈국 소속 윤석중, 반공 드라마를 일찍부터 집필하였던 유엔 총사령부 소속 김영수 역시 남한 국가와 공동운명체였다. 작품 발표 기회 확보나 생활의 안정 추구 등 여러 가지 이유로 자의반 타의반 종군작가단에 가입한 작가들도 있었는데, 내적 동기가 약할수록 종군 활동에 소극적이었다. 즉 표면적으로는 애국의 기표로 통합되어 있었지만, 저마다의 '입장'은 조금씩 달랐고 추구하는 자본의 종류 역시 달랐던 것이다. 그리고 그에 따라 반공 담론의 적극성 여부와 생성 기간도 차이가 났다.

아동문학장에서 반공의 신념을 가장 확고하게 오래 보여준 종군작가는 단연 마해송이다. 그의 삶의 궤적을 살펴보면, 일제 강점기에 20년간 일본에서 지내다 미국의 일본 공격이 심해지자 해방을 앞두고 한국으로 건너왔다. 해방 직후에는 사회적으로 친일파 배척의 분위기가 강했고 언론과 출판계에서 친일 혐의 인사에 대한 암묵적인 배제가 있었는데, 이승만이 반공을 이유로 친일을 포용하면서 1947년부터 출판계에 친일파의 저술이나 작품이 활발히 간행되기 시작했다. 이들은 하나같이 민족주의를 강조하는 특성을 보였는데, 예컨대 이광수가 『도산 안창호』와 『백범일지』를, 서정주가 『김좌진 장군』을 썼으며, 김동인이 김구를 주인공으로 한 『조선독립사』를 쓰기도 했다. 이런 점에서 해방 후 2년 동안 칩거하였던 마해송이, 일제 강점 초기에 썼던 민족주의 색채의 동화 「토끼와 원숭이」를 1947년에 단행본으로 발간하고, 1948년부터 민족과 전통 등을 소재로 한 칼럼을 《자유신문》에 기고하기 시작한 것도 전반적인 사회적 분위기와 흐름에 일치한다.

그러다 한국전쟁이 발발하자, 미처 피난을 가지 못했던 마해송은 인민군 점령 하에서 자신이 처벌 대상자 목록 맨 윗자리에 놓였음을 알고 충격을 받게 되며, 서울 수복 후 종군작가단에 가입하여 공군작가단 단장을 맡는 등 반공주의의 선두에 서게 된다. 마해송의 경우 최초의 창작동화로 평가되는 「바위나리와 아기별」을 쓰는 등 아동문학 초창기부터 쌓아온 문화자본이 있었고, 일본 굴지의 잡지 『모던 일본』 사장을 역임하며 고국의 문인들에게 '조선예술상'을 수여해 온 것 등 탄탄한 사회자본이 있었는데, 해방 이후 불확실해졌던 상징자본마저 전시에 보여준 탁월한 애국심으로 단숨에 획득하게 되면서, 자본의 총량 면에서 아동문학장의 누구보다 앞서게 된다. 해방 직후 칩거할 때와는 대비되게, 그는 1950년대에 각종 신문과 잡지 등의 지면에 100여 편 이상의 글을 발표하고 한국문학가협회 초대회

마해송의 반공동화 「싸우는 우리 공군」
(『소년세계』, 1952. 7).

장, 한국아동문학가협회 회장, 동화작가협회 회장을 역임하는 등, 일반문학과 아동문학을 아울러 한국문단의 중심에서 맹활약하는 모습을 보여준다. 일제 강점기에 대다수 조선 사람들이 상상하기 어려운 풍요로운 생활을 하였던 그는, 전쟁 이후부터 자전적 수필 연재 등을 통해 '전통적 선비정신의 소유자', '민족주의자' '지조' '청빈' '비판의식' 등 정신적으로 고결한 이미지의 구축에 집중하는 글쓰기를 보여준다. 이 시기 유무명의 많은 작가들이 문화자본과 경제자본의 교환에 관심을 보였던 것에 비해, 마해송은 경제자본에 초연함으로써 상징자본을 일관되게 지향하는 양상이었다.

월남 작가들도 경제자본보다 상징자본을 우선적으로 추구하였는데, 반공주의와 기독교가 그 중요한 변수였다. 북한 출신이기에 이들은 남한 사회에서 자신이 공산주의와 관계없음을 상시 증명해야만 했고, 삶의 공간을 확보하기 위한 상징투쟁 면에서 선명한 반공주의 입장이 유리하였다. 전쟁 이후 아동문학장에 월남 작가들이 대거 진입하여 두드러진 활약을 펼치게 된 데는, 반공이 모든 정당성의 원천이 될 수 있었던 사회 분위기와 개별 작가들의 내적 동기가 상호 작용하고 있다.

물론 월남민들이 지리적 생존공간으로 남한을 택한 것은 북한 공산주의 체제에 대한 거부였다. 그런데 그 원인은 실상 대단히 다양해서 사상과 이념의 선택일 수도 있지만 분단 고착을 예상치 못한 일시적 이주일 수도 있었으며, 공산당은 친일파와 악덕 지주계급을 일차적 처단 대상자로 삼았기 때문에 이를 문제삼지 않는 이남으로 도피한 사례도 많았다. 또 종교 박해를 피해 남하한 경우도 있고, 영토를 점령, 재점령하는 전쟁 과정에서 사적 원한관계가 원인이 되기도 했다. 즉 월남민 개개인의 처지, 입장, 이해관계, 욕망에 차별성이 있는

데, 그 모든 차이는 감추어진 채 반공의 기표를 내세운 것만으로 정당성 획득의 수단이 될 수 있었다는 점에서 문제가 된다.

월남 아동문학인 대다수가 기독교인이었다는 점도 한국의 현대 아동문학의 성격 규명에 많은 점을 시사한다. 해방 후 서북지역 기독교의 정치세력화와 공산주의의 종교 탄압이 극심한 갈등을 빚게 되어 많은 기독교인들이 남한으로 내려오면서 한국교회의 반공주의가 강화되었고, 전쟁을 겪은 후 반공의 기수로서 한국교회의 역할은 더욱 심화되었다.[26] 서북지역의 신앙과 신학적 경향은 철저히 보수·복음적이었는데, 월남 아동문학인 가운데서도 종교 근본주의를 내면화한 작가들이 공산주의자를 구체적인 '사람'으로 여기지 않고 추상적인 '악'으로 상정하여 적극적 반공의식을 형상화하였다.[27]

반면에 그렇지 않은 기독교계 작가들의 경우, '죄의식과 불안의 투사', '유토피아적 이상세계에 대한 동경', '내면 성찰적, 정신주의 지향'적 작품 경향을 보였다.[28] 세계적으로 유래 없이 잔혹했던 동족상잔의 비극을 겪으며 초자아(Super-ego)가 발달된 개인들은 죄책감을 느낄 수밖에 없었겠는데, 전쟁 체험의 자유로운 발화가 불가능한 시대였기에 주로 환상의 방식으로 간접 표현하였다. 이 그룹 작가들은 반공 이데올로기를 내면화하는 대신 전쟁으로 희생된 다양한 약자들을 응시하고 고통을 형상화함으로써 반전(反戰) 사상을 약하게나마 드러내기도 하였다. 그러나 현실 인식을 미미하게라도 표현한 작가는 극히 드물었고, 대부분의 작가들은 현실 초월적 상상세계나 미학 중심주의, 동심주의, 정신주의 경향 등 정치 사회 현실이 소거된 주

---

26) 노치준, 「한국전쟁이 한국교회의 성격 결정에 미친 영향」, 『기독교사상』, 1995. 6. 13~15쪽 참고.
27) 강소천, 박경종, 장수철 등을 대표적으로 들 수 있다.
28) 김요섭, 이주훈의 작품을 들 수 있다.

관 세계의 형상화에 머물렀다.

이원수, 이주홍 등 좌파 활동을 하였던 작가들도 비 반공의 입장을 견지하였지만, 1950년대에는 일체의 '현실 비판적 시각'이나 '비판 담론'을 발화하지 못하였다. 아동문학장에서 오랜 시간 구축해 온 문화자본이 있었기에 문학 활동은 지속할 수 있었으나, 적극적 반공주의 작가들이 상징권력을 독점하고 중심에서 활약한 아동문학장에서 상대적으로 소외된 위치에서 담론을 억압당했다. 보유한 문화자본을 경제자본으로 일정하게 교환할 수는 있었으나 상징자본이 결핍되어 있었기에 사회자본도 축소된 상태였다.

이에 비해 우파 작가의 경우 일차적으로는 상징자본을 적극 추구하는 공통점을 보이지만, 입장에 따라 지향하는 자본의 종류가 차이가 났다. 친일의 자장 안에 있는 작가들은 상징자본 자체의 확장에 중점 집중하였으나, 기존에 보유한 문화자본이나 경제·사회자본의 총량이 이미 컸다. 이에 비해 월남 작가들은 북한 출신이라 얻을 수 있는 상징자본도 보다 한정적이었고, 경제자본, 사회자본이 남한 출신 우파 작가에 비해 제한되어 있었으며, 개별 학력이나 창작 능력 등에 따라 문화자본의 보유량은 저마다 달랐다.

남한 출신 우파 작가의 경우 아동문학장에서 문학적 성과를 축적함으로써 상징자본을 구축하는 한편, 경제자본과 사회자본을 한껏 확장하는 경향이 두드러진다. 대표적 사례로 윤석중을 들 수 있는데, 그는 전쟁 발발 직후 육군본부 정훈국, 미 8군 사령부에서 문관으로 일하는 한편, 〈윤석중 아동 연구소〉 간판을 달고 1940년대처럼 아동 문화활동을 펼쳤다. 문교부 인사들과 함께 어린이 전쟁 체험 수기를 모집하여 『내가 겪은 이번 전쟁』을 단행본으로 펴내는 등, 반공문학을 스스로 창작하지는 않았지만 국가주의 중심의 여론 형성에 능동

윤석중이 펴낸 어린이 전쟁 체험 수기집
『내가 겪은 이번 전쟁』(1953년).

적으로 동참하였다.[29] 휴전 후에는 전국 초등학교에 교가를 지어 주
는 등 대 사회적 아동문화활동을 활발히 펼치며, 1956년 새싹회를
창립하여 소파상, 해송동화상, 새싹문학상 등을 제정하여 시상하는
등 일반인들과는 차별화되는 '전문가의 권위'를 현대적으로 제도화
시켰다. 일생 1,200여 편의 동요 동시를 썼고 그 가운데 800편이 작
곡된 데서 알 수 있듯이, 그는 무엇보다 아동문학 창작 활동에 몰두
함으로써 아동문학장 안에서 탄탄한 위치를 구축한 가운데, 언론을
탁월하게 활용하여 대 사회적 아동문화 활동을 집중 부각시킴으로써
상징자본, 사회자본, 경제자본을 함께 확장하였다. 문학장 바깥의 정
치 사회 현실에 대해 일체 침묵을 지키되, 주어진 시대의 흐름을 유
연하게 수용하며, 자기 존재의 기반인 아동문학장에 철저히 집중하
여 중심을 지키는 가운데 자본의 총량을 확대해 간 윤석중의 삶은,

---

29) 정훈국은 국방부 내에 반공이념교육을 목적으로 1948년 11월 29일에 신설된 기관이다(당
시 명칭 정치국임). 그리고 어린이 작문집 『내가 겪은 이번 전쟁』은, 국가주의 관점의 선택
과 배제를 통해 어린이들의 전쟁 담론을 틀 지우고 있다.

파란만장한 현대사와 더불어 많은 생각을 하게 한다.[30]

아동문학의 미학적 성취를 추구한 중도 우파 신진 작가들이 1950 년대 후반에 새로운 흐름을 이루며 등장하였으나 아직은 문화자본을 소량 축적하는 데 머물렀다. 또 다른 그룹으로는 기존에 등단 절차를 거쳐 아동문학장에 진입하였으나 창작에 힘을 쏟기보다 문화자본을 활용한 상징권력 행사나 경제자본 교환에 힘을 기울인 작가들이 있 다. 전자는 시간이 쌓이면서 차후에 한국아동문학사에 일정한 궤적 을 남기지만, 후자는 아동문학장에서 활동한 직업적 개인에 머문다.

마지막으로, 해방기와 마찬가지로 오직 영리를 추구하는 출판사, 기획자, 작가 등의 그룹이 있었다. 전쟁으로 모든 질서가 무너진 카 오스적 공간에서 보다 유리한 위치를 점하기 위한 개인들의 투쟁이 어느 때보다 전면적이었고, 교육이야말로 사회적 위치를 담보하는 가장 확실한 수단이었기에, 1950년대에 이르면 입시 과열 양상이 대 단한 사회적 문제가 되었다. 이런 상황 속에서 아동도서의 상업지향 성과 이로 인한 해악은 1940년대와 비교할 바가 아니었다.[31] 더구나 반공의 이념으로 통일된 아동문학장에서 어떤 비판적 담론도 찾아보 기 어려운 형편이었기에, 극성스런 상혼이 더욱 번성하였던 것이다.

---

30) 윤석중은 3·1문화상 예술상 본상(1961), 제3회 고마우신 선생님상(1965), 문화훈장 국민 장(1966), 한글 공로표창(1968), 외솔상(1973) 등을 받았고, 대한적십자사 청소년 자문위 원, 한국문인협회 아동문학분과 회장, 민족문화협회 이사 및 한글분과 위원장, 새싹회 회 장, 가정법원 조정위원, 문교부 국어심의회, 국어순화분과위원회 위원장, 예술원 회원 (1978), 원로회원(1986), 한국방송위원회 원장 등을 역임하였다.
31) 한정동, 「아동문학의 현상」, 《동아일보》, 1955. 1. 25.
漫畵책 같은 것은 도둑놈의 行跡 같은 것이나 되지도 않은 漫談式이며 엉터리의 漫行 같은 것이나 모험(모험은 때로 좋은 것도 있느니만큼 다 나쁘다고는 보지 않는다) 등이며 其他 卑俗한 것을 그도 남의 것을 고대로 따다가 되는 대로 그려놓은 것들이 거리에 汎濫해 있고 眞情性 있는 良心的 産物은 그야말로 쌀에 뉘만치도 얻어 보기가 힘들다고 보여진다.

4. 맺으며

해방기 아동문학장의 구성원들은, 상이한 계급과 계급 분파 사이에 상징투쟁을 치루는 양상이었다. 작가들은 각자 자기 계급의 이익에 가장 들어맞는 사회세계에 대한 정의(定意)를 부과하기 위해 노력하였고, 특히 좌파 작가들은 서민과 빈민 계층의 삶과 욕망을 강렬하게 드러내었다. 물론 생산의 장 바깥에 위치한 집단들의 이익을 위해 봉사하는 것은 생산의 장 안에서 '정신적 권력'의 소유를 놓고 투쟁을 벌이는 과정이기도 했다. 해방 직후에는 팽팽한 대립 속에서 좌파 작가들이 일시적으로 상징권력을 획득하였으나, 외부 정치 현실이 변화하면서 아동문학장에서 좌파 작가들이 급속히 힘을 잃게 되었다.

그러다 한국전쟁 발발로 정치가 중앙집권적으로 강화되었고, 국가는 전쟁에 관한 사유와 언어를 독점하여 불리한 종류의 체험을 일체 발설하지 못하게 하였다. 사회 각 분야가 다 그랬지만, 아동문학장에서도 국가가 허용하고 권장하는 반공주의 입장의 작가들은 자유로운 담론을 마음껏 생성한 반면, 지리적으로 남한을 택한 좌파 작가들은 문학장의 위계 질서에서 가장 변방에 소외된 채 언어를 억압당하였다.

아동문학장에서 반공문학을 적극 창작한 작가들의 개인적 처지를 살펴본 결과 '친일' '부역' '월남' 등 새로 탄생된 국가에서 '국민 자격'을 증명해 보여야 할 입장인 경우가 대부분이었다. 또 공무원이나 군 소속 등 직업적으로 남한 체제에 속한 경우와, 공산당에 기득권을 뺏긴 체험이나 원한이 있는 경우, 기독교인 가운데 종교 근본주의적 성향의 작가, 생존과 생계의 수단[32] 등, 저마다 반공을 전유한 내적 동기가 달랐다. 이들이 생산한 반공작품의 내용을 살펴본 결과, 국가주의, 기득권의 관점(지주, 관리 등), 친일, 친미, 보수, 우익의 입장으로 귀결됨을 확인할 수 있었다. 현실의 왜곡은 은폐되며, 북한의 침략 사실과 이로 인한 피해 사실만을 강조하여 북한과 공산당에 대한 적개심을 고취한 공통점이 있다. 냉전적 사고를 바탕으로 공산당을 추상적 '악'으로 인식시켜 연민의 여지를 제거한 반면, '국가' '민족' 등 추상적 거대 담론을 강조하며 구체적 '개인'의 희생을 장려한다는 점도 일치한다.

상징권력은 다른 권력이 모습을 바꾼 형태이고, 언어는 권력관계를 함축하고 있음을 상기할 때, 반공주의 담론은 특정 계층의 이익에 기여하는 통합 이데올로기였음이 드러난다. 전쟁이라는 특수 상황에서 일종의 정신적 무기로서 창작되기 시작한 반공문학은, 1990년대에 이르도록 다양한 목적에 의해 유통되며, 비판력이 형성되기 이전의 어린이들에게, 타자의 담론을 자신의 것으로 여기게 하는 오인의 구조를 아비투스 차원에 구조화하였다. 불공평한 현실 질서를 자명한 것으로 여기게 하고, 그것을 바꾸게 하는 일이 일어나서는 안 되겠다는 생각을 하게 함으로써, 피지배자의 자발적 공모하에 특정인들에 의한 지속적 상징지배를 가능하게 하는 문화 재생산에 기여하였다.

물론 이러한 역할의 절대적인 부분은 제도적 반공교육이 담당하였고, 언론 및 각종 문화 매체가 합심한 결과이지, 아동문학이 한 역할은 상대적으로 크지 않았다. 그러나 교육과는 다르게 문학은 제도에 포획되지 않는 인간의 자유정신이 발화되는 영역이라는 점에서, 현대적 아동문학 및 문단의 본격 형성기에 아동문학장이 특정 이데올로기

---

32) 그레고리 핸더슨, 박행웅·이종삼 옮김, 『소용돌이의 한국정치』, 한울아카데미, 2000. 224쪽. 오기영.
　　이 책에서 핸더슨은 40년대 후반 "우익 청년단체 조직원 수가 총 323만여 명에 이를 정도로 엄청나게 많았던 건 당시 한국 사회를 휩쓸고 있던 대규모 실업난과 경제난 때문이다"라고 하였다. 청년단의 폭력은 겉으로는 이데올로기 투쟁 양상을 띠었지만, 실상 배고픔을 해결하기 위한 방편의 성격이 강했고, 애국자의 공명(功名)까지 곁들여 주니 테러에 다투어 앞장섰다는 것이다. 삶의 터전이 잿더미로 변한 전쟁 현실에서 작가들이 종군활동에 대거 참여한 데는, 국가 차원의 경제적 지원도 적지 않은 원인이 되었다.

의 전면적 지배하에 놓여 있었다는 것은, 심각한 정신적 왜곡을 우려하게 한다. 모든 지역 모든 계층 어린이의 입장을 대변하는 언어가 평등하고 자유롭게 발화되는 상태를 정상이라고 할 때, 1950년대 아동문학장에는 특정 소수 계층의 입장을 강화하는 담론 일색이었던 반면 피지배층의 삶, 경험, 언어가 철저히 억압되고 소거되었던 것이다.

아동문학장은 그 자체로 자족적이고 독립적인 공간이 아니라 정치 사회 현실의 변화에 직접적 영향을 받을 수밖에 없고, 또 독자인 어린이들의 무의식 차원에 깊은 영향을 주어 현실에 영향을 미치게 됨을, 1950년대 아동문학은 실증적으로 보여주었다. 그리고 외부 현실과의 관계에 있어서, 이 시기 아동문학장의 구성원 대다수가 국가주의에 적극적으로 동조, 순응하였고, 그렇지 않은 소수는 침묵하며 현실의식이 소거된 관념적 담론을 생성하는 데 그쳤음도 보았다. 세계사적으로 유래 없이 잔인하였던 동족상잔의 전쟁을 겪은 상황이라, 1950년대에는 현실에 대한 그 어떤 비판적 시각이나 표현은 꿈도 꾸지 못했을 것이 당연하다.

그러나 문단 형성기 아동문학장 구성원들이 이후에 각종 단체를 구성하여 한국 아동문학을 중심적으로 이끌었고, 교과서에 작품을 수록하고 각종 문학상을 심사하는 등 상징권력을 행사하며 강력한 영향력을 발휘해 왔음을 주목할 필요가 있다. 1960~70년대에도 반공을 국시로 하고 북한을 적대적 대타로 삼아 주어진 현실에 대한 일체의 비판담론이 허용되지 않았고, 이어서 1980년대 후반까지 군부독재가 지속된 것이 한국의 현실이었다. 문단 형성기에 특정 시각에 치우쳤던 한국 아동문학의 성격이 언제부터 어느 정도로 전체적 균형성을 회복하게 되었을지는, 1960~70년대부터 아동문학 작품과 담론들을 객관적으로 분석해 봄으로써 가늠할 수 있을 터이다.

(『동화와 번역』, 2007. 1)

1950년대 아동문학에 나타난 반공주의
아동잡지를 중심으로

1. 시작하는 말

1950년대는 반공주의 규율이 법과 제도 및 일상의 차원에 자리잡게 된 시기이다.

일제시대와 해방공간에도 반공주의는 있었지만, 밖으로부터 수입되고 위로부터 주어진 것일 뿐 일반 국민의 삶 속에서 자생된 것은 아니었다. 그러나 전쟁 체험을 계기로 반공주의는 남한 국민들에게 받아들여졌고 단숨에 사회 지배 이데올로기가 되었다.

반공주의(Anti-communism)는 원래 '공산주의에 대하여 적대적이고 배타적인 논리와 정서'를 뜻하지만, 한국전쟁 이후 남측에서는 '북한 공산주의 체제 및 정권을 절대적인 악과 위협으로 규정하고 그것의 철저한 제거 또는 붕괴를 전제'하는 '반북'을 함의[1]하게 되었다. 또 남한의 역대 정권이 '국가안보'를 빌미로 반공주의를 끊임없

이 이용하면서 반공주의는 기존 질서에 도전하는 모든 대항적 움직임을 억압하는 '만능도구'가 되었다.[2]

권혁범은 우리 사회에서 오랜 세월 재생산된 반공주의 회로는 모든 불법적이고 부패한 현실을 코앞에 보면서도 순응하고 사는 버릇, 이것을 통해 유지되는 집단적 범죄 행위에 대한 동참과 인정의 정치 사회적 문화를 더욱 강화하는 데 이바지하였다고 진단한다. 체제 순응성을 강제하는 정치 사회화 과정을 통해 불균형 발전과 사회 이익의 불균등 재분배로부터 오는 사회적 약자의 저항을 효과적으로 봉쇄하고 길들이는 역할을 수행한다는 것이다.[3]

분단 이후 현재까지도 필요하면 즉각 색깔론부터 등장하는 현실은 한국 사회 구성원 전체가 레드-콤플렉스에 사로잡혀 있음을 말해 주고, 이는 반공의 규율이 법이나 제도 차원이 아니라 심성 속에서 작동함을 알게 한다.

그런 점에서 세상과 처음 만나고 주체를 형성해 가는 어린이를 각별히 주목하게 된다. 주체는 하나의 자명한 출발점이라기보다 사회적 역사적 과정 및 다양한 환경적 요인에 의해 구성되고 만들어지는 존재라 할 수 있다. 어린이의 '어린이성'을 표적으로 하여 어른들이 자신의 희망과 기대를 위탁한 것은 20세기의 근대적 특징 가운데 하나이며,[4] 한반도에서도 어린이는 이념상의 무구함과 신체적 미래성 때문에 '이데올로기적 신념의 수용기(受容器)'로 적극 활용되어 왔다.[5] 그렇다면 반공의 규율은 누가 언제 어떻게 어린이의 신체와 심

1) 강진호, 『역사비평』, 2005. 겨울호.
2) 윤재철, 「국가보안법을 폐지하라: 확실한 넌센스」, 『실천문학』, 1999년 겨울호, 89~90쪽. 푸른 수의의 왼쪽 가슴에 빨간 번호표를 단 사람도 그게 드물어야 저게 바로 '국보'야 하며 쑤근대기도 했겠지만 너무 흔하고 보니 눈에 들어오지도 않았다.
3) 권혁범, 「내 몸 속의 반공주의 회로와 권력」, 『우리 안의 파시즘』, 삼인, 2000, 60~61쪽.
4) 혼다 마스코, 구수진 옮김, 『20세기는 어린이를 어떻게 보았는가』, 한림토이북, 2002, 87쪽.

한국전쟁 당시 반공교육이 전면적으로 실시되면서 발행된 전시교재 중 하나인 『국군과 유엔군은 어떻게 싸워 왔나?』(문교부, 1951년).

성에 새겼을까.

어린이 대상 각종 매체를 조사해 본 결과, 한국전쟁 당시 중앙집권적 국가권력에 의해 교육 영역에서 '전시하특별교육조치'라는 비상조치의 형태로 총체적이고 전면적인 반공교육이 실시됨을 확인할 수 있었다. 전시교재의 모든 교과 내용은 철저한 '반공'의 입장에서, 북한과 공산주의에 대한 적개심과 증오감을 최대한 고취하도록 되어 있었다. 반공주의의 정형화된 이론적 도식이 이때 마련되고 제시되었으며, 학교와 교실 단위로 이루어진 반공교육 실천 환경은 피교육자들로 하여금 반공의 생활화, 내면화를 촉진시켰다. 교육이 정치권력에 철저히 복속된 상황에서, 제도권 교육을 통해 학령기 국민 전체를 대상으로 실시한 반공교육이야말로 반공주의를 한국 사회에서 지배 이데올로기의 자리에 지속적으로 위치시킨 핵심 기능을 하였다고

5) 일제는 미래의 충실한 '황국신민'을 양성하기 위하여 '국민학교'를 세우고 국가의 이념에 맞는 교과과정과 각종 규율을 통해 어린이의 정신, 마음, 신체를 길들였으며, 좌우익도 어린이의 삶, 꿈, 욕망을 대리 표현하기보다 어른인 자신의 입장에서 중요하게 여기는 이념, 가치들을 아동문학에 투사하였다.

생각된다.

그런데 피지배자의 자발적 동의를 바탕으로 이루어지는 상징 지배는, 정당하다고 믿어지는 '오인의 구조' 속에서 가능해진다. 물리적인 힘이나 외적 규율 장치가 아닌, 종교나 예술 등 상징 권력의 행사에 의해 상징문화를 생산함으로써 피지배계급에 대한 상징지배가 이루어지는 것이다. 그런데 상징권력, 즉 복종시키는 권력은 다른 형태의 권력이 오인되고, 모양을 바꾸고, 정당화된 것이라고 부르디외는 말한다.[6] 아직 세상 경험이 없고 비판력이 형성되지 않은 어린이들의 무의식에 이러한 오인의 구조를 심는 것이야말로 가장 수월하고도 효과적인 일일 것이다.

아동문학의 장(場)에 나타난 반공주의의 양상을 살펴볼 필요성과 의의를 여기서 찾을 수 있다. 문학 역시 역사적 시대적 상황에서 완전히 자유롭지는 못하지만, 제도권 교육과 달리 개인의 자발적 의지가 분명 개입되고 표현된다. 구체적 개인들의 성향과 논리를 분석하면, 추상적 국가주의나 애국의 기표 너머 반공의 이데올로기적 실체가 어느 정도 드러나리라 본다.

본고에서 분석 대상으로 삼은 텍스트는, 모든 면에서 1950년대의 대표적 아동잡지라 할 수 있는 『소년세계』 1952년 8월호부터 1956년 10월까지 발행본 40권 및 『새벗』 1957년 1월부터 1959년 12월까지 발행본 32권[7], 그리고 피난지인 부산지역에서 발행한 『파랑새』 1952년 9월호부터 1953년 2월호까지 6권이며, 고학년 및 청소년이 함께 읽었던 『학원』 일부를 함께 검토하였다.[8]

---

6) 피에르 부르디외, 정일준 옮김, 『상징폭력과 문화재생산』, 새물결, 1997, 101~102쪽.
7) 『새벗』의 1950년대 초중반 발행본은 창간호 등 몇 권밖에 남아 있지 않아 현재로서는 자료를 찾을 길이 없다.

2. 1950년대 아동잡지와 반공의 규율

1) 잡지 현황과 성격

『소년세계』는 1952년 7월 피난지 대구에서 이원수, 김원룡 등에 의해 창간되어 1956년 10월 폐간되었다. 집필에 참여할 전문 아동문학인이 극소수에 불과한 형편이기도 했고, 전시 상황이었기에 종군 작가들이 필진의 대부분을 이루고 있음을 볼 수 있다. 전쟁이 발발하자 한국 문단에서는 전시하 문학의 방향에 대한 논의가 활발히 일어났는데, 문인들의 애국심이 강조되고 전의를 고취시키는 '선전문학'이 되어야 한다는 주장이 되풀이 강조되었다. 작가들의 종군 활동은 이처럼 일종의 국책문학을 요구하는 사회적 문단적 분위기 속에서 이루어졌으며, 주 임무는 집필 활동을 통해 국민들의 애국심을 고취하거나 전쟁 상황을 후방에 알려주는 일이었다. 따라서 『소년세계』 지면에도 국군의 활약상이 화보나 기사 형식으로 수시로 실렸다.

> 지난 밤 열시 40분경 적들이 크리스마쓰 고지를 향해 1개 소대의 병력으로 공격해 오는 것을 6915부대(1602부대 예하) 1대대 2중대 2소대의 박장용 하사와 이태성 일등병이 청음반(廳音班) 근무를 하다가 그 눈보라 속에서도 적들을 발견하여 대대본부로 빨리 전화 연락한 결과 우리편에서는 적들보다 먼저 공격을 할 수가 있었다는 것이다. 〔…중략…〕 어떻

---

8) 1950년대 중반 이후로 『학생계』, 『어린이동산』, 『새동화』, 『초등학교 어린이』, 『소년생활』, 『착한 어린이』 등의 잡지가 연이어 출판되고 얼마 못 가 폐간되는 일이 되풀이되었다. 이원수와 강소천이 각각 주간을 맡았던 『소년세계』와 『새벗』에 비하면 이들 잡지들은 발행 기간도 짧았지만 성격 면에 있어서도 문학잡지라기보다 오락성 또는 학습을 위한 부교재적 성격이 강하였다.

『소년세계』 창간호(1952. 7. 1)와 『새벗』 창간호(1952. 1. 1).

게 하면 우리 국군이 그렇게 침착하고 또 용감할 수 있는가도 물어보았다. 그랬더니 임준장은 웃으면서 조국을 사랑하는 마음으로 전우들이 마음만 합심하면 무서울 것이 아무 것도 없다고 대답해 주었다.[9]

종군작가들의 아동소설 창작 역시 1950년대 초반에는 종군 활동의 일환으로 해석할 수 있으며, 상황적 특성상 반공의식을 적나라하게 표출하는 경향을 보이기도 했다. 필자에 따라 반공 이념의 유무와 강약의 차이는 있지만, 전체적으로 볼 때 『소년세계』는 문학 중심, 어린이 독자 위주의 편집과 함께 일정한 질적 수준을 견지하였다. 그러나 1955년 11월호를 마지막으로 이원수 주간이 떠난 뒤, 수록 작품의 급격한 질적 저하와 함께 노골적 우경화 색채가 발견된다. '대감격반공소설'이라는 제호하에 반공 자체가 목적인 소설을 싣는가

---

9) 박영준, 「1220 고지의 모습」, 『소년세계』, 1953. 4.

하면, '꼬마시사교실'이라는 이름으로 본격 반공교육을 시작하였고, 정부 관련 인사의 글을 주로 실으며 이승만 개인 우상화 현상마저 보이다 1956년 9, 10월 병합호를 마지막으로 폐간되었다.

『새벗』은 1952년 1월 피난지인 부산에서 강소천, 이종환, 최석주, 홍택기 등에 의해 창간되었고, 정간과 속간을 거듭하며 현재까지 그 명맥을 유지하고 있다. 『새벗』은 기독교 잡지이기 때문에 '성경이야기', '이달의 말씀', '성경 그림이야기(만화)' 등을 정기적으로 연재하고, 매해 12월에는 전체 편집을 크리스마스 특집으로 꾸미는 등 종교적 성격이 뚜렷했다. 주요 필진은 임인수, 박화목, 이주훈, 박경종, 유영희, 박홍근, 김요섭, 한낙원 등 월남(越南) 기독교인[10] 출신의 아동문학인들이고, 손창섭, 방기환, 김이석, 김송, 박영준, 손소희, 박경리 등의 소설가들도 50년대 후반까지 아동소설을 꾸준히 발표하였다. 아동 읽기물의 흥미 위주 편집과 상업 지향성이 크게 우려되던 시기였지만[11] 『새벗』 수록 작품들은 일정한 질적 수준을 갖추었고, 반공 이데올로기를 직접적으로 표출하는 작품도 별로 눈에 띄지 않는다. 『소년세계』가 전쟁기의 역동적 현실을 생생히 반영하였다면, 『새벗』은 탈시대적, 현실 시공간 초월적 성격을 상대적으로 강하게 보여주며, 기독교와 함께 미국을 우호적으로 소개하고 있는 점이 두드러진다. 또 1957년 4월호부터 '시사' 코너를 신설하여 반공, 방일 교육을 실시함을 볼 수 있다.

---

10) 임인수를 제외한 나머지 작가는 모두 북한 출신이고, 성공회 교회 집안에서 성장하여 1970년대에 성공회 사제가 된 이주훈을 제외한 나머지 작가는 모두 독실한 기독교인이다.
11) 한정동, 「아동문학의 현상」, 《동아일보》, 1955. 1. 25.
"(漫畵책 같은 것은) 비속한 것을 그도 남의 것을 고대로 따다가 되는대로 그려놓은 것들이 거리에 범람해 있고 진실성 있는 양심적 산물은 그야말로 쌀에 뉘만치도 얻어 보기가 힘들다고 보여진다."

요즈음 북한 괴뢰 집단에서 무장 간첩을 우리나라에 보낸 것이 자주 잡히는데 어째서 그런 간첩을 보내는지요?

여러분이 뼈저리게 겪은 6·25 전쟁이 터지기 직전에도 북한 괴뢰는 요즈음 같이 간첩을 많이 보냈단다. 그들은 먹고 살기 힘든 백성들을 잡아 가두어 비밀 교육과 훈련을 시켜 돈과 무기를 주어서 남쪽으로 보내는 것이며 이들 간첩은 여기 저기 숨어서 우리의 비밀을 탐지하고 있는 것이다. 그러기에 우리는 이들 흉계를 조심하여 말조심을 하여야 하고 수상한 사람이 이상한 행동을 할 때는 여러분은 군경 아저씨들께 연락해야 하는 것이다.

우리가 만일 언제나 숨어서 넘어오는 간첩들을 잡지 못하면 우리는 편안히 살 수 없으며 또 언제 어느 때 공산괴뢰가 쳐들어올지 모르는 것이다.[12]

문교부 관계자들의 글이 유난히 자주 실렸으며,[13] 1959년 4월호에는 '각 과목 공부 어떻게 할가?'라는 제목으로 각 과목의 문교부 편수국 담당자들의 글을 특집으로 싣는 등 학습을 위한 지식 정보의 분량이 크게 늘어남을 볼 수 있다. 이는 1950년대 초반의 아동잡지와 비교하여 확연히 달라진 성격으로, 사회적으로 과열된 입시 경쟁 분위기가 잡지 편집에 그대로 반영되었음을 알 수 있다.

마지막으로『파랑새』잡지는 1952년 9월에 부산에서 창간되었고, 편집인 겸 발행인에 김두일, 주간에 김용호인데 아동문학계에 잘 알려진 인물은 아니다. 내용 구성은 문예물에 별다른 비중을 두지 않고, '공작실' '실험실' '잡지는 어떻게 만들어지나?' '나의 어린시절' '웃음보따리' 등 다양한 코너를 마련하여 정보와 교양, 오락적 기능

---

12) 백운길,「우리나라와 세계의 움직임」,『새벗』, 1958. 8.
13)『새벗』주간인 강소천은 문교부 편수국의 최태호, 전쟁 이전 편수관이었던 박창해(연세대 교수)와 각별히 돈독한 사이였고, 월남하여 문교부 편수국에서 교과서 편찬 일을 도왔다.

을 종합적으로 추구하였다. 작가로는 부산지역 출신의 이주홍이 매호 아동소설을 연재하긴 하였으나,『소년세계』나『새벗』과 달리 전문 아동문학인의 주도나 참여 없이 김말봉, 조연현, 손동인, 안수길, 장만영, 손소희, 김광주, 오영수, 김송 등 일반문인들로만 필진이 구성되었고, 당대 어린이의 생생한 삶을 드러낸 작품도 보기 어렵다. 국가주의 경향이 한층 농후하며, 정부 수반의 움직임이나 정책에 대한 즉각적이고 호의적인 반응과, 친미 성향 또한 동 시기에 발행된 타 잡지에 비해 두드러지게 눈에 띈다. 김홍주, 홍웅선, 최태호 등 문교부 편수관, 심수보 문교부 장학관, 사학자 이선근(1954년에 문교부 장관이 됨), 신익희 국회의장, 오경인 전국 교육감회 회장, 박태진 해군 정훈감실보도과장 등 정부 관련 인사들의 글이 번갈아 수록되었는데, 한결같이 '나라의 미래를 위해' 어린이들이 잘 자라줄 것을 기대하였다.

잡지의 성격은 수록된 글을 통해 알 수 있는데, 어린이의 글을 손대지 않고 그대로 싣는다는 편집실의 알림이 붙어 있는 다음 글을 보면『파랑새』의 성격을 짐작할 수 있다.

"창호야 내가 잘못했다. 내가 돈을 벌 테니 너는 염려 말고 학교에 가서 공부해라."

이 말을 듣는 순간 창호는 눈물이 핑 돌았다.

"형님 고마워요. 정말 고마워요. 그렇지만 형님은 더 큰 일이 있어……형님."

"응? 더 큰 일이라니."

"저는 이제부터 혼자 고학할 테니 형님은 군대에 입대하셔서 어머니 아버지의 원수를 갚아 주세요. 네?"

"오냐! 그러자 그러면 나는 일선 너는 배움으로."

두 형제는 다시 한번 안고 울었다.[14]

전쟁으로 부모를 여의고, 형은 집안 살림을 팔아 술만 마시는 바람에 학교에도 못 다니는 어린아이가, 자신은 고학을 할 테니 형은 입대하여 부모님의 원수를 갚으라고 한다는 내용은 지극히 비현실적이며 이치에도 맞지 않는다. 필자인 어린이는 자신의 생각으로 쓴 글이라 여기겠지만, 반공교육을 의문 없이 수용하여 타인의 이데올로기를 자신의 것으로 오인하고 있음을 볼 수 있다. '나라를 위해' 개인적 삶을 희생할 것을 권하는, 어린이의 개별 생명에 반하는 이런 글을 장려하는 편집진의 의식은 어린이와 아동문학에 대한 관심과 이해를 갖고 있다고 보기 어려우며, 국가로 대표되는 특정 계층의 이데올로기를 대변하는 문화적 매개체 역할에 충실하였다는 평가를 할 수밖에 없다.

이상으로 잡지의 전반적인 성격을 살펴보았고, 이번에는 잡지에 실린 동화·아동소설 가운데 반공 모티프를 표출하고 있는 작품을 집중 분석해보기로 한다.

2) 반공주의 작품의 실태

분석 대상 텍스트에 실린 전체 동화와 아동소설 가운데, 강도(強度)와 관계없이 반공주의 입장을 표출한 작품 목록만 추출하면 다음과 같다.

---

14) 정영길, 「나라의 기둥」, 『파랑새』, 1952. 10월호.

[표 1] 반공 모티프 표출 작품

순서	이 름	제 목	발표지	시기	장르	비고
1	김광주	자라나는 새싹	소년세계	52. 8.	소설	★
2	박화목	부엉이와 할아버지	〃	〃	동화	★ ☆
3	박영준	푸른 편지	〃	52. 10.	〃	★
4	김광주	어머니와 아버지	파랑새	52. 12.	소설	★
5	김 송	즐거운 날	〃	53. 1.	〃	★
6	박계주	소녀와 도깨비 부대	학원	〃	〃	★
7	최인욱	싸우는 병정	소년세계	53. 2.	〃	★
8	최태응	창길이의 꿈	〃	〃	〃	★ ☆
9	장수철	우정의 꽃	〃	53. 3.	〃	☆
10	박영준	밥이야기	파랑새	〃	〃	★
11	김영수	고아원의 남매	소년세계	〃	〃	★
12	유주현	시계와 달밤	〃	53. 5.	〃	★
13	장수철	바다와 구름과 언덕과	〃	53. 6.	〃	★
14	김영일	꽃이 피면	〃	53. 7.	〃	◎
15	박계주	38선상의 소	〃	53. 8.	〃	★
16	강소천	준이와 백조	〃	53. 9.	동화	☆
17	유주현	앵무새의 편지	〃	54. 1.	소설	☆
18	최태응	옥색조개껍질	〃	54. 2.	〃	☆
19	강소천	퉁수와 거울	소년세계	54. 5.	동화	☆
20	장수철	먼 곳의 아버지	〃	55. 4.	소설	☆
21	김영일	푸른언덕	〃	55. 5.	〃	◎
22	마해송	앙그리께 (2)	〃	55. 6.	연작소설	★
23	박영만	코스모스와 귀뚜라미	〃	55. 11.	소설	◎
24	박우보	녹색태극기의 비밀 (1)	〃	56. 1.	연재소설	☆
25	박우보	녹색태극기의 비밀 (2)	〃	56(2,3)	〃	☆
26	김장수	봄이오면 슬퍼지는 소녀	〃	56. 8.	소설	★
27	김장수	별하나 나하나 나도 외롭다	〃	56. 10.	연재소설	★
28	장수철	갈매기의 추억	새벗	57. 4.	소설	☆
29	방기환	발소리	〃	57. 7.	〃	★

순서	이 름	제 목	발표지	시기	장르	비고
30	장수철	언덕에서 맺은 우정	〃	58. 8.	〃	☆
31	임인수	단풍잎 편지	〃	58. 10.	〃	◎
32	박우보	달님이 본 것	〃	59. 2.	〃	☆

〔표 1〕을 참고하여 1950년대 잡지에 발표된 반공주의 작품의 특징과 의미를 정리하면 다음과 같다.

❶ 한국전쟁 이전에는 아동문학에서 '반공' 문학의 개념 자체가 없었다. 즉 아동문학의 반공주의는 한국전쟁의 직접적 영향으로 생성된 성격으로, 세계 어느 나라의 문학과도 다른 한국 아동문학만의 특성 형성에 깊은 영향을 주게 되었다.

아동잡지가 처음 발간되기 시작한 1952년 후반부터 1953년까지 1년 남짓한 기간에 무려 16편의 반공주의 작품이 발표되었고, 1955년까지 총 23편이 발표되어 1950년대 전체 반공주의 작품의 3분의 2 이상이 전쟁 중이나 전쟁 직후에 발표된 점은 반공문학의 목적적, 임의적 성격을 분명하게 보여준다. 종군작가단 소속의 일반 소설가들이 어린이를 대상으로 반공문학을 처음 창작하였고, 이후에는 전문 아동문학인들이 아동문학의 장에서 반공담론을 지속적으로 전파함을 볼 수 있다.[15]

❷ 『소년세계』에 가장 많은 반공주의 작품이 발견되는 까닭은 시기적으로 전쟁기에 발행이 되었고, 검토 텍스트가 1952~1956년까

---

15) 장수철의 경우 물리적 시간과 관계없이 일관되게 강한 반공주의를 표명하며, 1971년에는 무려 11권에 이르는 체계적인 반공전집을 정성환과 함께 송강출판사에서 펴내기도 한다. 반공전집 각권의 내용은 이러하다.
1:북한실정 I 2:북한실정 II 3:6·25실화집 4:반공작품집 5:반공포로이야기 6:반공투사이야기 7:북으로 끌려간 재일교포 8:간첩을 막읍시다 9:월남전쟁이야기 10:반공논문 웅변집 11:반공상식 문답집

지 5년간 발간본으로 『새벗』(1957~1959), 『파랑새』(1952~1953)보다 분량이 많았으며, 정통 문학잡지 『소년세계』에 매호 가장 많은 작가가 참여하여 가장 많은 창작품을 발표하였기 때문에 당연히 반공주의 작품도 많았다. 그리고 필진의 성향과 분포가 폭넓다 보니 시대적 현실과 보편적 문단 정서가 사실적으로 반영된 것으로 볼 수 있다.

❸ 반공주의 작품은 거의 대부분 종군작가와 월남(越南) 작가에 의해 창작되었다. 각 작가를 그룹별로 다시 나누어 개인별 작품 발표 편수를 살펴보자.

[표 2] 작가별 반공 모티프의 작품 발표 편수

	종군작가	편수	월남작가	편수	기타작가	편수	비고
1	김광주	2	장수철	5	김영일	2	
2	박영준	2	강소천	2	박영만	1	
3	최인욱	1	박우보	3	임인수	1	
4	최태응	2					
5	김영수	1					
6	유주현	2					
7	박계주	2					
8	김장수	2					
9	방기환	1					
10	김 송	1					
11	마해송	1					
12	박화목	1					
	총	18		10		4	32편

최태응과 박화목은 종군작가이기도 하고 월남 작가이기도 하다. 그런데 전시 또는 전쟁 직후에 발표한 작품이므로 종군작가에 포함시켰다.

표에서 보여주는 바와 같이 종군작가단 소속 작가들의 반공작품 창작 비율이 높은 까닭은, 애국심에서뿐 아니라 생활의 필요성[16], 사상적 위험으로부터 안전[17] 등 다양한 이유로 당대 활발히 문필 활동을 하던 소설가들이 종군 활동에 대거 참여했기 때문에 수적인 면에서 비율이 높을 수밖에 없었다.[18] 군 소속이거나 자발적 애국심, 공산주의에 대한 개인적 적개심[19] 등 개인적 동기가 강할수록 적극적인 반공의식을 드러냈으나, 여타의 동기로 참여한 작가들도 정부 지원하에 집단적이고 조직적으로 활동을 하였으므로 반공주의는 전제조건이었다.[20]

그런가 하면 월남인들의 공산주의와 북한에 대한 강한 적대감은 공통적으로 나타나는 '의식상의 특성'이며, 이들은 전쟁 과정을 통

---

16) 김우종, 『한국현대소설사』, 성문각, 1989, 318~320쪽.
　　전쟁 당시 문인들이 대구, 부산 등지로 피난 와서 실직하여 집도 없고 먹을 것도 없이 가련한 신세가 되어 있었는데, 이런 작가들 중에서 몇 사람이 전선 종군을 하였으며, 대개는 후방에서 군 기관지의 편집과 강연 등으로 정훈활동에 종사함으로써 침식을 어느 정도 해결할 수 있었다고 한다.

17) 최정희, 「피난대구문단」, 『해방문학 20년』, 한국문인협회 편, 정음사, 1996, 104쪽.
　　"서울에 왔다 갔다 해야 할 일이 있었는데 군복을 입지 않고선 기차를 탈 수도 없었으며, 도강은 더욱이 어려웠던 때다. (중략) 피난지 대구나 부산에서들 그 어려운 고비를 겪으며 영등포까지 왔다가 한강을 넘지 못해서 영등포에 하차하는 사람들을 목격하곤 군복의 힘이 대단하다는 것을 깨달았다."(최정희의 경우 친일과 부역 혐의를 모두 갖고 있었기에 사상적 안전과 지속적 작품 활동을 위해 종군작가단에 가입할 필요가 있었다.)

18) 한국문인협회 편, 『해방문학 20년』, 앞의 책, 89~101쪽.
　　종군작가단은 육군 30명, 해군 약 15명, 공군 약 16명으로, 대략 60명 정도였다.

19) 김팔봉, 「총을 메어보지 못한 대신」, 『육군』, 71호. 신영덕, 『한국전쟁과 종군작가』, 국학자료원, 2002, 33쪽에서 재인용. "6·25때 서울서 내빼지 못하고 빨갱이들한테 붙들려서 타살을 당했다가 이렇게 목숨이 살아나 가지고 내가 병원에 들어서 생각한 것은 이번 전쟁은 〈소비에트 역사의 해체〉까지 가서 끝을 내야겠는데 과연 유엔군이 거기까지 전쟁을 밀고 나가줄 것인가 아닌가 의심스러운 점이었다. 그러다가 1·4후퇴를 부득이 하고서 대구에 피난해 있을 때 〈육군종군작가단〉이 결성되었다. 그때 내 나이가 30만 되고 몸을 제대로 쓰기만 했었다면 그때 나는 총을 메었지 종군작가단에 들어가지 아니했을 것이다."

20) 종군작가들이 발표한 소설은 크게 두 유형으로 나뉜다. 하나는 반공사상 및 애국심을 고취하는 전쟁독려소설이고, 다른 하나는 전쟁기 현실을 사실적으로 묘사하는 데 치중하거나 전쟁의 비인간성을 비판하는 소설이다. 전술한 작가들 외에는 아동소설에서 대체로 후자의 입장을 취한다. 그리고 일반소설에서 전쟁독려소설을 쓴 종군작가들도, 아동소설에는 어린이에게 미치는 영향을 고려하여서인지 이념과 무관한 작품을 창작한 경우가 많았다.

해 형성된 정부 지지세력 가운데 하나였다.[21) 월남 작가의 반공작품 창작도 동일한 맥락에서 이해할 수 있다.

기독교에 대한 공산당의 탄압은 많은 기독교인 월남 작가들을 반공주의자로 만드는 데 결정적 기여를 하였다. 또 일제 강점기에 관리나 지주였다면, 재산 형성 과정의 정당성에 관계없이 인민군에게 토지와 재산을 몰수당하고 목숨마저 위태로운 지경에 처하였을 수도 있다. 공산주의 이상과 실제 전쟁과 통치 과정에는 간극이 있었고, 개개인의 경직된 사고나 사적 욕망은 비이성적이고 잔혹한 사태를 초래하기도 했다. 그 밖에 이유는 서로 다르더라도, 삶의 기반을 송두리째 상실한 체험은 많은 월남인을 반공주의자로 만들기에 충분했다. 그런가 하면 남한 사회에서 북한 출신이 같은 국민으로 받아들여지기 위해서는 자신이 붉은색과 아무 관계가 없다는 것을 상시 증명해 보일 필요가 있었고, 나아가 반공이 사회 지배 이데올로기인 시대에 보다 선명한 반공주의 입장 표명은 사회적 입지 확보에 도움이 되었다.

기타 작가의 경우 김영일은 일제 고등계 형사였기에[22) 인민군에게

---

21) 강인철, 「한국전쟁과 사회의식 및 문화의 변화」, 한국정신문화연구원 편, 『한국전쟁과 사회구조의 변화』, 백산서당, 1999, 215쪽.

22) 조애실 수상집, 『차라리 통곡이기를』, 전예원, 1977, 53~55쪽. 이재철, 『아동문학평론』, 62호에서 재인용.
'金村英一 (가네무라 에이이찌)가 다가서서 물었다. (중략) "조애실! 내가 가끔 책을 차입해줄 테니 그 속에서 읽어요. 나도…… 실은 문학을 하는데……." 나는 깜짝 놀랐다. 문학가가 어찌 고등계 말단 형사 노릇을 하며 그래도 사색에 잠길 수 있는 요소, 사물에 대한 관찰력도 보통 사람하고는 좀 다를 텐데 어떻게 동족의 손에 고랑을 채우려 들었단 말인가." 이 증언에 대한 신빙성을 갖게 하는 글이 김영일 작품에서 여러 부분 발견되는데, 한 예를 들어본다.

"허 마구 날뛰단 101번지 감이야."
"101번지 감이 뭐야?"
삼돌이도 아는 게 많은 데 이건 몰랐다.
"서대문 형무소가 101번지란 말이다."
(김영일, 『푸른동산』, 계진문화사, 1963, 237쪽.)

우선적 처단 대상자였을 것이므로 자연스레 반공주의자의 진영에 서게 되었을 것으로 보이며, 박영만의 경우 작가에 대해 알려진 바가 없다.

어떤 그룹에 속하였건, 1950년대 전쟁 체험 작가들의 반공주의는 시대적 배경이 있고 경험적 이유가 있기에, 1960~70년대의 반공작품과는 그 심급이 다르다. 따라서 반공 이데올로기가 함유되어 있다는 이유만으로 뭉뚱그려 가치 평가를 할 수는 없고, 각각의 내용에 따라 의미를 따져 보아야 할 것이다.

3. 반공주의 작품의 분석

1) 특정 논리의 일반화

전시에 반공주의 작품을 적극 창작한 작가로는 김광주, 박영준, 최인욱, 장수철, 유주현, 최태응, 박계주 등을 들 수 있다.

김광주의 「자라나는 새싹」은 아동문학 잡지에서 최초로 발견되는 반공소설로, 종군 활동의 취지를 충실히 반영한 목적소설이다.

이 글은 '왼 세상 사람들이 모다들 똑같이 말들을 합니다'라는 소년 화자의 말을 서두로, 이어질 발언을 일반화시키며 시작된다. 화자는 '오랑캐들과 무지막지한 공산군들이 미쳐 날뛰는 슬픈 세상'임을 강조하며, 이 모든 것이 '저 밉쌀스러운 공산당의 탓'이라 규정한다. '웃음의 꽃밭을 이루고 즐거웁고 근심 모르는 날을 보내던' 화자의 가족은, 아버지가 실종되고 할아버지마저 '놈들에게 붙잡혀' 가는 바람에 부산으로 피난을 가 하꼬방 한 간을 짓고 근근히 살아간다.

그러다 일 년 뒤 부상병이 된 아버지를 육군병원에서 만난다. 화자는 양담배 장수를 하며 돈을 모아 일 년 뒤 학교에 갈 결심을 하며, "어서 한 푼이라도 돈을 벌어서 아버지를 병신 만든 원수, 우리 집안을 망쳐 논 원수, 우리 할머니 어머니를 고생시킨 놈들의 원수를 꼭 갚아야"겠다고 다짐한다.

전쟁과 그로 인한 모든 피해에 대한 책임을 북한에 전가하며, 화자는 북한 침략으로 인한 '현재의 고통'을 강조하는 데 힘을 기울인다. 할아버지가 관청에 나가서 돌아오지 않았다고 하였는데, 해방된 지 불과 몇 해 지나지 않은 시대 상황과 할아버지의 연령으로 미루어 볼 때 일제 때 관리였을 가능성이 높다. 그리고 아버지 역시 전쟁 발발 이전에 육군 소령이라 하였으니, 해방 이전 식민지 시절에 이미 군인이었음을 짐작할 수 있다.

이승만 정권은 일제시대 때의 군과 경찰조직을 거의 그대로 물려받아 같은 민족을 괴롭혔던 친일 분자와 부패한 관료들을 거의 그대로 유임시킨 반면, 인민군은 친일 관료와 군인 경찰을 주적으로 분류하여 일차적 처단 대상자로 삼았다. 따라서 작중 화자의 집안이 단순히 북한과 정치적 적대관계에 있기 때문에 피해를 입었을 가능성도 있지만, 당대의 기득권층일수록 떳떳치 못한 전력을 가진 경우가 많았기 때문에 민족 앞에 얼마나 결백한 입장인지 따져볼 필요도 있다. 그러나 전후좌우 맥락은 생략한 채 가족의 '피해' 사실과 북한의 '악행'만 되풀이 강조하며, 독자의 '체험'을 감상적으로 자극하는 방식으로 특정 계층의 전쟁 체험을 전체의 체험으로 일반화시킨다.

'모든 동무들의 행복되고 즐거운 가정이 너 나 할 것 없이 똑같이 단숨에 서리를 맞어 쓰러지듯이' 저의 집안도 그놈의 "육, 이오" 통에 하룻밤

사이에 시커먼 어둠과 무서운 공포 속으로 떨어져 버렸던 것입니다.[23]

유년기에 가족과 가정은 어린이의 생존과 직결되는 의미를 지닌다. 또한 체험의 폭이 좁고 지식이 부족한 어린이가 자신의 경험에 비추어 공감할 수 있는 가족주의를 전유하는 것처럼 독자의 마음을 쉽고도 확고하게 사로잡을 수 있는 방법은 없다. 따라서 감상적 가족주의를 통해 독자의 감정을 뒤흔들어 북한에 대한 적개심을 무의식적으로 고취하는 양상은 이후 다른 반공소설에서도 일정한 패턴을 이룬다.

내 아버지를 죽이고 그리고 내 팔과 다리를 상하게 한 놈들! 그놈들만 아니었더라면 내가 왜 이런 병신이 되었겠습니까? 남 보기에는 아무렇지도 않지만 나는 한 손을 마음대로 쓰지 못합니다. 아마 총알에 힘줄이 다쳤나 봐요.
어머니! 나는 어떠한 일이 있어도 공부를 하겠습니다. 그래서 아버지와 나의 원수를 갚고야 말겠습니다.[24]

감상적 가족주의와 함께 나타나는 또 하나의 공통적 패턴은, 전쟁 이전에는 부유하고 행복한 가정이었으나 공산 침략으로 모든 것을 잃고 비참해졌다는 도식이다.

해방이 되었지만 36년에 이르는 일제 침탈로 조선과 조선인의 삶은 참혹하게 유린된 상태였고, 1940년대 후반에는 좌우익 대립과 국가폭력으로 나라는 혼란에 휩싸여 있었다.

---

23) 김광주, 「자라나는 새싹」, 『소년세계』, 1952. 8.
24) 박영준, 「푸른 편지」, 『소년세계』, 1952. 10.

이런 시기에 부유하고 안락하며 행복한 삶을 누리며 지낼 수 있었던 어린이는 소수에 불과하였을 터인데, 반공주의 작품에서는 으레 일반적인 가정의 형태로 전제되고 있는 것이다. 특히 최태응의 「옥색 조개껍질」은 당대 기득권층의 입장과 논리를 여실히 보여준다.

어째서 춘실이가 먹는 밥은 입김만 세게 불어도 푸실푸실 흩어질 것 같은 조밥뿐이냐고, 영복이는 어린 마음에도 견딜 수 없어서 자기의 밥그릇을 들고 나가서 바꾸어 먹기를 얼마나 했으며 때로는 아주 춘실이만은 데려다가 함께 먹기도 했습니다.

다른 집들을 보면 춘실이네와 비슷한 작인들 서푼집 사람네가 앞장을 서서 당장 주인집에다 대고 몇 십 년이나 몇 대를 두고, 피땀을 흘리도록 일을 시키며 부려먹었다는 말과 그 값으로 이제는 경을 좀 쳐야 한다고 마악 두들겨 패기도 하고 집을 내놓고 도망을 치는 집들도 있었습니다.

다행이 춘실이네는 워낙 착하고 욕심이 없고 인정이 많은 사람들이오, 의리가 굳고 경우가 밝았던 까닭에 남들이 무어라고 하거나 세상이 갑자기 어떻게 변했다거나 주인집 사람들에게 대해서 지난날의 감정이 있었다고 해서 마구 분풀이할 마음은 없었읍니다.

더구나 어른들과 어른들 사이는 둘째로 쳐 놓고 언제나 한결같이 자기의 친동생과 다름이 없이 오히려 춘실이가 잘못해서 싸움도 하고 말썽을 부리기도 하는 것을 조금도 나무래지 않고 마치 자기 책임이나 되는 것같이 웃으며 달래주면서 도와준 영복이의 생각을 하면 그저 고맙기만 기쁘기만 했습니다.[25]

25) 최태응, 「옥색 조개껍질」, 『소년세계』, 1954. 2.

노비제도는 1984년 갑오개혁 때 폐지되었지만, 해방 후에도 달리 사유재산이나 생활 방편이 없는 사람들은 소작을 하며 지배자와 피지배자의 관습적 관계를 유지하는 경우가 흔했다. '몇 십 년이나 몇 대를 두고' 노비를 부려온 지배자의 입장과, 태어날 때부터 사회적 계급의 질곡에 얽매어 '피땀 흘리게 부려먹음을 당해온' 피지배자의 입장은 명백히 다를 수밖에 없다.

맑스 사상을 떠나 전근대적인 봉건적 신분제도의 질곡은 타파되어야 마땅하며, 특히 일제 강점기에 그리 막대한 부를 누렸다는 것은 일본의 절대적인 비호와 협력이 없고서는 불가능한 일이기에, 해방 공간에서의 지주와 소작인의 대립을 단순히 '악하고, 욕심 많고, 인정 없고, 의리 없고, 경우 없는' 소작인의 '분풀이'로만 몰아갈 수는 없는 일이다.

개별 국민이 처한 입장에 따라 좌우익 투쟁과 공산주의에 대한 관점은 다르게 나타날 수밖에 없는데, 최태응의 글은 명백히 지주의 관점을 대변하고 있다. 소설의 초반부는 지주의 집이 얼마나 많은 '세간을 차지'하고 있는가의 세세한 묘사에 바쳐지며, 이어서 그런 집안에서 귀여움을 한몸에 받는 영복이가 행랑채 춘실이에게 얼마나 인정 있게 대해 주었는가가 긴 분량으로 서술된다. 그러다 해방이 되어 세상이 바뀌었지만 '다행이' 춘실이네는 다른 소작인들처럼 주인집에 보복을 하지 않을 뿐 아니라, 오히려 영복이가 잘해 준 생각에 그저 '고맙기만 기쁘기만' 하다는 것이다.

이 소설은 지주집 아이의 '인정'을 크게 부풀려 미화한 반면, 현실적 삶의 토대인 물질과 계급 문제의 부조리와 거기서 발생하는 끝없는 억압과 착취의 구조는 은폐하고 있다. 어릴 때부터 피지배자의 삶을 살며 노역에 시달리는 춘실이와 그 가족의 생활은 강자의 약자에 대한 억압과 착취를 여실히 보여주고 있지만, 작가는 피지배자의 복종과 충성을 지극히 당연하고 자연스러운 일로 규정한다. 철저히 지배계급에 동조하는 입장에서, '몇 백 년 여러 십대를 전해 나려오며 행복스럽게 살던 개인의 재산을 빼앗긴'데 대한 분노와 적개심만 적나라하게 표출할 뿐이다.

뻐언히 건달로 떠돌아 다니던 동네 싸움패 놈팽이 녀석네가 사돈의 팔촌까지 떼거리로 이사를 해서 안방 건넌방을 다 차지하고 뻔뻔스럽게도 한창 제철이 들어 무르익는 과일들을 자기네 물건이나 다름이 없이 척척 따먹고 나머지를 팔아먹기까지 했읍니다. 그뿐이 아닙니다. 점점 손길을 펴는 쏘련의 흉측스러운 거짓말쟁이 붉은 강도떼들의 사냥개와 같은 앞잡이 공산당들은 죄 없는 동네 사람들을 언제 어느 겨를에 남몰래 잡아다가 귀신도 모르게 죽이려는 속셈인지 알 수 없었읍니다.[26]

한국전쟁과 공산당에 대한 체험은 성별, 연령별, 지역별, 계급별로 다르게 나타나는데, 반공주의 아동소설의 창작에 앞장선 작가들의 경우 이처럼 기득권층의 논리와 관점을 대변하는 양상이다. 그리고 당대 현실을 자의적으로 은폐 축소하거나 왜곡하는 방식으로, 개인적 작의 전달에만 충실함을 볼 수 있다

이런 부분에서 반공주의 작품의 최초 형태는 서민 대중의 삶 속에서 자연스레 생성된 담론이 아니고, 기득권층의 관점을 아래로 전파 확산시킨 것임을 알 수 있다. 어린이들은 직접 겪은 '전쟁 체험'의 의심할 바 없는 진실성에 미루어, 지속적이고 반복적으로 주어진 반공

---

26) 최태응, 「옥색 조개껍질」, 위의 글.

담론의 정형화된 패턴을 내면화하게 된 것으로 보인다.

2) 국가 탄생과 건국 신화의 창조

1950년대 아동잡지에서 국가주의는 다양한 양상으로 발화되었는데, 가장 일반적인 형태가 '나라를 위해' 희생한 인물의 이야기를 끊임없이 작품화하여 어린이에게 읽힌 것이었다. 안중근, 이순신 등 순국선열들의 삶은 물론이고, 잔다르크나 유관순, 화랑 관창 등 동서양의 10대 청소년 영웅들의 장렬한 애국심은 역사소설로, 전기로, 창작동화로, 만화로, 영화로까지 만들어져 어린이 청소년들에게 주어졌다.

三月이 오면 이 땅에 三月이 오면/골짝이 산등세 불붙듯 번질/진달래 꽃망울 부풀어 오르듯/우리들 가슴 속 용솟음치는/三―의 정신―민족의 맥박―[…중략…]/조국의 독립을 찾아 매운 싸움 있었나니/울안의 홍도화는 유관순의 넋인가/三月은 장한 달 이 나라의 아름다운 달/거리거리 골목골목/독립 정신이 출렁거리는 달[27]

조국의 독립을 위해 목숨을 바친 유관순을 기린 노천명의 시는, "이 아침에도 대일본특공대는/남방 거친 파도 위에/혜성 모양 장엄하게 떨어졌으리//어뢰를 안고 몸으로/적기(敵機)를 부순 용사들의 얼굴이/하늘가에 장미처럼 핀다/성좌처럼 솟는다."[28]며 조선인 출신 가미카제 특공대를 기리며 본인이 썼던 친일시와 국가 주체만 달라졌을 뿐 동일한 세계관과 시작(詩作) 태도를 견지하고 있다.

---

27) 노천명, 「3월의 노래」, 『소년세계』, 1954. 3.

'추상적 공동체'인 국가를 내세워, 전체주의 사고의 문인들은 획일적인 공동 목표에 순응하는 '국민'을 길러내는 데 일조하였다. 이러한 국가주의 사고는 일제의 군국적 전체교육과 체제 순응적 황국 신민을 만들기 위한 규율을 내면화한 '일본식 사고'의 잔재이자, 차후 군사정권에서 일사불란한 '국민 동원'을 통한 '압축 성장'을 가능하게 하는 문화적 기반이 되며, 근대화의 기치 아래 수많은 개인적 권리와 가치를 무시하고 희생을 장려하는 전통이 되기도 한다.

1950년대 많은 문인들이 전쟁 발발로 인한 대응적 차원 이전에 이미 전체주의 사고에 젖어 있어, 반공주의 역시 한점 의문 없이 수용하여 전쟁을 신성시하고 국가를 신화화하는 담론을 생성함을 볼 수 있다. 이들의 작품에서 전쟁을 통해 새롭게 탄생된 '국가 신화' 창조의 과정을 확인할 수 있거니와, 아동문학에 '국군'이 처음으로 등장하고 '주요 인물'로 부각된 것도 같은 맥락에서 해석할 수 있다. 나라에 대해 권리를 주장할 수 없고 의무와 책임만 지는 가장 대표적인 국민인 국군이 아동문학에서 주요 인물로 형상화되기 시작한 것은 전쟁 직후부터이며, 한결같이 용감하고 친절한 긍정적 이미지로 그려지게 되는 것이다. 국군을 미화한 대표적 사례로 생명의 위협을 무릅쓰고 소녀를 구출한 장진호 소위의 용감무쌍한 활약을 그린 박계주의 「소녀와 도깨비 부대」[29]를 들 수 있으며, 장수철의 「언덕에서 맺은 우정」[30]에 이르면 따돌림 당하던 아이가 단지 오빠가 국군이라

---

28) 노천명, 「군신송(軍神頌)」, 『매일신보 사진판』, 1944. 12.
　　매일신보가 '대동아전쟁' 3돌 특집 기념호로 낸 사진판에는 가미카제로 희생된 군인들의 사진들 아래 아름다운 희생을 찬미하는 노천명의 「군신송」이 실려 있다. 희생된 대원들은 김본정신(金本定信) 일등병 '김성의휘(金城義輝) 병장' 김광창정(金廣昌貞) 상등병'처럼 창씨개명한 조선인들로 보인다.
29) 박계주, 『학원』 2권 1호, 1953. 1.
30) 장수철, 『새벗』, 1958. 8.

는 사실만으로 부러움의 대상이 되기까지 한다.

　이 마을 아이들에게는 국군 아저씨를 형이나 오빠로 가지고 있는 아이가 없었다.
　"왜 그런지 그 애가 부러워지는 것 같구나."
　희숙이가 비로소 말을 꺼냈다.
　"정말이야! 그 애가 갑자기 훌륭한 애같이 보여."
　"그럴 줄 알았더면 진작 같이 놀아줄 걸 그랬지?"
　"응 그토록 같이 놀아달라구 그러던 걸! 어쩐지 안 됐다 얘?"
　아이들은 저마다 이렇게 말하면서 그 소녀 아이한테 새삼스럽게 우정을 느끼는 것이었다.[31]

　이들 작가들의 특징은, 자신의 의도를 독자에게 자의적으로 전달하는 데 골몰할 뿐 작품 자체의 내적 개연성이나 리얼리티에 관심이 없다.

　"……정말 우리 식구는 그 소 없이는 못 살아요. 어서 돌려주세요. 인민군 아저씨!"
　울며 울며 그냥 애걸하고 애걸했으나, "따라오면 죽인다." 한 마디를 남기고는 비탈진 길을 돌아 수림 속으로 사라지려 한다. 거기에는 이북 농군들이 서서 구경하다가, "횡재했다. 대한민국 놈들 손해 봤구나!" 하고 좋아서 야단들이다.
　〔…중략…〕

---

31) 장수철, 「언덕에서 맺은 우정」, 『새벗』, 1958. 8.

"악을 악으로 갚아서야 쓰겠니. 너도 소를 잃었을 때 울었던 생각이 나겠구나. 나도 내 가슴이 몹시 아프던 것이 잊혀지지 않는다. 어서 가져다 주어라." 하고 손자의 손에 소 고삐를 다시 쥐어준다. 만수는 아무 말이 없이 소를 이끌고 삼팔선을 향해 걸어간다. 〔…중략…〕

만수가 그들 앞에 나타나 소를 넘겨주고 돌아설 때 소 고삐를 받아 쥐던 아들은, 두 팔을 치어 들며, "대한민국 소년 만세!" 하고 소리친다. 아버지도 그리고 마을 사람들도 따라 두 손을 치어 들며, "대한민국 소년 만세!" 소리를 합하여 외친다.[32]

남한의 소년이 개울에서 목욕을 하는 사이에 풀을 뜯기던 소가 38선 이북으로 넘어가자, 이를 발견한 인민군이 인정사정없이 몰고 가버린다. 그러나 얼마 뒤 우연히 38선 이남으로 북한의 소가 넘어 오지만 소년은 소를 원래 주인에게 돌려주고, 감동한 북한 주민들이 '대한민국 소년 만세'를 합창한다는 이야기이다.

박계주의 이 작품은 남/북을 선/악으로 도식화하였고 인민군뿐 아니라 이북의 농군들마저 처음에는 악한 존재로 설정한 반면, 남한 사람은 악행에 대해서도 선행으로 대하는 도덕적으로 우월한 존재로 상정한다. '악을 악으로 갚지 않고' 선행을 베풀어 감화를 시킨다는 주제는 보편적 원리로서 진리이지만, 이 작품에서 구성한 시간과 공간의 장에서는 '진'이 아닌 '위'의 구성에 기여할 뿐이다. 38선 이남의 아이가 38선 이북에 사는 아이에게 소 고삐를 쥐어 주고, 이에 감화한 이북 농민들이 만세를 부른다는 것은 현실적으로 황당한 내용이다. 책상에 금을 그어 놓고 서로 '삼팔선'을 넘지 말라고 하는 어린

---

32) 박계주, 「38선상의 소」, 『소년세계』, 1953. 8.

이 놀이 수준의 의식에 활자의 권위를 부여하여, 현실적 판단력이 부족한 독자로 하여금 마치 진실인 양 믿게 하였다. '반공'의 당위성과 작의의 중요성을 믿어 의심치 않으며, 작가는 독자 대중의 마음을 사로잡는 탁월한 '기량'으로, 수많은 어린이들의 뇌리에 북한과 인민군, 국군에 대한 고정된 상(像)을 형성시키는 데 기여하였다.

3) 통속화와 상업주의

1950년대 초반의 반공작품은 전쟁 상황에서의 대응 양상이었기에 목적성이 앞설 수밖에 없었다. 반공의식을 강화하고 전의를 고취하여 기왕 벌어진 전쟁에서 승리해야 한다는 다급한 외적 요청이 있었다.

그러나 별다른 필연성 없이 지배이데올로기인 '반공'의 정당성을 이용하는 경향이 전후에 오히려 강해지고, 반공 자체를 위한 반공을 주장하게 되며, 심지어 상업화 통속화 흐름에 영합하고 선도하는 양태마저 보인다.

이미 다 아는바와 같이 백탐정은 6·25사변 전까지도 군 수사 기관의 고급 장교로서 눈부신 활약을 거듭해 온 분이다.
'빨갱이 잡이 귀신'이란 별명으로 불리워 왔을 만큼 악독한 괴뢰 간첩단을 속속드리 잡아치우는 데는 에누리가 없었다.
〔…중략…〕
"가령 두 소년이 놈들에게 붙잡혀가지구 평양으로 끌려갔다고 합시다. 그 다음 날 저녁 괴뢰 방송에선 이런 소리가 흘러 나올게란 말예요. '친애하는 남한 학생동무 여러분 저희들은 북한에 와 있습니다.'라구 아시겠어요?"

"뭐? 뭐라구요? 천만에 말씀 그게 무슨 될 말입니까?"

"될말 안될 말이 어데 있답디까? 게다가 심리작전을 위한 만행이죠."[33]

전쟁 직후 한국사회에는 어떤 수단과 방법을 동원해서라도 목적만
이루면 된다는 의식이 팽배했고, 아동도서 출판계에도 영리만을 목
적으로 한 불량 만화, 엉터리 번역·번안한 도서, 해적판 탐정물 등
이 무분별하게 쏟아져 나왔다. 그리고 김래성, 정비석, 박계주, 조흔
파 등의 대중소설이 큰 인기를 얻는 등 독자들은 전반적으로 오락성
에 탐닉하는 경향이었는데, 이러한 시대적 흐름과 반공주의가 자연
스럽게 결합하는 양상이다. 1950년대 후반에 창작되기 시작한 흥미
위주의 비현실적인 모험, 탐정물은 1960~70년대를 거쳐 1980년대
까지도 발견되며, 이때 악당은 흔히 '간첩'으로 설정되곤 하였다.

한국전쟁 후 '반공'은 그 누구도 이의를 제기할 수 없는 정당성의
원천이었기에 〈대감격 반공소설〉이라는 표제를 당당히 내건 아동소
설까지 등장하였던 것이다.

땅땅땅 세 사람의 장총에서 일제히 불을 뿜었다. 아버지의 심장을 향하
여―

"앗 헤……."

이런 비명을 남겨 두시고 아버지는 고개를 푹 숙였다. 그리고 비실비실
모래사장 위에 주저앉고 말았다. 혜경의 이름도 불으지 못하고 아버지는
영영 죽고 마셨다.

---

33) 박우보, 「녹색태극기의 비밀」, 『소년세계』, 1956. 2·3 합병호.

그들은 아버지의 시체를 산에 묻고 아직도 혜경이와 어머니의 눈물도 말으지 않은 어떤 날 찾아와서 집을 내놔! 반역자의 재산은 몰수한다. 이렇게 말했다. 울고불고 손이 발이 되도록 빌어도 소용이 없음을 번연히 아시면서도 어머니는 그들을 부뜰고 늘어졌었다.

끝내 그들은 혜경이 모녀를 내쫓고 말았다. 입은 것뿐이었다. 개나 돼지를 내쫓는 그러한 악독한 짓을 이들은 눈 하나 까딱하지 않고 하는 것이었다.[34]

인민군에게 주인공의 아버지가 총살당하는 선정적인 장면으로 시작하여, 고학하는 소녀를 동정하여 자기 집에서 지내도록 해준 장관 비서관의 인정에 감동한 소녀가 눈물을 흘린다는 것이 위 작품의 내용이다. 휴전을 한 지 3년이나 된 시점에서 문학으로서의 밀도를 전혀 갖추지 못한 선정적 반공소설을 발표한 것은, 시대적 필연성이나 작가정신과 무관한 개인적 의도로 이해할 수밖에 없다.

이처럼 아동문학의 반공주의는 어린이의 실제 삶의 토대와 관계없이 위로부터 주어진 목적문학으로 출발하였고, 기득권층 관점을 대변하는 작가들에 의해 그들 이데올로기를 정당화하고 설득하는 도구로 활용되었다. 그러다 통속 대중화의 길을 거쳐, 차츰 '습관적, 만성적, 자연적' 이데올로기로 어린이들에게 주어지게 되었던 것이다.

---

34) 김장수, 「봄이 오면 슬퍼지는 소녀」, 『소년세계』, 1956. 8.

4. 맺는 말

살펴본 바와 같이, 아동문학의 장에 반공주의가 등장하게 된 것은
6·25 발발이 직접적 계기였다. 전쟁이 일어나자 문인들 사이에는
문학의 역할에 대한 논의가 일어났는데, 김동리는 전쟁문학의 개념
을 정리하며 '문인은 총검을 대신하여 붓으로 자유와 조국을 위해서
싸워야 하므로, 전쟁 수행을 위한 무기로서의 문학은 용인된다'[35]고
하였고, 김팔봉은 전쟁문학의 방향으로 다섯 가지 지침을 제시하며
'전쟁의 목적은 승리함에 있으며, 문학도 승리 없이는 존재하기 불
가능한 것이었기에, 전시문학의 불가결한 요소는 철석 같은 전우애,
동포애, 조국애의 발양과 열화 같은 적개심의 양양'에 있다.[36]고 하
였다. 이러한 인식 하에 문인들은 종군작가단을 결성하여 국책 사업
의 일환으로 반공문학을 창작하였고, 어린이 독자에 대한 일말의 배
려 없이 목적성에 충실한 글을 썼다.

마침내 이쪽에서도 사격은 시작되었습니다. 적에 대한 공격이 치열하
면 할수록 적의 편에서도 한사코 기를 쓰며 덤벼 들었습니다. 피아간에는
거의 쉴 새 없이 무수한 총탄을 마주 보고 퍼부었습니다. 봉수는 자기도
모를 황홀한 마음이 가슴에서 파도치는 순간, 머리 위로 어깨 너머로 수
없이 내닫는 적의 탄환을 헤치며 헤치며, 두 팔에 힘을 모아 쉴 새 없이
방아쇠를 잡아 당겼습니다. 최후의 최후까지 조국의 운명을 붙들고 늘어
질 사람은 그 누구도 아닌 바로 자기 자신 뿐이라는, 마치 자기가 세기(世
紀)의 영웅이나 된듯한 느낌을 가슴 속에 지니며, 봉수는 성 낸 표범처럼

---

35) 김동리, 「전쟁과 문학의 근본문제」, 『협동』 35호, 1952, 50쪽.
36) 김팔봉, 「전쟁문학의 방향」, 『전선문학』 3호, 1953. 2. 참조.

최인욱의 반공소설 「싸우는 병정」
(『소년세계』, 1953. 2).

총탄의 소낙비 속을 번개같이 내달았읍니다.

적을 무찌르고 나라를 바로잡으려는 오직 한 생각, 그의 앞에는 죽음이
무섭지 않았읍니다.[37]

전쟁의 광기에 사로잡힌 비이성적인 감정 상태를 황홀경으로 묘
사하고 있는 이 작품은, 전쟁을 미화하고 개인의 희생을 독려한다.
문학의 무기화는 궁극적으로 독자의 무기화를 의도한다. 전쟁 승리
를 위해 자신을 기꺼이 바칠 인적 자원의 양성에 그 목적이 있는 것
이다.

이처럼 평소 어린이에 대한 관심과 이해가 없었던 일반 소설가들
이 전쟁을 계기로 아동문학 장(場)을 손쉽게 전유하여 어린이를 목
적적으로 대상화하였고, 뒤이어 전문 아동문학인 가운데 반공주의
입장의 작가들이 동일한 종류의 담론을 더욱 세련된 양식으로 자연

---

37) 최인욱, 「싸우는 병정」, 『소년세계』, 1953. 2.

스럽게 어린이 내면에 스며들게 하였다. 어느 쪽이든, 어린이의 자발적 생명과 욕망, 의지와 관계없이, 특정 입장의 어른들이 반공 이데올로기를 일방적으로 전파한 양상임에 분명하다.

이러한 반공 담론의 공통적 특성은 추상적 '국가'를 내세워 개별 국민의 희생을 끊임없이 장려하고, 당대 기득권층과 일부 엘리트의 관점만 일관되게 발화한다는 것이다. 그 밖에 전쟁에 관한 민중들의 다양한 체험은 일절 소거된 데서 반공주의의 이데올로기적 성격을 알 수 있다.

민족 어느 누구도 동족상잔의 전쟁을 원한 적이 없었지만, 자신을 중심으로 한 국가를 세우고 싶었던 남과 북의 지도자는 끝까지 타협을 하는 대신 전쟁을 택하였고,[38] 그 전쟁에서 희생된 사람은 남북한의 힘없는 민중들이었다.[39] 휴전이 되자 남과 북의 국가는 각각 전쟁의 기억을 독점하였고, 전쟁에 관한 국민들의 체험은 계층과 지역, 처한 입장에 따라 저마다 달랐지만, 국가가 허용하는 전쟁 기억과 상이한 종류의 체험은 침묵당하고 지워져야 했다.[40]

아동문학에서도 공식적 전쟁 기억과 일치하는 체험을 가진 일군의

---

38) 이승만도 김일성 못지않게 호전적 태도를 견지고, 북진통일이 남한의 공식적 통일정책이었으며, 6·25 이전에 이미 남북간 교전이 심심찮게 벌어지고 있었기에, 적지 않은 사람들이 전면전을 예상하고 우려하였다.

39) 리영희, 『분단을 넘어서』, 한길사, 1984, 297쪽.
학교깨나 다닌 젊은이들은 어디 가고, 이 틀림없는 죽음의 계곡에는 못 배우고 가난하고 힘없는 이 나라의 불쌍한 자식들만이 보내지는가? 나라 사랑은 힘없는 이들이 하는 것인가? 전쟁과 군대를 알게 될수록 나는 점점 더 사색적이 되어 갔다. 그럴수록 이 나라의 기본부터 무엇인가 잘못되어 있다는 생각이 들었다.

40) 김동춘, 『전쟁과 사회』, 돌베개, 2000, 25~30쪽.
국군과 경찰, 미군에 의해 희생당한 수많은 사람의 가족들은 당한 것도 서로운데 '빨갱이' 가족으로 낙인 찍혀 연좌제가 있던 1980년대 초반까지 온갖 고통을 당하며 살아왔다. 국군으로 참전했다가 이유없이 즉결 처형당한 사람들의 가족들, 전쟁통에 상처를 입었지만 제대로 보상도 받지 못한 채 평생 고생해 온 이름 없는 국군 병사들도 부지기수이다. 이들은 입을 열지 않는다. 자신의 체험이 '공식 체험'과 배치되고, 자신의 체험을 말하는 것이 박해와 불이익을 가져올 것이라는 점을 알고 있기 때문이다.

작가들은 '반공문학'을 창작하며 1950년대 내내 누구보다 떳떳하게 '언어권력'을 행사한 반면, 다른 종류의 체험을 가진 작가들의 경우 침묵하거나, '과거' '전통' '환상'의 시공간으로 회피하는 등[41] 당대 현실과 일정한 거리를 두는 양상이었다. 이러한 시대적 분위기로 하여, 1950년대 아동문학은 엄청난 양적 팽창에도 불구하고 전쟁기 어린이의 삶을 제대로 드러내지 못한 채, 위축되고 왜곡된 양상으로 현실을 파편적으로 그리는 데 머물렀던 것이다.

(『한국어문학연구』 46집, 2006.)

---

41) 좌익 경력의 이원수의 경우 문단에서 소외된 위치에 있었으며 이 시기에 환상 동화를 주로 창작하였고, 카프 전력의 이주홍 역시 당대 현실과 시공간적으로 거리가 있는 작품을 썼다.

마해송과 반공주의

마해송은 한국 최초의 창작동화로 손꼽히는 「바위나리와 아기별」을 창작하였고, 한국 최초의 창작동화집 『해송동화집』(1934)을 펴냈다. 방정환이 한반도에서 처음으로 어른과 다른 고유한 존재인 어린이를 주목하고 그들의 억눌린 감성을 해방시키고자 하며 어린이 인권에 대한 사회적 관심을 촉발시키는 '아동문화' 운동을 펼친 선각자였다면, 마해송은 개인의 자의식을 미학적으로 섬세하게 형상화함으로써 초기 동화가 아동문학으로 자리잡게 하는 데 선구적 역할을 하였다.

이와 함께 마해송은, 사회 현실에 일관된 관심을 보이며 비판의식을 표출해 온 작가로 평가되고 있다. 일본의 조선 침략에 대한 저항의 알레고리로 읽히는 「토끼와 원숭이」(1931)[1], 미소간의 힘겨루기가 팽팽하던 상황에서 강대국의 약소국에 대한 문화 침략을 우의적

---

1) 마해송은 1931년 조선일보(1931. 9. 21)에서, 이 작품이 1922년에 창작되었으나 동화회에서 구연하면서 점점 좋은 작품이 되어 갔다고 밝혔다.

으로 경계한 『떡배단배』(1948~49), 자유당 말기의 부패한 사회상을 풍자하고 비판한 『모래알고금』(1957~1958, 경향신문) 등, 당대 시류를 정면 응시하며 동화의 형식으로 풀어내 온 마해송의 글쓰기 행로는 분명 여타의 작가들과 구분되는 위치에 있다.

침략과 전쟁과 독재로 이어진 역사적 과정 속에서 한국문학은 자유로운 발화를 억압당해 왔고, 교육 환경과 연관하여 아동문학장에서는 비판적 사고가 더욱 오랫동안 부재하였다. 그런 점에서 마해송 동화의 풍자와 비판성은 한국 아동문학의 균형성이라는 측면에서 분명 의의를 가진다.

1990년대에 아동문학계 일부에서는 대표적 저항정신의 소유자로서 이원수를 우상화의 대상으로까지 삼아 왔으나, 친일작품 집필 전력이 밝혀지게 되자 더 이상 담론의 장에서 그의 이름을 언급하는 것조차 기피하고 있다. 이러한 현실에서 마해송 문학에 대한 조명과 평가는 일종의 대안 담론의 성격을 보이며 과열된 느낌마저 준다.[2]

그러나 마해송 문학에 대한 기존의 논의는 평자들의 현재적 관심사를 기준으로 한 텍스트(text) 차원의 접근이었고, 시대적 상황적 맥락을 섬세하게 살핀 컨텍스트(context) 차원의 연구는 이루어진 적이 없다. 현실 인식과 비판정신이 마해송 동화 텍스트의 특질인 것은 분명하지만, 그 자체를 무조건 높이 평가하기보다 그러한 특질을 가능하게 한 역사 사회적 그리고 개인적 상황을 두루 따져볼 때, 한국아동문학사 속에서 마해송 동화의 위치와 역할이 보다 온전하게 드러나게 될 것이다.

---

2) 마해송 탄생 100주년을 맞아 한국아동문학인협회에서 2004년 10월 경기도 파주출판문화단지에 '마해송문학비'를 세웠다. 문학과지성사에서 '마해송문학상'을 제정하여 2005년 5월에 1회 시상하였으며, 9월에는 '탄생 100주년 문학인 기념문학제'에서 원종찬이 「해방 전후의 민족 현실과 마해송 동화」라는 제목으로 발제를 하였고, 10월에는 '마해송 탄생 100주년 기념 학술 세미나'에서 유창근, 김자연, 조월례, 최명표, 이주영이 각각 마해송의 삶과 문학을 조명하였다.

이에 본고는 한국 아동문학의 지형이 새롭게 재편되는 1950년대를 중심으로, 당대 사회 현실과 마해송의 개인적 처지와 입장을 함께 살피면서, 사회 지배 이데올로기인 반공주의가 마해송 문학과 어떤 영향관계를 가지는지 알아보고자 한다.

1950년대 문단 지형과 마해송의 위치

한 작가의 작품은 생애의 흐름에 따라 지속과 변화의 요소를 각각 보이게 되는데, 마해송의 경우도 마찬가지다. 사회 현실에 대한 적극적 관심과 비판정신이 지속된 요소라면, '반공주의'는 마해송 문학에 있어 가장 큰 변이 요소이다.

한국전쟁 이전까지만 해도 마해송은 공산주의자나 좌익에 대해 특별히 거부나 배제의 태도를 보이지 않았다. 일본의 주요 작가 가운데 한 사람인 전기파(戰旗派) 좌익 작가 후지사와 타케오(1904~1989)와는 절친한 사이였고,[3] 해방 후 서울로 옮겨와 중도좌파지로 분류되는 《자유신문》 객원으로 수필, 동화 등을 발표하였다.

그런데 6·25 발발 당시 미처 피난을 가지 못한 마해송은 인민군 점령 기간 동안 사선을 넘는 체험을 하였다. 인민군 측에서 작성한, 자수시켜야 할 대상자 목록 첫 번째에 그의 이름이 올라 있었던 것이다. 그는 중병에 걸린 양 한여름에 가죽 점퍼를 입고 지내거나 숨어 지내는 등으로 간신히 위기를 넘기게 된다.

---

3) 모리아이 타카시, 「마해송론-재일기간과 작품의 풍자성에 대하여」, 양미화 역, 마해송연구 모임 자료집, 『제3회 마해송 문학 이야기 마당』, 2004.
이 자료에 따르면, 후지사와 타케오의 단편소설 가운데 마해송이 모델로 등장하기도 한다.

백일 후 국군이 서울을 수복하자마자 마해송은 국방부 한국문화연구소 소장을 맡았으며, 국방부 정훈국 편집실 고문과 국방부 승리일보 고문에 각각 취임하는 등 자발적으로 반공주의의 선두에 서게 된다. 1951년 3월에는 문인들이 일종의 국책사업으로 종군작가단을 구성하였는데, 마해송은 공군작가단인 〈창공구락부〉 단장을 맡아 여러 지면에 종군기를 발표하는 등 누구보다 적극적으로 활동하였다.

휴전 이후에도 그는 반공독본 『씩씩한 사람들』(1954)을 문교부에서 펴내고, 장편 반공동화인 『앙그리께』를 1955년부터 56년까지 『소년세계』, 《한국일보》, 《경향신문》 등 매체를 바꾸어 연재를 한 후 1959년 단행본으로 펴내는 등, 반공주의 신념을 일관되게 형상화하였다.

표면적으로는 '자유민주주의'를 내세웠으나 실상은 반공주의 이념으로 통일되었던 1950년대 남한 사회에서는 강한 반공주의자일수록 사회적으로 떳떳한 반공적 선민의식이 있었다. 아동문학계 지형만 살펴보더라도 이 점이 드러나는데, 1950년대에 가장 활발하게 문필

마해송이 쓴 장편 반공동화인
『앙그리께』(『경향잡지사』, 1959).

활동을 한 작가들을 보면 종군작가(마해송, 윤석중, 방기환, 박화목, 김광주, 김송, 박영준, 최인욱, 최태응, 김영수, 유주현, 박계주, 최정희, 김장수 등)와 월남작가(강소천, 박경종, 김요섭, 장수철, 박홍근 등)군으로 뚜렷이 정리된다.[4] 소수의 예외는 있지만, 기본적으로 이 두 그룹은 반공주의를 바탕으로 하며, 국가와 근본 입장을 함께 하는 그룹이다.

이에 비해 좌익 성향의 작가들(이원수, 이주홍 등)은, 전쟁 이전에는 누구보다 활발하게 활동하였으나 전쟁 이후에는 문화계의 중심에서 소외된 채 '환상'이나 '과거, 전통, 고향' 등 현실 시공간과 일정한 거리를 둔 작품 창작에만 전념하였으며, 그 외에 다른 사회적 활동이나 일체의 비판적 발언을 하지 못하였다.

이러한 당시의 사회적 문화적 정황에서, 마해송의 변화된 입지는 특히 주목된다.

일제 강점기에 이십여 년 간 일본에 머물며 『모던 일본』 사장을 역임하는 등 일본 문화계의 중심에서 활동하였던 마해송은 해방된 조국에서 활동을 극히 자제하였다.[5] 그러나 전쟁 직후 그는 누구보다 뚜렷한 반공의 신념을 표출하며, 1950년대 한국문단의 중심에서 맹활약을 펼친다. 해방공간에서《자유신문》이라는 제한된 지면에만 수필을 발표하였던 것과 달리, 어른 독자를 대상으로 국내의 각종 신문 및 잡지 매체에 100편이 넘는 수필을 쓰는 한편, 동화평, 신춘문예 심사, 어린이 청소년 관련 좌담회, 어린이 교육정책, 어린이날 기념 메시지 등 '어린이'와 '아동문학' 관련 각종 행사와 정책에 관해 발

---

4) 선안나, 「1950년대 동화·아동소설 연구―반공주의를 중심으로」, 성신여대 박사논문, 2006, 96쪽.
5) 1945년에는 일체 발표된 글이 없고, 1946년에는 십여 년 전 발표 작품인 「토끼와 원숭이」 전편(前篇)을《자유신문》에 재수록하고 만화책과 그림동화책으로 각각 펴낸 것 외에는 어린이날 수필 1편을 발표한 것이 전부이다. 1947년부터 1948년까지《자유신문》에 수필을 고정 연재하여 1949년에 수필집 『편편상』을 엮었고, 역시《자유신문》에 동화 『떡배단배』를 18회 연재한 것 외에 전쟁 이전까지 다른 지면에 발표한 글이 거의 없고, 문단활동 역시 하지 않았다.

언하였다. 또 주요 아동문학인들과 '한국아동문학회를 창립하여 회장을 맡고, 함께 대한민국 어린이 헌장을 기초하고 어린이 헌장비를 건립하는 등 한국 아동문학계의 대표자로서 확고한 입지를 보인다. 그런가 하면 아동문학인으로서는 처음으로 〈자유문학상〉을 수상하고, 한국문인협회가 제정한 제1회 〈한국문학상〉을 받은 데서, 아동문학뿐 아니라 한국문단의 중심적 위치에 있음을 알게 한다.

반공문학의 의미와 한계

신화나 민담, 속담 등이 민족 전체의 삶과 지혜를 반영한다면, 반공주의는 특정 소수의 이해관계를 반영하는 '이데올로기'이다. 1950년대에 아동 잡지나 신문, 단행본 등 각종 매체를 통해 발표된 '반공문학'들의 성격을 분석하면 이러한 점은 금세 드러난다.

반공문학은 첫째, 아동문학의 독자 대상인 어린이의 삶, 관점, 경험, 욕망을 반영하는 것이 아니라, 아동문학의 형식을 빌려 작가의 가치관을 전달하는 데 목적을 둔 '목적문학'이다.

마해송의 『앙그리께』 역시 식모아이인 '영애'가 주인공이지만, 그 아이의 진정한 삶과 욕망을 정직하게 표현하지 않고, 버려진 아이를 거둬 준 주인집 식구의 온정 부각에 힘을 기울였다. 또 공산주의자에 대한 증오와 적대감을 고취시키고, 맥아더와 유엔군을 민족의 구원자로 여기는 시각을 그대로 드러내는 등 창작을 통한 작가의 이념 전달에 열중함을 볼 수 있다.

둘째, 추상적 국가로 대표되는, 특정 '기득권층'의 논리를 전체 국민의 논리로 일반화시켰다. 반공동화는 하나같이 '부유하고 행복하게 살던' 가정이, 북한 침략으로 하루아침에 풍비박산이 나고 고통을 겪는다는 정형화된 패턴을 보인다. 그러나 일제 침탈기에 이어 좌우 대립과 국가 폭력으로 나라가 극도로 혼란스러웠던 1940년대 후반에, '부유하고 행복한' 삶을 누린 가정이 얼마나 되었을까. 대다수 농어촌 도시 서민 또는 빈민 계층 어린이의 삶은 이와 거리가 멀었다.

그런데 마해송의 『앙그리께』에 나오는 엄마 역시 세 아이를 키우고 있지만 '밥이나 빨래, 청소를 할 줄 모르'며, 살림을 돌봐주는 할머니와 식모아이 영애가 그 일을 도맡아 한다. 작가는 전쟁과 피난 과정의 어려움을 강조하였지만, 물질에 연연해 하지 않는 식구들의 태도는 역으로 계급적 토대를 비춰 보인다.

셋째, 위 논리의 연장선상으로 볼 수 있겠는데, 남한 정권의 지배층 및 일제 때 경찰, 관리, 지주, 부유한 상인 등 '친일' 전력이 있거나 '친미' '극우' 등 인민군의 일차적 처단 대상자 입장에 처한 이들이 계급적 통합을 이루어 반공 담론을 주도하였다는 점도 주목할 필요가 있다. 그러나 이들은 친일 전력 등의 치부는 일체 은폐하였고, 인민군의 납치 사실이나 만행을 힘써 강조하였으며, 공산주의자를 '꼭두각시' '빨갱이' 등 추상적 물질로 묘사함으로써 적개심과 증오심을 한껏 부추긴다는 공통점을 보인다.

마해송의 『앙그리께』는 1950년대에 나온 반공동화 가운데서 기능적으로 문학적 형상화가 비교적 잘 이루어졌지만, 내용면에서는 반공동화가 가지는 성격적 한계를 동일하게 보여준다.

북한도 그러했지만, 반쪽의 통일을 이룬 남한에서도 국가가 '전쟁에 관한 기억'을 독점하여 '반공'의 관점이 아닌 다른 종류의 전쟁 체험은 일체 발설할 수 없게 하였다. 전쟁 초기에 남북이 번갈아 영토를 점령 재점령하는 과정에서 인민군뿐 아니라 국군과 유엔군에 의

한 국민의 피해도 많았고, 지원이든 징집이든 가족이 서로 다른 체제에 속하게 되어 버린 경우도 많아 전쟁과 분단에 관한 국민의 개별 체험이나 입장은 저마다 달랐다. 그러나 인민군에 대한 긍정적 기억(설령 가족이라 하더라도)이나 국가나 국군 또는 유엔군에 대한 부정적 체험 등은 말하는 즉시 처벌이 따랐기 때문에 수많은 국민들이 침묵할 수밖에 없었고, 자신의 몸에 새겨진 고통마저 부인해야 했다. 이에 비해 국가와 일치하는 '반공주의' 입장의 작가들은 승리자의 관점을 마음껏 표현하고 특정 체험을 일반화시키며, 새로 탄생된 국가의 신화를 창조하고 미화하였다. 그런 사회적 분위기 속에서 반공이 남용되고 통속 대중화되는 양상까지 보이게 되는 것이다.

물론 전쟁 상황에서 자신의 목숨이나 가족을 돌보지 않고 종군할 수 있었던 마해송의 애국적 신념은 분명 고귀한 면이 있고, 부정과 부패로 얼룩진 조국의 사회상에 안타까워하고 분노한 그의 정신도 차별화된다. 그리고 1950년대 반공주의의 프리즘은 대단히 섬세하기 때문에 일괄적으로 논하기 어렵고, 개별적 처지와 입장을 조심스럽게 헤아려야 할 필요가 있다. 그러나 이 시기에 마해송이 누구보다 활발한 문필 활동을 하며 정치 사회적 타락상조차 거침없이 풍자하고 비판할 수 있었던 데는, 누구보다 분명하게 보여준 반공의 신념이 상대적으로 '언어권력'을 부여한 면도 분명 있었다고 생각된다.

이처럼 전쟁과 분단이라는 미증유의 사건을 겪었으나, 승리자의 담론은 넘쳤지만 각계각층 민중의 삶—특히 어린이들의 정직한 체험과 기억은 억압되고 파편화된 형태로밖에 발견되지 않는다는 데 1950년대 한국 동화의 근원적 한계가 있다.

그리고 반공주의가 당대의 이데올로기로 그친 것이 아니라 그 자체의 '물질성'으로, 한반도의 특수한 역사적 환경 속에서 특정 계층의 이익을 위한 심리적 토대 형성에 지속적으로 기여해 왔다는 점에서, 한민족의 가장 새로운 부분인 유년기 국민 전체에 주어진 반공교육과 반공문학의 의미를 곰곰이 따져볼 필요가 있다.

(한국문예창작학회 제10회 정기 학술세미나 자료집, 2006)

『몽실언니』의 페미니즘적 분석

1. 페미니즘과 아동문학

근대의 서구적 주체는 확고한 자기 중심성으로 모든 객체를 효용의 측면에서 파악하여 정복과 착취의 대상으로 삼아 왔다. 제국주의에 의한 제3세계의 식민지화, 두 차례의 세계대전을 비롯한 크고 작은 전쟁들, 문명 발달과 반비례하여 파괴되어 가는 자연 등은 자기 중심적 주체의 욕망이 빚어낸 결과들이다.

마르크스, 니체, 프로이트 등으로부터 출발한 근대적 주체에 대한 비판과 해체의 흐름에 페미니즘은 역동적으로 동참하게 된다. 근대적 주체란 곧 남성 주체에 다름 아니며, 상대적으로 억압당하고 배제된 대표적 타자가 여성이라는 인식에 도달한 것이다.

후기 근대에 주체는 더 이상 고정 불변한 그 무엇이 아니다. 의식/인식/이성적 주체가 아니라 자신도 모르게 무의식에 조종당하거나,

이데올로기와 권력에 길들여지며, 상황에 따라 가면을 바꿔 쓰는 카니발적 주체로 말해진다. 다시 말해 주체란 다양한 헤게모니, 권력, 지식, 이데올로기 장치들이 작동하는 현실공간 속에서, 몸을 통한 경험과 기대에 의해 구성된 결과물일 뿐인 것이다. 개인의 섹슈얼리티(sexuality)[1] 역시 본질적인 것이 아니라, 사회 문화적 주체화 과정 속에서 여성성(femininty) 혹은 남성성(masculinity)을 얻게 된다(gendered).

페미니즘 운동은, 현실 세계를 여성 주체에 대한 남성 주체의 체계적 지배 구조[2]로 보고, 여/남 평등한 사회를 구현하는 것을 궁극적인 목표로 한다. 페미니즘의 다양한 조류 가운데는 대단히 급진적인 분파도 있고, 기본적으로 현실적 토대의 개혁을 목표로 하는 정치성을 갖는 것도 사실이지만, 페미니즘을 단순히 여성/남성의 대립 구도로만 보는 것은 피상적인 이해이다. 넓은 의미에서 페미니즘은, 여성으로 대표될 수 있는 억압당하고 침묵하는 타자들의 권리 회복과 제자리 찾기를 통해, 현실공간을 조화로운 생명 에너지가 충만한 곳으로 가꾸고자 하는 일련의 유토피아 지향적 실천 행위를 포함한다. 이 글역시 넓은 의미에서의 페미니즘적 관점에서 씌어졌다.

---

1) 섹슈얼리티는 19세기에 만들어진 용어로서, 성에 대한 태도나 규범, 이해, 가치관, 행동, 그리고 그에 관련된 사회·문화제도를 모두 포함하는 광의의 개념이다.
2) 하이디 하트만, 「자본주의, 가부장제, 성별분업」, 『제3세계 여성노동』, 여성평우회 편, 창비, 1985. 성별계층화는 원시사회로부터 출현하였다. 가족내 여자와 아이들의 노동을 통제하는 가부장적 체제가 자본주의 이전에 이미 형성되어, 남자들은 위계조직과 통제기술을 익혀 왔다. 성별 분업이 본격적으로 불평등화된 것은 문명사회로 들어서면서부터였다. 자본주의의 출현은 모든 여성과 아이들을 노동력으로 흡수하였고, 남성의 지배력을 강화시켰다.
성별 직업 분리는 자본주의 사회에서 여성에 대한 남성의 우월적 지위를 존속시켜 주는 주요 메커니즘이다. 전문직은 남성들에게, 단순직은 여성에게 배치함으로써 노동시장에서 여성에게 저임금을 강요한다. 저임금은 여성으로 하여금 결혼을 조장하게 하고, 여성은 남성에 의존하게 된다. 기혼 여성은 출퇴근 시간이 없는 종일제 가사노동을 하지만 교환가치를 갖지 못하는 부분 노동으로 시장 경제에서 제외되며, 노동시장에서의 여성의 예속적 지위는 가정에서의 예속적 지위를 강화시킨다. 여성에 대한 통제는 가정 안에서 남성에 의해 직접적으로 유지되고, 국가와 종교 같은 제도들에 의해 존속된다.

감각과 사유가 미분화된 유년기에 어떤 체험을 하였는가에 따라 개인의 아비투스[3]가 형성된다. 즉 어린이의 몸은 특정 이데올로기를 내면화하여 미래를 담지하는 장소이므로, 특정 권력에 의한 이데올로기 주입이 가장 집중적으로 이루어질 수 있는 위험성이 있으며, 따라서 주체의 자유와 존엄성을 지키려는 노력 역시 가장 치열하게 이루어져야 할 공간이다.

가부장제 아래서 지나치게 양분된 현재의 고정적 성 역할은 여성/남성 모두를 억압한다. 왜곡된 현실을 반복 재생산하는 아동문학 텍스트는 기성 이데올로기를 전달하고 확산시키는 적극적 기능을 맡게 된다. 따라서 어린이의 바람직한 성 정체성 형성을 위해, 아동문학의 페미니즘적 분석이 보다 활발히 이루어져야만 할 것이다.

이 글의 분석 텍스트인 『몽실언니』는, 일제 식민지 해방 직후부터 한국전쟁 무렵을 주된 배경으로 삼아, 어린 소녀 몽실이 가혹한 현실을 견디고 이겨 나가는 모습을 그리고 있다. 누구랄 것 없이 눈앞의 삶을 헤쳐 나가기에 급급했던 시절이지만 남성과 여성, 어린이의 경험은 각각 다르게 나타나며 같은 어린이라도 남자 아이와 여자 아이의 경험은 또 차이를 보인다.

그렇다면 성 차이에 따른 경험의 차이는 과연 무엇을 의미하는가? 어린 나이에도 놀라운 모성적 능력을 발휘하는 몽실이처럼, 여성은 나이와 출산 여부에 관계없이 모성적인 존재인가? '가족'과 '사랑'이

---

3) 피에르 부르디외, 『구별짓기: 문화와 취향의 사회학 上』, 새물결, 1995, 11쪽.
 이 말은 아리스토텔레스의 'hexis' 개념에서 발전된 것으로, 부르디외는 사회구조와 개인의 행위 사이의 인식론적 단절을 극복하는 매개적 메커니즘으로서 개념화한다. 즉 아비투스는 일정 방식의 행동과 인지, 감지와 판단의 성향체계로서 개인의 역사 속에서 개인들에 의해 내면화(구조화)되고 육화되며 또한 일상적 실천들을 구조화하는 양면적 메커니즘이라고 할 수 있다. 부르디외에 따르면 '습관'은 반복적, 기계적, 자동적, (생산적이기 보다) 비생산적인 데 비해, 아비투스는 고도로 '생성적'이어서 스스로 변동을 겪으면서 조건화의 객관적 논리를 생산하는 경향이 있다.

한국아동문학사의 보기드문 걸작이지만 기존의 모성 이데올로기를 반복 재생산하고 있는 『몽실언니』.

라는 친밀한 이름으로 행해지는 성차별과 폭력은 무시해도 좋은 것인가? 성차별은 성 차이만큼이나 자연적이고 본질적인 것인가?

텍스트를 읽으며 드는 자연스러운 의문을 먼저 제기하며, 텍스트 등장인물들의 행위와 심리를 통해 성 고정 관념과 사회적 권력 기제를 실제적으로 살펴보고자 한다. 아울러 이 텍스트가 어린이 독자에게 미칠 수 있는 영향[4]을 페미니즘의 관점에서 검토해 보고, 현재와 연관하여 어린이 책에서의 바람직한 성 정체성을 모색해 보고자 하는 것이 이 글의 목적이자 방향이다.

2. 텍스트 분석

『몽실언니』의 시간적 배경은 한국전쟁 전후이며, 결말 부분에서

---

[4] 『몽실언니』는 1984년 초판을 발행한 이래 현재까지 개정 40쇄를 넘어섰으며, 각종 추천도서 목록에서 빠지지 않고 있다.

30년을 건너뛰어 어른이 된 몽실과 그녀의 가족들 모습을 보여주는 형식을 취하고 있다.

공간적 배경은 한반도의 궁핍한 시골이며, 몽실의 가족은 당대 최하층 계급의 하나인 유민(流民)이다. 집과 농토를 잃고 타국에서 인간 이하의 취급을 받으며 살다 해방을 맞아 귀환한, 라디오에서만 '귀국동포'라고 부르는 사실상의 '일본거지'이다.

당시 한반도의 무력한 백성을 착취한 계급은 다양한 층위로 규명될 수 있지만, 가장 근원적이고 집요한 주체는 물론 제국주의 일본이다.

일반적으로 서구 제국주의 식민지 정책은 사회경제적 수탈을 기본 목적으로 하고, 抗 식민지 독립운동이 아닌 한 피지배 민족의 민족보존운동이나 민족문화운동에 대해서는 방관적 정책을 폈다. 이에 비해 일제는 직접 지배 방식을 채택한 위에 철저한 민족말살정책을 펴 한국인을 총체적으로 일본 제국내의 천민층으로 만들려 하였다.[5]

그 가운데 일제 식민지의 여성 정책을 중심적으로 살펴보면 다음과 같다.

첫째 민족 정신 말살의 차원에서, 일본인에 비해 우월 의식의 기조로 작용하는 여성의 정절관을 파괴하는 정책[6]을 썼고, 둘째 한국인을 우민화·노예화하기 위하여 식민지 여성교육을 통해 한국인 2세에 대해 식민지적 황국신민으로 배양코자 하였다.[7] 셋째 일제 군국주의 발전을 위한 노동력 확보를 목적으로 하는 양잠제사 등 저급한

---

5) 신용하, 「일제의 민족말살정책과 민족문제」, 인하대학교 40주년 기념 제2회 한국학 학술대회, "해방 50주년, 세계 속의 한국학", 44~45쪽.
6) 노영택, 「일제의 식민지여성정책과 민족문제(토론1)」, 『여성과 한민족』, 학문출판, 41쪽.
　 일제하에서 공창제가 합법적으로 존재하여 매춘이 합법화되었다. 유곽이라 칭하는 공창제는 여성의 신체와 생활 그리고 인격을 구속함으로써 이루어지는 조직적 국가관리의 매춘제이다. 또 대륙병참기지화정책에 따라 중화학공업정책이 추진되면서 여성노동자들이 대거 직장을 상실하게 되었고, 이로 인한 매춘 등 창기의 급증현상이 나타났다. 여성들의 군대위안부역시 일제치하의 대표적인 야만적 정책이다.

실업교육을 전국적 규모로 확대해 갔으며, 넷째 일인 노동자의 4분의 1도 못 되는 저임금으로 여성노동력을 수탈하였다.

동시대를 살아도 각 주체가 처해 있는 물질적 토대에 따라 경험은 다르게 나타난다. 몽실과 그 주변 인물들은 당대 권력 층위의 맨 밑바닥에 놓인 처지였으므로, 현실이 그만치 가혹했을 것임을 알 수 있다.

굶주림에 지친 몽실의 어머니가 남편을 버린 일, 아버지가 군대에서 부상을 입고 돌아와 끝내 죽게 된 일, 핏덩이 의붓동생을 어린 몽실이 키워야 했던 일 등, 몽실의 지난(至難)한 개인사는 일제의 한반도 착취와 직접적으로 연관되어 있다.

『몽실언니』는 동화 장르를 통해 한반도의 특정 시기를 생생하게 증언하며, 모성적 힘으로 현실을 극복해간 어린 소녀의 인간 승리를 보여준다.

그러나 페미니즘의 입장에서 보면, 『몽실언니』를 단순히 감동적인 휴먼스토리로만 읽을 수는 없다. 몽실 언니는 자신보다 가족을 위해 살았던 수많은 '누이'들의 분신이기 때문이다.

전통적으로 한국 여성들은 남성들과의 관계 속에서 정체성을 부여받아 왔다. 아들 율곡을 훌륭한 인재로 키운 '현모' 신사임당, 온달을 성취시킨 '양처' 평강공주, 아버지를 위해 인당수에 몸을 던진 '효녀' 심청, 왜장을 안고 몸을 던진 '의기' 논개, 그리고 헤아릴 수 없는

---

7) 박용옥, 위의 책, 36~37쪽.
　일제치하 한국인 교육은 최악의 상태였다. 1919년 5월말 한국 아동 취학률은 3.7%인 데 반해 국내 거주 일인 아동은 92%였다. 여학생들은 더욱 차별을 받았다. 여자고보의 수업 연한은 남학생보다 1년 짧은 4년이었으며, 신교육령은 학령이 넘은 여아의 입학을 허가하지 않았다.
　노영택, 위의 책, pp.44.
　1930년도 국세조사에 의하면 한국인의 문맹률은 여성의 경우 92%였는데 도시의 여성을 제하면 농촌여성의 문맹률은 그보다 더 높았다.

'열녀'와 '효부'들. 그리고 비교적 근대에 와서는 공장과 술집에서 몸과 영혼을 소모한 대가로 남자 형제들을 성공시킨 누이들의 신화까지, 남성의 관점에서 장려된 여성 이미지만 만연해 왔다.

전통 한국 사회에서 여성이 자신을 실현할 수 있는 길은 기생이 되거나, 아니면 지배계급이 장려하는 '역할'을 적극 내면화하여 제도 속에서 일정한 보상을 받는 길밖에 없었다. 능력 여부에 관계없이 과거 시험의 기회조차 애초에 박탈당한 타고난 '이류 백성'이었기 때문이다.

지금은 현실이 달라졌는가?

많은 여성들이 자아를 실현하고 있는 것처럼 보이지만, 직종과 역할을 분석하면 성 역할의 불균형은 금세 드러난다. 능력 있는 소수의 여성이 몇 배의 노력을 통해 남성 사회에 조금 더 편입한 것은 근본적인 성차별 해소의 지표가 되지 못한다.

단지 여아라는 이유로 태아의 살해가 지속적으로 이루어지는 것이 현재 우리 사회의 단면이며, 몽실의 신화는 결코 끝난 것으로 보이지 않는다. 가족의 테두리가 견고한 동안은 별 문제가 없을지 모르나, 어떤 이유로 가정이 해체될 경우 또 다른 몽실의 신화가 반복될 가능성은 계속 남아 있다. 성 역할 분리와 성차별은 너무나 오랜 세월 동안 가장 사적이고 친밀한 영역에서 이루어져 왔기 때문에, 하나의 자명한 doxa[8] 원리로서 사회구성원들에게 여전히 내면화되어 전해지고 있기 때문이다.

『몽실언니』에서도 등장인물들에게서 내면화된 고정적 성 의식을 볼 수 있다. 인물들의 행위와 관계를 중심으로 자세히 살펴보자.

1) 상황 윤리적 주체 — 어머니, 할머니, 아주머니들

몽실 어머니가 집에서 도망을 치게 된 데는 아들 종호의 죽음이 직접적인 계기가 된다. 근원적 원인은 지겨운 굶주림과 가난에 있었지만, '집안의 대를 잇는' 아들이 살아 있었다면 아마 일어나지 않았을 일이었다. 딸 몽실의 존재는 그다지 문제 되지 않는다. 딸이란 시집가기 전에는 가사노동에 도움을 주는 노동력이고, 나이가 차면 '출가외인'이 될 터이므로 어차피 노후를 의탁할 관계는 아닌 것이다.

명분보다 경제 논리에 따라 남편을 바꾸는 밀양댁의 모습은 무정부 시대 가족 해체의 혼란기 상황을 반영한다.

여성 주체의 자립이 허용되지 않고 남성 주체에 의존한 삶을 살도록 만들어진 사회구조 속에서, 남성이 생계를 책임지지 못하는 상황이 발생하자 여성은 자신의 생존을 책임질 또 다른 남성 주체를 찾게 된다. 생존 자체에 위기를 느끼는 하층계급 여성에게, 정절과 같은 명분은 그다지 큰 구속력을 갖지 못한다.

몽실 어머니 밀양댁의 교환 가치는 '몸'이다. 교환 주체에게 '씨받이'로서의 기능은 중요하게 고려된다. 자신의 몸과 생계를 거래한다는

---

8) 피에르 부르디외는 문화 형태의 분류를 당연한 것으로 받아들여진 형태(doxa), 도전적 변형(heterodoxy), 그리고 그러한 도전에 대응하는 방어적 형태(orthodoxy)로 구분한다.
doxa의 세계는 좀처럼 의식적 사고의 대상이 되지 않는다. 극단적 변동의 과정에서 이단적 논쟁을 포함한 정치적 논쟁의 총체적 구성 자체가 해체될 때에만 독사의 정체는 밝혀진다. 그림으로 나타내면 다음과 같다.

```
┌─────────────────────────────────────────────┐
│  doxa : 토론되지 않은 세계(논쟁 이전)          │
│   ┌─────────────────────────────────────┐    │
│   │           의견 opinion               │    │
│   │  이단 heterodxy      정통 orthodoxy  │    │
│   └─────────────────────────────────────┘    │
│         담화의 세계 (논쟁과 토론)              │
└─────────────────────────────────────────────┘
```

점에서 밀양댁과 양공주 서금년의 존재 양식은 크게 다를 바가 없다.

밀양댁은 생계를 보장받은 대가로 예속된 주체로 살아가게 된다. 그녀는 남편의 폭력으로부터 자신을 보호하지 못하고 딸을 지켜 주지도 못한다. 남편의 폭력으로 몽실의 다리가 부러졌지만, 저항은커녕 "몽실아, 참아라. 시끄럽게 굴면 아버지가 또 야단을 칠 거다."[9]며 몽실에게 고통을 참을 것을 요구할 뿐 치료해 줄 엄두는 내지도 못한다.

결국 몽실은 그 집을 떠나야만 되는 상황에 처하고, 밀양댁은 딸을 포기한다. 그녀는 이미 김씨 집안의 대를 이을 아들을 낳은 몸인 것이다. 아들 영득이는 그녀의 현재적 삶의 안전한 기반이자, 미래에의 보장이기도 하다. 딸에 대한 모정으로 가슴 아프게 울지만, 그녀는 딸 때문에 자신의 삶을 위험에 빠뜨리지는 않는다.

밀양댁의 이러한 상황 윤리적 태도는, 몽실이 나중에 배 다른 동생 난남이를 업고 찾아갔을 때 다시 확인된다. 밀양댁은 자신이 낳은 아기에게는 젖을 먹이면서, 굶주려 뼈만 남은 난남이는 꼭 필요하지 않으면 못 본 척하는 것이다. 여성들의 한계로 지적되곤 하는 편협한 가족주의를 확인할 수 있는 장면이다. 자신의 핏줄에 대해서는 동물적으로 감싸고 보호하면서, 타자에 대해 무관심하거나 냉담한 것은 일부 여성 주체들의 극복 과제라 하겠다.

김씨 할머니의 경우도 상황 윤리적이긴 마찬가지다.

손자가 태어나기 전에는 친할머니처럼 몽실에게 다정하다가, 자신의 핏줄인 손자가 태어나자 하루아침에 몽실을 천덕꾸러기로 취급한다. 며느리인 밀양댁은 '귀한 손자를 돌봐야' 하므로, 몽실에게 청소

---

9) 권정생, 『몽실언니』, 창비, 1999, 29쪽.

와 빨래와 온갖 심부름을 시켜 잠시 쉴 틈도 주지 않는다. 그리고 아들의 폭력에 몽실의 다리가 부러졌는데도 눈 하나 깜짝하지 않는다.

밀양댁에 대한 태도 역시 마찬가지다. 뱃속에 있는 아기에게 이로 우므로 잉어를 고아 먹이는 정성을 보이는 반면, 아들이 며느리에게 휘두르는 폭력에는 아무 반응을 보이지 않는다. 자신의 핏줄인 아들 손자와 관계되지 않는다면, 며느리 역시 아무렇게나 해도 상관없는 타자인 것이다.

동네 아주머니들 역시 가부장제 이데올로기에 길들여진 주체로서, 밀양댁의 개가에 관한 악의에 찬 언사로 몽실을 괴롭힌다. '남편 버리고 시집 간 년'의 딸인 몽실은 동네 아주머니들의 입방아에 무던히 오르내려야 했고, 심지어는 친한 동무의 입에서까지 '화냥년의 딸'이라는 말을 듣는다.

가부장제 사회에서 결혼하기 전 여성의 성은 '처녀'로서 남성들 사이에 교환가치를 갖지만, 일단 결혼한 여성은 철저히 교환에서 배제되어 개인의 소유가 된다. 그래야만 사회의 질서가 유지되기 때문이다. 따라서 기혼 여성에게는 '어머니'의 정체성밖에 허용되지 않는다. 그녀 자신의 성—욕망—경험은 지워져야만 한다.[10]

그런데 밀양댁은 전통적 정체성을 거부하고 자신의 욕망에 따라 개가를 하였다. 그 원인이 무엇이든 기존 체제의 질서를 위협하는 행위임에 분명하다. 그에 대한 응징은 남성들이 나설 필요도 없이 같은 여성에 의해 이루어진다. 화냥년을 경멸하고 욕하는 것으로 동네 아낙들은 자신의 정결함에 자긍심을 가지며 고단한 현실을 위안한다.

어린 몽실에게 독한 언어들을 던지는 동네 아낙네들의 모습은 상

---

10) 뤼스 이리가라이, 박정오 역, 「시장에 나온 여인들」, 한국영미문학페미니즘학회 편, 『페미니즘, 어제와 오늘』, 민음사, 2000, 188쪽.

처 입은 동족을 집중 공격하는 동물의 가학성을 연상시키며, 내면의 울증을 타자에 공격적으로 투사하는 병리학적 징후로 해석된다.

밀양댁, 할머니, 동네 아낙네들은 특수한 사람들이 아니다. 어떤 이해관계가 발생하기 전에는 타자에 너그럽기도 하고 인정도 있다. 그러나 자신이 처한 상황에 따라 극도로 이기적이 되기도 하는 상황윤리적 주체들이다. 성숙한 자아 정체성이 확립되어 있지 않기에, 상황에 따라 별다른 갈등 없이 쉽게 태도를 바꾸는 것이다.

그녀들에게서 가부장제의 여성 이데올로기를 쉽게 내면화한 '길들여진' 주체를 볼 수 있다. 그녀들은 억압당한 자신의 욕망을 뒤틀린 방법으로 같은 약자인 여성에 투사·해소함으로써, 여성 스스로를 비하하고 성차별 강화에 기여한다. 여성에 대한 구조적 억압이 같은 여성들의 자발적인 참여에 의해 유지, 재생산, 강화되고 있는 것이다.

2) 부재 혹은 미숙한 주체 — 아버지들

몽실의 친아버지인 정씨와 의붓아버지 김씨는 공통점이 있다. "술 취하고 때린다는 것이 둘이 꼭 같다."[11]

'여자와 북어는 사흘에 한번씩 두들겨 패야 한다'는 우리 속담에서 알 수 있듯이, 근대 한국 사회에서 남성의 여성이나 어린이에 대한 폭력은 흔히 있을 수 있는 일이었으며, 남의 가정사는 보아도 못 본 척하는 것이 또한 상례였다. 남성의 폭력은 그 자체로 남성다움의 지표로 인식되면서 암묵적으로 용인되어 왔다.

'남성다움'이란 남성으로 태어난 인간이 마땅히 갖추어야 할 기질

---

11) 권정생, 앞의 책, 50쪽.

과 자격, 해야 할 도리 등을 가리키는 단어로서 구실의 수행과 직결된 개념이다.[12]

낸시 초도로우는 외디푸스 전 단계 유아의 양육을 어머니가 담당함으로써 유아들의 성 역할 사회화에 결정적인 영향을 미친다는 사실을 주시하였다. 즉 양성적이던 유아의 성이 엄마의 양육 태도에 따라 여/남성으로 분할되기 시작한다는 것이다.

초도로우에 따르면 엄마는 딸에게 엄마로서의 역할 모델을 충분히 보임으로써 엄마 노릇을 하기에 적합한 심성과 자질을 만들어 놓는 반면, 아들에게는 이러한 자질과 심성이 자라는 것을 막고 자신으로부터의 분리를 장려한다. 따라서 타인과의 관계 지향적 특성을 보이는 여아와는 달리, 남아의 경우는 개별성 내지 타자성을 강조함으로써 일찍이 공생 관계를 종결지으려는 경향을 갖게 된다고 한다.

동일시의 모델이 항상 곁에 있는 딸들과는 달리, 아버지는 가정에 머무는 시간이 짧고 일에 몰두해 있는 경우가 많기 때문에 아들은 남성 정체감을 형성하는 데 어려움을 겪게 된다. 따라서 '인격적 동일시'가 아닌 추상적이고 간접적인 '위치적 동일시'를 통하여 남성됨을 배워 나가야 한다.

구체적 아버지와 관계를 맺지 못하게 될수록 아들은 어머니의 기대나 또래집단의 영향, 또는 매스컴을 통하여 간접적 지식으로서 '남성다움'이 무엇인지 추측하고 배워 가야 하는데, 그러다 보니 '남성다움'의 내용을 잘 알지 못하여 '반(反) 여성다움'을 남성다운 것으로 규정하거나, 정형화된 남성상에 집착하는 경향을 보이게 된다. 즉 어머니로부터 스스로를 과도하게 분리시키거나 여성을 비하함으로

---

12) 조혜정, 『한국의 여성과 남성』, 문학과지성사, 1990, 253쪽.

써 자신의 남성성이 확립된다고 믿는 것이다.[13]

아내와 딸에게 쉽게 폭력을 휘두르는 몽실의 두 아버지는, 여성을 함부로 취급함으로써 자신의 남성성을 과시하는 미숙한 남성 주체들이다.

며느리에 대한 폭력에 무반응인 김씨 할머니의 모습은, 아들에 대한 어머니의 양육 태도가 어땠나를 여실히 보여준다. 여자를 때리는 것은 여자답지 않다는 반증이므로, 여성에 대한 아들의 폭력은 어머니에 의해 방조·조장된다.

그런데 김씨의 폭력이 경제권을 쥔 가장으로서의 하나의 권력 행사라면, 몽실의 친아버지 정씨의 폭력은 '마치스모'[14]적 성격을 띤다. 아내에 대한 습관적 폭력이 '남자로서' 가족들의 생계를 책임지지 못하는 자괴감의 투사였다면, 가족의 생존을 위해 구걸을 나서려는 몽실에 대한 폭행은 총체적인 열패감의 표출이다.

> 정씨는 깡통과 철사 토막을 보고 얼굴빛이 변했다.
> "끈을 달아서 무엇에 쓰려니?"
> "밥 얻으러 가겠어요. 난남이가 가엾잖아요."
> 순간 정씨는 깡통을 들고 부들부들 떨었다.
> "닥쳐!"

---

13) 낸시 초도로우, Famaily Structure and Feninine Personality, 조혜정, 앞의 책, 247~248쪽.
14) 조혜정, 앞의 책, 255쪽.
    machismo란 자신의 남성다움에 자신을 잃고 불안해진 남성들이 여성을 성적으로 정복하거나 폭력을 쓰거나 여성들이 하지 못(안)하는 무모한 짓을 함으로써 자신이 남자인 것을 과시·과장하고 수시로 확인해 보는 행위를 말한다. 이 말의 발생지인 라틴 아메리카의 마치스모 현상은 급격한 도시화와 강력한 국가 행정의 부상으로 갑자기 자치권을 잃은 농촌의 남성들에게 흔히 나타나는 것으로, '남성'에 대한 이미지는 그대로 남아 있으나 그 이미지가 실제로 뒷받침을 받지 못하기 때문에 생기는 갈등에서 비롯한다고 한다.

고함소리와 함께 깡통이 문밖으로 날아갔다.

"아버지……!"

"망할 것아, 너희 에미를 닮았느냐? 그 화냥년의 에미 때문에 내가 이 모양이 된 거야. 그년이, 그년이…… 날 망쳐 놓은 게다……."

정씨는 분을 이기지 못해 옆으로 쓰러졌다. 몽실은 급히 다가서서 아버지를 부축하려 했다. 어깨를 부축해 일으키려 하는데, 정씨는 고개를 들면서 주먹으로 몽실의 뺨을 후려쳤다.[15]

'거칠음' '지배력' '경제력' 등 도구적 주체로서의 '남성다움'에 대한 고정관념은 남성들에게 심리적 부담을 주며 솔직한 자신이 되는 것을 어렵게 한다. 성 역할의 분할이 엄격할수록 '여성다움'과 '남성다움'에 대한 고정관념도 크며 그만큼 양성 모두에 가해지는 억압도 심하게 된다.

그런데 성 정체성 습득은 부모와의 동일시만이 아니라 전 사회적 차원에서 광범위하게 이루어지기 때문에 개인이 고정된 성 개념을 거부하기란 어렵다. 친척, 이웃, 또래집단, 교육, 매스컴 등 전반적인 문화가 여성/남성의 정체성에 관한 스테레오 타입을 지속적으로 반복 주입하기 때문이다.

몽실의 두 아버지도 성숙한 남성 정체성을 획득하지 못하고, '주변의 남성들이 흔히 그러듯' 여성들에게 쉽게 폭력을 휘두르고 그에 대한 죄의식을 느끼지 못한다. 삼종지도의 이데올로기에 길들여진 여성 주체들은 오직 '참고 견디'며, 자녀들을 기존 사회 문화가 요구하는 성 주체로 기르는 데 힘을 쏟는다.

---

15) 권정생, 앞의 책, 186~187쪽.

3) 타자 수용적·모성적 주체 — 몽실이

텍스트는 몽실의 7세부터 11세까지의 삶을 집중적으로 다루고 있다.

'일본거지'라는 가족의 정체성, 병으로 인한 동생 종호의 죽음, 아버지의 잦은 음주와 폭력 등으로 미루어 볼 때, 어머니가 개가를 하기 전에도 몽실의 가족은 단란하고 행복한 이미지와 거리가 멀다.

그래도 부모 슬하에 있는 동안은 몽실이도 보호 대상인 '어린아이'로 지낼 수 있었다. 그러나 몽실의 유년기는 8세에 끝이 난다. 밀양댁이 의붓동생 영득을 낳는 순간, 몽실은 더 이상 '보호 대상'이 아닌 '노동력'으로 인지된다.

가부장제의 성 역할 분할 이데올로기는, 아들은 '미래의 생계 책임자'로 딸은 즉각적인 '생계의 보조자'로 인식하게 한다.[16]

김씨 집안의 핏줄인 손자가 태어나자, 모호하던 의붓딸 몽실의 타자로서의 정체성은 분명해진다. 몽실의 노동은 '타자의 양육'에 대해 응당 지불받아야 할 대가인 것이다.

이때부터 몽실은 꼬마 엄마(small mother or little morther)[17]로서 가사를 돌보고 가족을 보살피는 삶을 살게 된다. 인생의 유년기를 박탈당하고, 보호와 양육을 받지 못한 채 책임과 의무만을 떠맡게 된 것이다.

모든 면에서 열등한 존재인 어린이로서, 자신과 가족의 생존 자체가 지상 과제인 만큼 『몽실언니』에는 성인 소설에서 볼 수 있는 것 같은 예민한 자의식이나 분열, 집착, 욕망들이 나타나지 않는다. 현

---

16) 조은·이정옥·조주현, 『근대가족의 변모와 여성문제』, 서울대출판부, 1997, 49쪽.
17) 조은·이정옥·조주현, 위의 책, 같은 면.
　영국의 하층 노동자 계급에서, 어머니 대신 끝없이 가사를 돌보고 동생을 돌보았던 아이들을 일컫는 말이다.

실 대응력이 결여된 무력한 모습 그대로, 그러나 몽실은 끈질긴 생명 의지와 본능적 생존 감각으로 자신의 운명을 헤쳐 나간다. 끝없는 고통을 당하면서도 결코 부정적 감정을 투사하지 않고 모든 것을 감싸 안는다.

몽실의 이러한 성격은, 표면적으로 볼 때 자신의 욕망을 추구하고 표현할 수 없었던 환경적 요인이 '순응적 주체'로 길들인 면모가 강하다.

몽실은 할머니와 김씨의 '눈치'를 보느라 밥조차 혼자 부엌 구석에서 몰래 '훔쳐먹'듯 하며 살다가, 그 어린 나이에 어머니의 마음을 '읽'고 순순히 집을 떠난다.

> 어머니와 헤어져 어떻게 혼자서 간단 말인가? 그리고 귀여운 동생 영득 이를 두고서 어떻게 가나?
>
> 그때 잠자코 있던 밀양댁이 몽실이 곁으로 다가왔다.
>
> "몽실아……."
>
> 밀양댁은 몽실의 머리를 조용히 쓰다듬었다.
>
> "……고모하고 같이 아버지한테 가거라."
>
> "엄마……."
>
> 몽실은 웬지 눈물이 싹 가시어 버렸다. 밀양댁의 얼굴을 찬찬히 쳐다보고 나서 아주 분명한 목소리로 말했다.
>
> "이담에 엄마한테 놀러 와도 돼지?"[18]

현실을 체계적으로 분석하고 비판하는 능력은 없지만, 본능적으로

---

18) 권정생, 앞의 책, 39쪽.

몽실은 타인들이 진정 원하는 바를 알아채며 그들이 바라는 것을 주고자 한다. 무력한 주체로서 그 길이 최선의 생존 방식임을 일찍 파악한 것이다.

그러나 몽실은 자의식이 결여되어 있거나 상황 윤리적인 주체는 아니다. 자기 중심주의의 욕망이 없을 뿐, 타자의 윤리가 아닌 자신의 마음이 가르치는 바를 따라 꿋꿋이 행동한다.

즉 몽실의 타자 수용적/모성적 성격은 순응적 주체로 길들여진 면모가 없잖아 있지만, 보다 본질적인 이유는 그녀의 넘치는 모성적 자질에서 비롯됨을 알 수 있다.

몽실은 어린 나이에도 타자를 배려하고 감싸안는 놀라운 모성적 능력을 보여준다. 제대로 먹지 못하고 여위어 가는 새어머니를 위해, 친구네 집에서 주는 쑥떡을 먹지 않고 집으로 가져간다. "난 먹었어요. 그러나 어머니 잡수세요." 친어머니 밀양댁의 출산 과정을 본 터라, 만삭인 새어머니에게도 잉어를 고아 드리고 싶어하고, 쌀과 미역을 준비해 놓기도 하는 몽실의 모습은 딸이라기보다 어머니 같다.

그러다 새어머니가 아기를 낳고 숨지자, 몽실은 명실상부한 꼬마엄마가 된다. 아기가 먹을 것을 구하느라 늘 힘겹고, 아기가 배부르게 먹을 때 즐거워하며, 자나깨나 아기를 떼어놓지 못하는 모습은 전형적인 모성의 모습이다. 나중에 밀양댁마저 숨지자 몽실은 '그 쪽'의 두 동생 때문에 또 노심초사한다.

그런데 몽실의 모성적 에너지는 자신의 핏줄에게만 한정되지 않는다. 공비를 지키는 아버지가 춥지 않도록 한밤중에 화로에 숯불을 담아 갖다 주면서, 한편으로는 산 속에서 춥고 배고플 공비들의 처지를 가슴 아파한다. 또 한번은 어느 양공주가 낳아 쓰레기더미에 버린 검둥이 아기를 필사적으로 보호하기도 한다.

몽실은 다급하게 아기를 덥석 보듬어 안았다. 강아지처럼 새까만 덩어리가 손에 말캉거리며 집혔다.

"넌 대체 누구냐? 그 새끼 내려놔!"

"웬 계집애가, 정신 있냐?"

몽실은 얼른 아기를 치마 속에 감추고는 사람들의 틈을 비집고 빠져 나왔다. 사람들은 줄곧 무언가 소리지르며 욕지거리를 해댔다. 몽실은 열 걸음쯤 달아나서는 사람들을 향해 돌아섰다. 그리고 애원하듯이 꾸짖듯이 말했다.

"그러지 말아요. 누구라도, 누구라도 배고프면 화냥년도 되고, 양공주는 되는 거여요."

사람들은 몽실이 하는 말에 잠시 입을 다물었다.

몽실은 재빨리 아기를 안고 도망치기 시작했다.[19]

어린 소녀라고 믿어지지 않을 만큼 크나큰 모성성이다. 그녀는 자발적으로 흘러 넘치는 모성적 에너지를 타자에 쏟아 붓는 것으로 자신의 몸과 마음을 쓴다.

이러한 '허여성'[20]과 보살핌의 윤리[21]는 값을 매길 수 없는 가치로,

---

19) 권정생, 앞의 책, 169쪽.
20) 한국영미문학페미니즘학회, 『페미니즘, 어제와 오늘』, 앞의 책.
　　식수는 '거세냐 참수냐'에서 고유성 개념이 남성에게 고유한 것임을 주장하였다. 고유성 (proper), 소유자질(property) 같은 단어들은 자기동일성, 자기증식, 월권적 지배를 강조하게 된다. 고유성과 귀속을 주장하게 되면 분류화, 위계화, 위계질서화라는 남성적 집착으로 귀결된다. 이에 비해 식수는 '허여성'을 여성의 고유 자질로 보았다. '그녀는 자신이 소비한 것을 되돌려 받으려고 애쓰지 않는다…… 만약 여성만이 가질 수 있는 고유한 자아가 있다면 그것은 역설적으로 아무 이익도 추구하지 않고 스스로를 탈고유화시킬 수 있는 능력일 것이다.'
21) 캐롤 길리건의 용어이다. 남성들에 있어서는 사회적 정의와 권리에서 도덕의 기준이 설정되는 데 반해 여성들의 경우에는 인간관계의 핵심인 관계맺음, 보살핌, 남에의 배려에 기준을 둔다. 그렇기 때문에 여성은 남성과의 삶 속에서 개별자가 아닌 관계 속의 자아, 즉 양육자 또는 보조자로서의 위치를 통해 규정된다는 것이다.

모든 교환 대상으로 여기는 자본주의 경제의 비인간적인 삶에 대응되는, 타자와 더불어 공존할 대안적 삶의 원리를 보여준다.

그런데 문제는, 이러한 허여성이 이기적 주체에 착취당할 위험 앞에 항상 노출되어 있다는 것이다. 자연과 어머니는 가격이 매개되지 않은 '공짜'라는 점에서 지금까지 지나치게 에너지를 착취당해 온 반면, 포피(envelope)[22]로 여겨져 온갖 쓰레기와 폐기물의 방출 장소가 되어 왔다.

가부장제는 '모성 이데올로기'를 통해 여성의 종속을 강화해 왔다. 여성의 출산 능력이라는 생물학적 특징을 바탕으로 자녀 돌보기, 남자와 연장자를 포함한 다른 사람들에 대한 보살핌, 정서적 안정을 제공하는 능력 등을 여성의 고유한 본성으로 규정해 왔다. 따라서 여성은 아이를 낳은 사람이건 아니건 모성적 자질을 본질적 역할로 가진 (또는 가져야 할) 주체로 간주되며, 그러한 이데올로기를 통해 여성들은 모성적 주체로 구성되어져 왔다.[23]

다시 말해 모성 이데올로기는 여성의 희생을 본질적이고 운명적인 것으로 믿게 하여 가족에 대한 여성의 종속을 영속화하고, 여성들은 '사랑'이라는 이름으로 이를 기꺼이 내면화해 왔다. 모성 이데올로기는 여성의 개별성을 인정하지 않으며, 획일적 통념에서 벗어난 여성들에게 비난과 압력을 가한다. 여성이 사회적으로 어떤 위치에 있든지 간에 모성 이데올로기는 항상 그림자로서 함께 따라다니며, 외적 내적으로 여성 억압의 기제로 작용한다.

---

22) 포피: 자기 고유의 자리를 확보하지 못해 주체가 되지 못한 채, 타자를 닦는 용기나 타자를 위한 사물 상태—이것은 여성이 그동안 존재해 온 방식과 일맥상통한다—를 일컫는 뤼스 이리가라이의 용어.
23) 김현숙·김수진, '영화 속의 모성, 영화 밖의 모성', 『모성의 담론과 현실』, 나남출판사, 2000, 280쪽.

자기 중심적 이기적 주체들의 폭력이 횡행하던 시대에, 무력한 어린이로서 고통을 묵묵히 견디며, 그런 가운데서도 타자를 품으며 안간힘을 다해 생명을 돌보는 몽실에게서 나이와 상관없이 위대한 모성적 사랑을 볼 수 있다. 이러한 사랑이야말로 수난기에 자신과 가족을 지킨 힘이며, 피폐한 삶에 온기를 불어넣는 아름다움의 진원지이다.

그러나 현실적 삶이 여성에게 불리한 조건으로 구성되어 있고, 개별 주체의 각성이 따르지 않은 상태에서 만연하는 희생과 사랑의 기표는, 상대적으로 무력한 여성 주체의 종속을 정당화하는 기제로 작용할 수 있음을 경계하지 않을 수 없다.

3. 조화로운 삶터를 위하여

『몽실언니』는 한반도의 특정 시기를 배경으로 한 어린 소녀의 삶을 사실적으로 재현한 동시에, 어린아이의 순수성과 어머니의 모성성이라는 원형적 이미지를 성공적으로 결합하여 보편성을 확보하였다.

정신분석학적으로 볼 때 순수성과 모성성은 아버지의 질서로 칭할 수 있는 상징계보다는 상상계 혹은 기호계의 개념에 보다 가깝다. 크리스테바에 있어 억압된 기호계의 흔적을 재현하는 과정은 정신 치료의 과정이기도 하다. 세헤라자드의 천일 밤 이야기를 통해 마음의 병을 치료한 왕의 사례는, 기호계의 흔적 재현을 통한 일련의 심리 치료 과정으로 풀이할 수 있다. 『몽실언니』가 지속적인 생명력을 갖는 이유도, 일반적으로 말하는 역사성 때문이라기보다 인간의 무의식을 움직이는 기호계의 지표를 지닌 때문으로도 볼 수 있다. 여성/남성의 분할을 초월한 '사랑'의 에너지가 텍스트에서 유출되어 독자의 가슴으로 부드럽게 흘러들어 메마름과 상처를 치유시키기 때문이다.

그럼에도 불구하고 어린 몽실이 사랑의 힘으로 가족을 지켜 간다는 스토리는, 나이와 관계없이 여성의 본질을 모성성으로 규정하는 종래의 모성 이데올로기의 반복 재생산이라는 점에서 우려되는 측면이 있다.

기존 체제를 재현하여 현실의 부조리함을 보여줌으로써 얻어지는 고발적 효과도 있겠지만, 비판력이 발달되지 않은 어린 독자들이 등장인물들의 성 역할을 그대로 내면화할 가능성도 높기 때문이다.

이 텍스트에 등장하는 여성들은 '제도 순응적' 주체와 '사랑과 희생'의 주체로 한정되어 나타난다. 이 둘 다 가족(남성)과의 관계 속에서만 의미가 강조된다. 여성들이 가진 다양한 가능성은 나타나지 않는다. 여아로서 몽실 자신의 고유한 몸/자아/경험은 지워지고 없고, 가족과의 '관계' 속에서만 주체가 드러난다.

『몽실언니』가 한국 아동문학사의 드문 걸작 가운데 하나임에는 분명하다. 그러나 페미니즘의 관점에서는 어린이들에게 기존의 성 역할 이미지를 재생산한 텍스트의 지속적인 권장보다는, 균형 있고 성숙한 성 역할 이미지를 새롭게 창출하여 보여주는 미래지향적 텍스트가 권장된다. 딸들에게 언제까지나 사랑과 희생의 테마가 아닌 자유와 희열의 주제를 노래하게 해야 하며, 아들들 역시 추상적 남성 이미지를 벗어 던지고 고유한 자신을 표현하게 해야 한다. 여/남 모두 추상적 고정적 성 관념을 깨뜨리고, 개별 주체—자신의 몸과 욕망과 경험을 표현하고 나눌 수 있도록 해야 한다.

늘 새로 태어나는 신 인류인 어린이들에게, 아동문학은 온갖 이데올로기가 침잠된 기존 이미지들을 반복 재현하기보다, 갓 창조된 세상처럼 신선하고 생명력이 넘치는 온전한 이미지들을 구성해 보일 필요가 있다. 보다 자유롭고 아름답고 성숙한 주체의 제시를 통해, 인간 존재의 긍정적 가능성을 계속 열어 놓아야 한다.

그것은 동심 천사주의적 왜곡이 아니며, 낭만적 감상주의도 아니다. 인간이 끝없이 어머니를 그리워하고 더 나아가 코라(chora)[24]의 흔적을 더듬게 되듯이, 어린이들이 자라 어느 방향으로 얼마나 나아가든지 간에 언제고 최초의 경험으로 향하게 할 무의식의 지표를 세우는 일이다.

저마다의 사물이 자신의 아우라―진품의 향기를 간직한 세상, 저마다의 생명력을 한껏 실현하되 혼연한 조화를 이루는 상태, 보다 온전한 인간 존재의 구현을 꿈꾼다는 점에서 아동문학은 본질적으로 페미니즘적이다. 페미니즘적이어야 한다.

(『한국문예비평』 8집, 2001.)

---

24) 켈리 올리버, 박재열 역, 『크리스테바 읽기』, 시와반시, 1997. 코라는 이론에 필요한 개념을 채우는 데 사용되는 이미지로 작용되기도 하고, 태아의 첫 의미화 과정들의 육체적 자리를 특별히 정의하는 자궁학으로부터 온 기능적 용어, '코리온(chorion)'으로 작용하기도 한다. 코리온은 자궁 속의 태아를 둘러싼 막을 의미한다. 이 막은 두 개의 생리학적 속성을 갖는다. 첫째는 어머니의 육체 구조가 끝나고 태아의 육체 구조가 시작되는 동일한 장소로 여겨질 수 있다. 둘째는 의미화의 가장 초기의, 최초의 과정들이 일어나는 곳이다. 착상된 태아는 어머니의 피로 중요한 호르몬 신호를 보내는데, 이 호르몬 신호는 월경을 막고 태아의 상실을 방지한다. 이처럼 코리온은 어머니 속에 있는 타자의 기호계적 공간을 한정한다. 그리고 이것의 이중구조 내에서 태아와 어머니(타자) 사이의 통신이 이루어진다.

제3부 천의 얼굴을 가진 동화

그땐 몰랐습니다. 그 동화가 내 영혼을 왜 그리 사로잡았던 것인지.

그러나 이젠 압니다. 그 뾰족한 잎의 푸른 나무는 바로 나였고, 나무의 외로움은 나의 외로움이었으며, 나무의 간절한 소망은 바로 나의 소망이었던 것이지요.

동화는 어린 내가 알지 못하던 내 맘을 대신 말해 주었고, 간절한 소망은 언젠가 꼭 응답을 받는다고 대답해 주었으며, 현실이 주지 못하는 위로와 희망과 격려를 함께 주었습니다.

아동문학에 관한 몇 가지 생각

모든 것이 아주 선명할 때가 있었습니다. 그때는 답변도 명쾌하게 할 수가 있었지요. 그러나 세월이 갈수록 모든 게 오히려 불분명해져서, 말이나 글을 하기가 망설여집니다.

아동문학에 대해서도 마찬가지입니다. 한 십오 년 동화를 생각하고 바라보며 살았는데, 문득 아무것도 모른다는 느낌이 들곤 합니다. 그래서 아동문학에 관한 글을 써달라는 청탁을 받고도 바로 시작을 못하고 무슨 글을 어떻게 써야 하나 한참 생각하다가, 일반적으로 가질 법한 생각이나 궁금증에 대해 아는 만큼 진솔하게 안내하기로 했습니다. 그리하여 다음의 항목을 마련하였습니다.

—아동문학은 나와 상관이 없다?
—아동문학도 문학인가?
—아동문학에는 교훈이 있어야 한다?

—동화는 비현실적인 이야기인가?

아동문학에 관한 몇 가지 생각

가) 아동문학은 나와 상관이 없다?

먼저 질문을 몇 가지 던져 보겠습니다. 사람은 언제부터 문학을 즐길 수 있을까요? 책은 언제부터 보여주는 게 좋을까요? 서너 살 어린이에게 좋은 책의 형식과 내용은 어떤 것일까요? 사회성이 부족한 어린이에게 권할 만한 책을 혹시 알고 있나요?

질문에 쉽게 답할 수 있는 사람이 그리 많지는 않을 겁니다. 아주 좋은 책과 아주 나쁜 책을 나란히 놓고 고르라고 하면 고를 수 있겠지만 말입니다. 그러나 눈으로 보고 고르는 것도, 요즘처럼 하나같이 눈길을 끄는 외형에 온갖 상업적 전략으로 포장되어 나오는 시대에는 쉬운 일이 아닙니다.

더구나 어린이는 연령별로 급격한 발달 차이가 있고, 시기별로 적절한 문학의 내용과 형식이 있습니다. 그걸 모르면 어린이가 소화할 수 없는 책을 억지로 읽히게 될 위험이 있습니다. 도서관에 가면 그런 광경을 심심찮게 볼 수 있습니다. 유아가 흥미를 느낄 수 없는 책을 엄마가 읽어 주고, 아이는 딴 짓을 하고, 그러면 엄마는 아이를 혼내고…….

그런 경험이 되풀이되면 아이에게 책은 끔찍한 것이 되고 말 겁니다. 그러나 반대로 적절한 시기에 풍성한 문학 체험을 하게 되면 작은 씨앗이 햇볕과 양분과 물을 양껏 섭취한 것과 같아, 씨앗에 내재된 가능성을 마음껏 펼치며 자라게도 됩니다.

그런데 그게 나하고 무슨 상관인가, 아직 그런 생각이 드는가요? 그러나 지금 당장은 아니더라도, 대부분 언젠가는 부모가 되지 않겠어요? 어린이를 가르치거나 돌보는 일을 하게 될 수도 있고요. 물론 아동문학을 몰라도 자녀를 기르고 어린이를 보살필 수 있지만, 그들의 문학을 섬세하게 이해할 기회를 가진 사람은, 어린이를 그만큼 다른 태도로 바라보게 될 것입니다.

시간이 흐르면 세부를 잊어버릴 지식을 위해서가 아니라, 자기 중심적 사고에서 벗어나 어린이 혹은 다른 작은 사물을 전과는 다른 '태도'로 대하게 되는 것—그것이 아동문학을 접함으로써 얻게 되는 열매이고, 계속 성장하고 성숙해야 할 자아를 위한 값진 체험일 겁니다.

나) 아동문학도 문학인가?

아동문학도 문학이지요. 당연히 그래야 합니다.

어른은 클래식과 오페라와 대중음악을 고루 즐기는데, 어린이는 동요만 들어야 할까요? 어른은 추상화, 구상화, 조각, 설치미술을 다양하게 감상하면서, 어린이는 크레파스화만 보아야 할까요?

그렇지 않습니다. 어린이도 클래식 음악을 들을 수 있고, 추상화를 감상할 수 있습니다. 다만 어린이는 생의 첫 단계에 있기 때문에, 자기 몸으로 느낄 수 있는 구체적이고 감각적인 것에 열렬한 반응을 보이고, 직관적으로 파악할 수 있는 단순 소박한 형식을 더욱 좋아할 뿐이지요.

추상화 능력은 일정한 연륜을 필요로 합니다. 따라서 어린이가 직접 형상화할 능력은 없지만, 그렇다고 감상 능력까지 없는 것은 아닙니다. 좋은 음악을 들으면 무어라 표현은 못 해도 좋은 느낌을 받고, 뛰어난 무용을 보면 뭔지 모르지만 충격과 전율을 느끼지요.

문학도 마찬가지입니다. 다른 예술 장르와 달리 문학은 언어의 세계, 문자의 세계에 갇혀 있어 덜 개방적이지만, 그렇다고 어린이의 미적 감수성이 어른보다 둔감한 것은 아닙니다.

한 가지 예를 들어 볼게요.

얼마 전에 도서 분석을 할 기회가 있어 동화책을 한 상자 쌓아 놓고 읽게 되었습니다. 그런데 초등학교 고학년인 딸애가 어떤 그림책에 대해 두 번이나 말하더군요. "이 책은 정말 감명 깊어. 난 얇고 심오한 이런 책이 좋아."

직업이 직업인지라 집에 동화책이 널려 있고, 그 애는 어렸을 때부터 동화를 많이 읽어 눈이 꽤 높은 편입니다. 좀처럼 좋다는 말을 안 하지요. 그런데 의견을 묻지도 않았는데 이례적으로 두 번이나 같은 말을 하기에 관심을 갖고 읽어 보았습니다. 『난 곰인 채로 있고 싶은데』라는 책이었는데, 줄거리를 간추려 보면 이렇습니다.

곰 한 마리가 땅속에서 겨울잠을 자는 사이 숲이 개발되어, 봄에 밖으로 나오니 공장의 울타리 안입니다.

두리번거리는 곰을 발견한 공장장은 게으름뱅이 일꾼이 놀고 있다며 다짜고짜 야단을 칩니다. "난 곰인데요?" 곰이 거듭 주장하지만 그 말을 믿어 주는 관리자는 없습니다. 한결같이 '게으름뱅이'라며 꾸짖을 뿐이었지요.

그러나 달리 '할 일이 별로 없는' 사장이 곰이라는 증거를 대보라며 동물원과 서커스 천막으로 차례로 데려갑니다. 하지만 곰이라면 당연히 자신들처럼 우리에 갇혀 있거나 재주를 넘어야 한다면서, 다른 곰들은 그가 곰이 아니라고 합니다.

곰은 마침내 자신이 곰이 아닌가 보다 여기며 공장 일꾼이 됩니다. 그러나 겨울이 다가오자 밀려오는 졸음을 참지 못해 꾸벅꾸벅 졸다가 곰은 마침내 해고되고 말지요. 잠을 자려고 모텔을 찾아간 곰은, 그곳에서 뜻밖에도 '노동자는…… 아니 곰은' 재워 줄 수 없다는 말을 듣게 됩니다. 밖으로 나온 곰은 저절로 움직이는 발길을 따라 숲으로 들어갑니다.

그림책의 마지막 장면에는, 눈 오는 숲에 곰이 입었던 옷이 나뭇가지에 걸려 있습니다.

딸애의 말처럼 정말 심오한 내용이었습니다. 체계화된 세계 속에서 인간과 자연이 있는 그대로의 존재가 아니라 한낱 효용적 도구로, 지배와 착취의 대상인 타자로서만 존재하는 왜곡된 현실에 대한 깊은 통찰을 단순 소박한 언어와 그림으로 멋지게 형상화해낸 작품이었지요. 정색하지 않고 시침 뚝 뗀 채 가볍고 유머러스하게, 무반성적인 믿음이 현실을 어떻게 고정시키는지를 보여주고 있기도 하고요.

딸애가 이 책의 숨은 의미를 얼마나 깊이 섬세하게 읽어냈는지는 알 수 없습니다. 그러나 그 애는 책이 진실을 말하고 있고, 그 내용이 자기 삶과 깊은 관계가 있다는 것을 알아차린 것 같았습니다.

그런가 하면, 이 책에 대한 어른들의 반응이 대단히 재미있습니다. 외국에서 좋은 책이라 평가하니 번역하긴 했는데, 출판사에서 소개하길 자연 보호에 관한 책이라 하고, 출판저널, 신문서평, 모 도서 선정 팀, 인터넷 독자 리뷰 역시 자연 파괴를 풍자하는 책이라고 입을 모아 말하고 있습니다. 이쯤 되니, 제가 곰이 된 느낌인데요?[1]

'어른을 위한 동화다', '어린이에게는 어렵다'라는 의견도 심심찮게

---

1) 이 책은 「곰이라고요, 곰」이라는 제목으로 2007년 새롭게 발행되었다.

보이는데, 딸애의 반응만 봐도 그건 틀린 말이 분명합니다. 동화작가이자 교사인 분이 다양한 성격의 동화를 어린이에게 읽히고 반응 조사하여 쓴 글을 『아동문학평론』지에서 본 적이 있는데, 그 선생님의 결론도 이러하였어요. 흔히 어린이들이 쉽고 가벼운 이야기를 좋아할 것이라고 생각하지만, 실제로 많은 어린이들이 마음에 드는 글로 손꼽은 것은 삶의 본질을 다룬 깊고 무거운 이야기였다고 말입니다.

정리하여 말하자면, '어린이는 이런 존재일 것이다'라는 생각의 많은 부분이 어른들의 오해나 편견일 수 있다는 겁니다. 문학에 대한 생각 역시 마찬가지입니다. 애들이 읽는 글쯤이야 여기고 쉽게 덤비는 이가 많아 저급한 아동문학 작품이 넘쳐나지만, 그렇다고 아동문학이 원래 그렇게 유치한 것이라 여기면 안 된다는 것이지요. 이중섭이나 김기창의 단순한 그림들을 떠올려 보세요. 단순 소박해지는 경지가 쉬운 게 아니랍니다. 아동문학 창작이 그래서 더욱 어렵고요.

다) 아동문학에는 교훈이 있어야 한다?

도서 분석서 이야기를 계속 해야겠군요.

마흔 권의 추천도서를 내리 읽으면서, 가슴이 답답해서 혼났습니다.

역사, 전통, 자연보호, 장애, 성차별, 전쟁, 외국인 노동자 문제……. 너무나 크고 무거운 주제와 강한 메시지의 책들이 문학적 완성도와 상관없이 권해지고 있었거든요.

스스로 읽을거리를 선택하는 어른들과 달리, 어린이 책은 어른들이 선택하고 읽게 합니다. 그런데 자신들은 취향대로 온갖 읽을거리를 다양하게 즐기면서, 어린이들에게는 왜 언제나 교육적이라고 생각되는 책만 주려는지 모르겠습니다.

이러한 현상의 배경에는 한반도의 독특한 역사적 현실과, 어른들의 치열한 욕망, 어린이에 대한 무관심과 몰이해가 함께 자리잡고 있다고 생각합니다.

　우리나라 아동문학 제 장르가 형성된 것은 일제 강점기이고, 당시 민족의 암울한 현실을 바꿀 희망은 교육밖에 없었지요. 그래서 문학의 형식으로 '교육'을 시키려는 노력이 지속적으로 있어 왔고, 한편으론 계급의식에 기초한 참여 고발 문학이 또 한 축을 형성해 왔습니다.

　어른들의 계몽문학은 개화기와 함께 끝이 나고, 현실 참여 문학은 동서 냉전체제의 종식과 더불어 일단락되었는데, 아동문학은 교육과 의식화 시도가 오히려 더욱더 견고해지니 안타까운 노릇입니다. 어린이들이 무슨 힘이 있습니까? 부모님이나 선생님이 좋은 책이니까 읽으라고 하면 읽고, 독후감을 쓰라면 써야지요.

　일제 강점기엔 시대 상황이 그러하였지만, 자유로운 세상에서 현실의 왜곡을 느끼면 어른 자신이 당장 실천하여 바로잡도록 하는 것이 더욱 중요하며, 어린이에게 자꾸 떠넘겨 현실의 무게를 미리 지우려 해서는 안 될 것입니다. 그들은 현재 그들의 몸과 마음이 원하는 삶을 사는 게 더욱 중요하니까요.

　여기서 두 번째 배경을 말할 수 있습니다. 문학을 내세우지만, 사실 그 이면에는 치열한 어른들의 욕망이 들끓고 있는 것이지요. 자녀의 행복을 빙자한 부모 욕망의 투사, 명분을 내세운 자기 현시욕과 권력 의지, 교육을 빙자한 상업적 욕망……

　모두 '어린이를 위해서'라고 말하지만, 진실로 어린이의 욕망을 생각하고 말하고 꿈꾸는 사람은 참으로 찾기 힘드네요. 우리는 왜 우리 아이들에게 지금 이 순간 있는 그대로의 삶을 누리게 해주지 못할까요?

여기서 어린이에 대한 무관심과 몰이해라는, 세 번째 문제와 마주치게 됩니다. 무관심이 아니라 지나친 관심이 문제 아니냐고 이의를 제기할 수도 있겠지요. 그 말도 맞습니다만, 문제는 관심의 방향이 올바르지 않다는 것입니다. 어린이의 자연스런 생명을 살리고 피어나게 하는 일에 관심을 기울이지 않고, 자연스런 본성을 억누르고 통제하고 길들이는 일에 하나같이 열중하고 있다는 것이지요.

시간은 일직선으로 흐르는 것이 아니고, 어른이 된 상태가 인간의 도달점이 아닙니다. 삶의 각 순간은 미래의 한 지점을 위한 과정이 아니라 그 자체로 완결되는 생의 내용인 것이지요. 어리든 젊든, 힘이 있든 없든, 지식이 있든 없든, 모든 존재는 있는 그대로의 생명과 자율성을 존중받아야 합니다. 야만적 사회일수록 강자가 약자를 획일적으로 통제하고 지배하려 하는데, 우리 사회의 어린이에 대한 태도 역시 너무나 야만적입니다.

어른들이 다채로운 문학을 마음껏 선택하고 즐기듯이, 어린이도 자신의 인생과 관련된 다양한 문학을 즐길 권리가 있습니다. 저는 언제나, 정말 배우고 깨달아야 할 사람은 어린이가 아닌 어른들이라 믿습니다. 어른이 달라지면 어린이의 삶은 저절로 달라지니까요.

라) 동화는 비현실적인 이야기인가?

봄이 되자 나무들은 저마다 새 잎을 내밀고 예쁜 꽃을 피웠습니다. 잎이 바늘처럼 뾰족한 나무도, 다른 나무들처럼 꽃을 피우고 싶었습니다. 그러나 나무는 작년의 우중충한 푸른 빛 그대로였습니다.

여름이 되자 나무들은 가지마다 색색의 열매를 맺었습니다. 나무는 자신도 귀여운 열매를 키우고 싶었습니다. 그러나 변함없이 뾰족한 푸른 잎만 조금 더 억세졌을 뿐이었습니다.

가을이 되자 숲은 색색의 단풍으로 물들었고, 주렁주렁 익은 열매들의 부푼 숨소리가 가득했습니다. 그러나 나무 혼자만 변함없는 푸른빛 그대로였습니다.

겨울이 되었습니다. 모두가 잎을 떨군 계절에 혼자만 칙칙한 푸른 잎을 매단 채, 나무는 간절한 마음으로 기도하고 또 기도했습니다. 자신도 꽃을 피우게 해달라고, 열매를 맺게 해달라고 말입니다.

유난히 바람이 거세게 불던 어느 날 밤입니다. 거센 바람에 휩쓸려온 하늘의 아기별들이, 푸른 나무의 품에 깃들어 눈보라를 피하게 됩니다. 푸른 나무 가지마다 총총총 반짝이는 색색의 화려한 별들! 나무는 세상에서 가장 눈부신 열매를 맺은 나무였습니다.

이영희 선생님이 쓴 동화입니다. 이 동화를 처음 읽었던 때를 생생히 기억합니다. 열한 살쯤이었고, 겨울이었지요. 춥고 어두운 마당에 서서, 무어라 표현할 수 없는 느낌에 사로잡혀 하늘을 오래 쳐다보던 생각이 납니다.

그땐 몰랐습니다. 그 동화가 내 영혼을 왜 그리 사로잡았던 것인지. 그러나 이젠 압니다. 그 뾰족한 잎의 푸른 나무는 바로 나였고, 나무의 외로움은 나의 외로움이었으며, 나무의 간절한 소망은 바로 나의 소망이었던 것이지요.

동화는 어린 내가 알지 못하던 내 맘을 대신 말해 주고 있었고, 간절한 소망은 언젠가 꼭 응답을 받는다고 대답해 주었으며, 현실이 주지 못하는 위로와 희망과 격려를 함께 주었습니다. 조그맣고 힘없는 주인공을 도와주는 착하고 지혜로운 조력자처럼, 동화는 삶의 주인공인 내가 자기 운명의 길을 올바로 걸어가도록 일생 내면의 안내자가 되어 주었습니다. 적어도 제 체험으론 그랬습니다.

어린이 서사문학은 사실주의 기법과 환상 기법으로 다룰 수 있습니다. 나이가 어릴수록 물활론적 사고를 하기 때문에, 그들의 사고체계처럼 환상의 방식으로 이야기하는 것이 더욱 알맞지요. 동화 속에서 현실 질서와 법칙이 깨어지고 온갖 사물이 동등하게 어우러지는 것은 현실을 낯설게 드러내는 기법이기도 하지만, 그보다는 오히려 세계관이라고 생각합니다. 생을 바라보는 태도라고 할 수도 있고요.

구체적인 몇 가지 작품을 예로 들어, 현실과 비현실의 관계를 살펴보는 게 좋겠습니다.

최근에 수업을 하면서 레오 리오니의 「프레드릭」, 우화 「개미와 베짱이」, TV 동화 「1006개의 동전」에 대해 학생들과 의견을 나누었지요. 「프레드릭」의 내용을 간추려 보면 이러합니다.

겨울이 다가오자 작은 들쥐들은 겨울에 먹을 양식을 부지런히 모읍니다. 단 한 마리, 프레드릭만 빼고 말입니다.

"프레드릭, 넌 왜 일을 안 하니?" 들쥐들이 묻자, 프레드릭은 자신도 일을 하는 중이라고 말합니다. "난 춥고 어두운 겨울날들을 위해 햇살을 모으는 중이야."

어느 날 들쥐들이 다시 물었을 때 프레드릭은 '색깔을 모으는 중'이라 대답하고, 한번은 '이야기를 모으고 있어'라고 말합니다.

드디어 겨울이 오자 들쥐들은 작은 동굴로 들어갑니다. 먹이가 넉넉했던 처음에는 바보 같은 늑대와 어리석은 고양이 얘기를 하며 행복하게 지냈으나, 먹을 것이 다 떨어지고 돌담 사이로 찬바람이 스며들자 어느 누구도 재잘대고 싶어 하지 않습니다.

그때 프레드릭이 커다란 돌 위로 올라가 햇살 이야기를 시작하자 다른 들쥐들은 몸이 따뜻해지는 것을 느끼고, 파란 덩굴꽃과 노란 밀짚 속의 붉은 양귀비꽃, 초록 딸기덤불 얘기를 하자 마음속에 그려진 색깔을 볼 수 있습니다. 은유와 상징이 가득한 아름다운 언어로 프레드릭이 들쥐들의 삶에 관한 이야기를 들려 주자, 모두 감탄하며 말합니다. "프레드릭, 넌 시인이야!" 그러자 프레드릭은 얼굴을 붉히며 수줍게 대답합니다. "나도 알아."

개미와 베짱이 이야기는 모르는 사람이 없을 것입니다. 열심히 일한 개미는 겨울에 편히 지내고, 게으름을 핀 베짱이는 얼어죽었다는 얘기지요. 결말이 너무 몰인정하다고 생각한 작가들이 개미가 인정을 베풀고 베짱이는 뉘우치게 된다는 식으로 고쳐 쓴 글도 보았지만, 별 의미는 없다고 생각합니다. 어차피 이 이야기가 말하고자 하는 바는 열심히 일해라, 그래야 나중에 잘 살 수 있고 안 그러면 베짱이처럼 된다이니까요.

이 우화는 부지런히 일하라는 교훈을 주지만, 베짱이 식의 삶의 방식을 용납하지 않습니다. 게으름은 죄악이며, 게으름뱅이는 굶어죽어 마땅하다는 무의식적인 사회적 공감대를 형성시키고, 개미처럼 일하지 않으면 안 된다는 불안감을 조성하는 면이 없지 않습니다.

이에 비해 「프레드릭」의 세계관은 넉넉합니다. 다른 들쥐들은 프레드릭에게 자신들과 똑같이 행동하기를 강요하지 않습니다. 우리는 이렇게 힘든데, 너는 왜 노느냐고 따지거나 따돌리지도 않습니다. 뭘 하는지 이해할 수는 없지만 프레드릭만의 고유한 삶의 방식을 존중하였고, 나중에 프레드릭과 자신들이 다 옳았다는 것을 알게 됩니다. 몸의 양식과 영혼의 양식을 함께 나누며, 들쥐들은 다같이 행복해집니다.

여기서 빈곤한 세계관과 풍요로운 세계관의 차이를 볼 수 있습니다. 「개미와 베짱이」류의 이야기만 읽고 자란 사람과, 「프레드릭」류의 이야기를 많이 읽으며 자란 사람의 세계관은 차이가 있을 수밖에 없고, 삶의 태도 또한 다를 수밖에 없겠지요.

그런데 행복하고 조화로운 삶의 모습을 보여주는 동화를 미화된 세계라며 비난하고, 있는 그대로의 현실만을 아이들에게 보여주어야 한다고 목소리를 높이는 사람들이 아동문학계에는 많이 있습니다.

물론 우리가 처해 있는 실제 현실은, 「개미와 베짱이」의 세계에 가까운 게 사실이지요. 그러나 많은 이들이 「개미와 베짱이」의 세계관으로 세상을 인식했기 때문에 결국 이만한 세상이 되어 버린 것이고, 보다 많은 이들이 「프레드릭」의 들쥐들처럼 넉넉한 세계관을 가진다면 그와 닮은 세상을 만들 수 있습니다.

있는 현실을 외면해서도 안 되겠지만, 인간의 아름다운 가능성에 대한 믿음을 차단시키려 덤비는 것은 어리석고 잘못된 일입니다. 있는 현실만 의심 없이 믿기보다, 참 생명의 근원적 본질을 거듭 응시하고 지향함으로써 왜곡된 현실을 깨닫게 될 것이기 때문입니다. 아동문학의 이상성(理想性)이 강조되는 것도 바로 그래서이고요.

이에 비해 TV동화 「1006개의 동전」은, 사회복지사가 가난한 산동네로 생활비 지원 대상을 찾아갔더니, 화상을 입어 얼굴 형체마저 일그러진 그 사람이 구걸하여 모은 동전을 오히려 내어놓으며 가난한 사람을 위해 써달라고 하였다는 내용이었습니다. 더구나 그 사람에게는 시력을 잃어 가는 딸까지 있어 수술을 해야 할 상황인데, 자기보다 더 어려운 사람을 위해 내어놓았다는 것이지요.

물론 현실에서 그런 일이 실제로 있을 수도 있겠지요. 그러나 있는 현실을 무비판적으로 그냥 전달하는 것이 무슨 의미가 있겠습니까? 생활비를 보조받아야 하고 당장 딸의 수술이 필요한 처지라면, 자신과 딸을 도와달라고, 어떻게든 살고 싶다고 매달리는 편이 더욱 진실하고 정직한 삶의 태도이겠지요.

불우한 처지를 강조하여 독자의 동정과 눈물을 자아내고, 비참한 처지에 있는 사람의 선행을 내세워 인정주의에 젖게 하는 것은 문제의 본질을 흐리는 일종의 마취입니다. 함부로 동정하기에는 모든 생명은 너무나 존엄하고, 병든 몸으로 구걸을 하며 살아가는 사람이 생활 보조금마저 받지 못하는 현실은 분명 크게 잘못된 것이기 때문입니다. 어떻게든 생을 포기하지 않고 인간다움을 지키려는 그의 노력을 응시하게 하고, 잘못된 현실 구조의 문제점을 깨닫게 하는 것이 문학의 본연적 역할입니다. 나보다 못한 이웃을 동정하는 것으로 내 일상을 위안하고, 피상적 감상에 젖어 냉엄하리만큼 고독한 인간 존재에 대한 통찰을 회피하게 해선 안 되겠지요. 물론 TV동화는 문학이 아닙니다. 그러나 '동화'라는 이름이 붙어 동화에 대한 막연한 오해와 잘못된 고정관념을 확산시킨 면이 있고, 실제로 동화책 가운데도 이러한 혐의가 짙은 글이 많아 나란히 살펴보았습니다.

이렇듯, 있는 현실을 그린다고 참된 문학이라 말할 수도 없고, 현실에서 일어날 수 없는 일이 전개된다고 거짓된 이야기라고 할 수도 없습니다. 비현실적으로 보이는 아동문학의 환상성과 이상성에, 사실은 생에 대한 어떤 세계관과 태도를 유년기에 갖게 하는 중요한 비밀이 담겨져 있는 것입니다.

또 하나의 멋진 문학

문학의 장르 사이에 우열관계가 성립될 수 없고, 아동문학과 일반문학의 관계도 마찬가지입니다. 문학이 자신의 길이라 느끼는 사람은 문학을 해야 할 것이되, 소설가의 자질을 지닌 사람은 소설을 쓰고 시인의 기질을 지닌 사람은 시를 써야 할 것입니다.

마찬가지로, 아동문학에 잘 맞는 심성을 지닌 사람이 아동문학의 길을 걸으면 더욱 좋습니다. 어린이처럼 단순 명료한 직관과 통찰력을 지닌 사람, 소박하고 정직한 마음을 가진 사람, 유머와 상상력과 모험심이 많은 사람, 생기 있고 싱싱한 마음을 잃지 않는 사람, 성장하려는 의지로 충만한 사람, 작은 것을 눈여겨 볼 줄 아는 사람, 진실하며 편견 없이 열린 마음을 가진 사람, 생명을 아끼는 따뜻한 마음과, 정의감을 가진 사람……

너무 많은 것을 요구하였나요? 제가 깨달은 바로는, 아동문학은 문학적 재능만으로는 부족합니다. 재주보다 더욱 중요한 것이 마음 바탕이기에, 어른으로서 갖추어야 할 자질에 더하여 진정 어린이를 닮는 일이 가장 어려운 것 같습니다.

그래도 문학을 하고 살아야 한다고 느끼는 사람이라면, 선택하고 도전해 보길 권하고 싶습니다. 저 역시 아동문학을 하게 될 줄은 꿈에도 몰랐는데, 진지하게 습작할 장르를 고려하다 아동문학을 선택하였고, 시간이 흐를수록 이 세계가 주는 기쁨에 감사하게 됩니다.

모두가 창작을 할 수도 없고 그럴 필요도 없지만, 모두 독자가 될 수는 있습니다. 유아부터 노인까지 모두의 마음을 사로잡는 뛰어난 어린이 책이 많이 있으니, 또 하나의 멋진 문학 세계를 놓치지 말기 바란다는 말로 글을 끝맺습니다.

(서울산업대학교 『문예창작』 8호, 2003)

문화로 읽는 이 시대의 아동문학

"현실주의 동화, 어떻게 볼 것인가" 토론 원고

문학의 바깥에 서 보기

아동문학은 문학이어야 한다. 그 사실은 앞으로도 변함없는 당위로 남아 있을 것이다.

그러나 현재 어린이에게 주어지고 있는 다양한 텍스트 가운데, 과연 문학의 범주에 들 수 있는 글은 얼마나 될까? 문학의 범주라는 것도 장르 개념으로 보아야 할까, 질적 개념으로 보아야 할까?

분명한 것은, 장르적 속성을 표시하고 있는 '제품'은 어느 시대보다 넘쳐나지만, 고유한 질을 보유한 '작품'은 매우 찾기 어렵다는 것이다. 예술가로서의 문학인이 사라지고 경제적 주체로서의 작가가 대다수인 이 시점에서, 문학과 문학성에 대해 반복 논의하는 것이 과연 유효한 일일까? 문학이라는 기호에 의심 없이 몰두하기보다, 잠시 물러서서 우리 자신을 객관화하고 대상화하여 바라보는 것이 더욱 필요한 것 같다.

이 시대의 자본은 문화의 형태로 소비된다. 어린이 책을 둘러싼 담론이 어떤 기호와 이미지로 이루어지고 있건, 어린이 책을 움직이는 실제적 동력은 생산과 소비의 순환구조에 있다. 출판사는 물론이고 작가, 비평가, 독자(구매자)는 서로 긴밀한 영향을 미치며 이러한 순환과정에 변증법적으로 기여하고 있다. 의식하고 있든, 그렇지 않든 말이다!

학자들이 후기자본주의의 특징으로 손꼽은 물화(物化)된 세계의 양상이 아동문학의 안팎에 어떤 모습으로 나타나고 있는지 개략적으로나마 조망해 보면, 우리의 현재 위치와 가야 할 길이 좀더 잘 보이지 않을까 한다.

후기 자본주의의 특질 — 일상성, 대중성, 상업성

전 시대와 대비되는 후기자본주의 시대의 현저한 문화적 특질로 학자들은 일상성, 대중성, 상업성을 손꼽는다.

일상은 항상 있어 온 것이지만 이 시대의 일상이 문학에서 새롭게 문제가 되는 까닭은 크게 세 가지로 요약해 볼 수 있다.

첫째, 추상적 거대담론(신화, 이데올로기, 역사 등) 시대의 종식과 더불어, 구체적 개인의 삶의 토대로서 일상의 가치가 새롭게 부각되었다.

둘째, 대중문화 시대의 전개를 손꼽을 수 있다. 전 시대의 '예술'이 전문가와 장인에 의해 주도되었다면, 자본주의 시대의 '문화'는 대중에 의해 좌우된다. 따라서 보통 사람들의 친숙한 일상이 문학의 소재로 전면에 등장하게 된 것이다.

셋째, 근대의 일상은 이전의 일상과 다르다는 점에서 특히 문제가 된다. 자본주의가 본격화되기 이전에는 개인이 자기 일상의 주체였고, 일상과 비일상이 단절되지 않았다. 농경생활을 예로 들면, 농부는 자기 일상의 능동적 주체로서 노동과 휴식을 배분하였고, 일상과 비일상(예컨대 축제)은 삶에 유기적 상승작용을 하였다.

그러나 근대의 왜곡된 현실은 사람들을 부품화시키고 파편화시켜, 개인은 일상으로부터 끊임없이 소외와 불안을 경험하며, 일상과 비일상은 단절되고 고립된 양상을 보인다.

어린이의 일상 역시 마찬가지다. 전 시대의 어린이는 자기 몫의 보다 많은 시간 속에서 존재의 고독과 직면하고, 느린 몽상을 통해 상상과 사유의 씨앗을 싹틔울 수 있었다. 그러나 현대의 일상은 눈에 보이는, 또 보이지 않는 겹겹의 '강철 우리'에 어린이를 가두고 지속적으로 간섭과 억압을 가한다. 어린이는 능동적 주체가 되지 못한 채 파편화된 존재로서 끊임없이 소외와 스트레스를 경험하고 있다. 따라서 어린이의 삶을 반영한 아동소설에 '일상의 소외'와 '왜곡된 일상'이 반복적으로 등장하는 것은 극히 자연스러운 현상이다.

잠시 물러서서 아동문학의 역사를 살펴보면, 각 시대마다 아동소설은 당대 어린이의 일상을 반영해 왔다. 그 가운데는 공간을 넘어 시간성까지 획득한 작품도 있지만, 상당한 공간적 반향을 불러일으켰으나 시간을 견뎌내는 데는 실패한 작품이 훨씬 더 많다. 즉 예술성이 시간과 관계가 깊은 데 비해, 일상성은 공간과 밀접한 관련을 맺음을 알 수 있다. 일상성은 그 사회가 원하는 어떤 효용성과 관계가 있는 것이다.

구체적이고 친숙한 현실을 형상화한 일상의 이야기는 동시대 공간에서 공감과 반향을 비교적 쉽게 불러일으킨다. 보통의 생각, 보통의 생활, 보통의 취향이 반영될 때, 이해와 공감의 폭은 더욱 넓어질 수 있다. 여기서 일상성이 상업성과 긴밀해질 수밖에 없는 이유를 본다.

이 시대 생활동화들은 확실히 전 시대의 작품과 다르다. 이슈가 될 만한 문제적 소재의 선택과 더불어 서사의 구체성이나 묘사의 촘촘함, 기법의 다채로운 변주를 통한 낯설게 하기 효과 등 글쓰기의 높은 완결성으로 의식과 감성을 동시에 자극한다.

그러나 과연 이러한 양상을 아동문학의 진전으로 볼 수 있을까? 외적 현실을 핍진하게 반영하지 못하는 텍스트 자체의 다채로움은 닫힌 순환구조 속에서의 변주일 뿐이다.

전 시대의 아동소설은 지시 대상(어린이의 삶)을 직접적으로 묘사하였고, 그래서 언어나 서사 구조는 빈약하지만 어린이의 현실을 훨씬 진실하게 반영하였다. 이에 비해 현대 동화는 언어의 '양적 팽창'이 가장 큰 특징으로 두드러지고 문학적 기교 역시 다양하게 발달하였다. 그래서 텍스트는 훨씬 풍성하고 세련되어졌지만, 많은 작품에서 현실의 어린이를 느낄 수 있기보다 여러 인물의 목소리를 번갈아 내는 '작가'를 느낄 수 있을 뿐이다.

아도르노(T. W. Adorno)와 호르크하이머(Max Horkheimer)는 '현대 예술의 물질화' 현상을 주목하고 문화산업 분석에 지속적 관심을 기울였다. 이들은 자본주의 시대 작품의 내용과 형식 안에 예기치 않았던 '상품구조'가 도입되어 있고, 소비 가능한 '물질성'이 생산된다고 보았다. 현대 동화의 내적 다양함도 아마 이런 물질성과 관계가 있을 것이다.

오늘날 전자제품 회사들은 이 세상에 처음으로 '진품'을 창조해내는 것이 아니라, 디자인과 기능이 다소 새로워진 신형 '복제품'을 계

속해서 생산해낸다. 생산은 필연적으로 소비를 목적으로 하고, 대중의 욕망을 자극하기 위한 각종 기호와 이미지들이 체계적으로 조작 유포된다.

어린이 책도 다르지 않다. 전에 본 적이 없는 단 하나의 진품이 아니라, 앞의 제품에 약간의 변화와 차이를 가미한 복제품이 생산과 소비의 순환구조 속에서 지속적으로 생산되는 양상이다.

프레드릭 제임슨(Vredric Jameson)은 TV 연속물이 사회적으로 '현실적인' 내러티브를 갖지 못하는 구조적인 이유는 생산의 반복성을 향해 이미 고정된 우리들의 경향 때문이라고 말한다. 카프카나 도스또예프스끼의 애독자라도 탐정물을 볼 때는 어떤 정형화된 형식을 기대하고 보는 것이므로, 그 극(劇)이 '고급문화'를 요구해 온다면 짜증이 날지도 모른다는 것이다.[1]

그렇다면 동화에 대해 일반 독자(public)가 기대하는 장르적 특징이나 구조는 무엇일까? 흔히 볼 수 있는 주관적 화해의 결말과 계몽의 기획 그 저변에는, TV 시청자에 대한 제작자의 태도 같은, 어린이 책 소비자(구매자)에 대한 생산자의 정형화된 태도가 내재되어 있는 것은 아닐까?

어린이책을 움직이는 힘

상품으로서의 동화책

맑스(Karl Marx)는 『자본론』에서, 후기자본주의 사회에서는 모든

---

1) 프레드릭 제임슨, 정헌이 옮김, 「대중문화에서의 물화와 유토피아」, 『21세기 문화 미리보기』, 시각과 언어, 1996, 24쪽.

특수한 질적 차이가 양적 공통분모라 할 수 있는 화폐의 교환가치 아래 놓이게 된다고 말했다. 예술 역시 상품 생산의 여러 지분 중 하나로 전락하였고, 예술가는 사회적 위치를 잃고 '저주받은 시인'이 되거나 저널리스트가 되는 양자택일에 직면하게 되었다는 것이다.[2]

우리 어린이 책 현실을 살펴보아도, 문학성보다 상품성이 더욱 중요하게 여겨지고 있음은 말할 필요가 없다. 동화책의 질적 차이는 거의 살펴지지 않고, '상품성이 있는' 소수의 작가만 생산품의 실제 내용에 관계없이 '작업대를 떠날 겨를이 없는' 형편이다.

이 시대의 소비자는 과연 진정한 문학 혹은 예술을 요구하는 것일까?

내 대답은 '그렇지 않다'이다.

대중이 예술을 요구한 적은 한 번도 없었지만, 지난 시대에는 질적 차이를 존중하고 기대하는 일정한 독자가 있었다. 그러나 이제 극소수 작가나 이론가를 제외하고는 문학—그것도 아동문학의 미적 자율성에 관심을 기울이는 사람은 거의 없다.

그럼에도 불구하고 예술가이거나 문학인이고자 한다면 물화된 자본주의 체제를 결연히 거부하고 독자적 길을 걷거나, 아니면 현실을 사는 작가로서 적당한 선에서 타협을 하는 수밖에 없는 듯하다. 그렇다면 그 선은 어느 정도까지여야 할까?

기호와 이미지가 지배하는 세상

언어는 기호이다. 사물을 지시할 수 있을 뿐 결코 본질에 이르지 못한다. 책상이라는 단어는 책상을 지칭하고 환시시킬 수 있을 뿐 책

---

2) 앙리 르페브르, 박정자 옮김, 『현대세계의 일상성』, 세계일보사, 1992.

상 자체가 아니다.

메타언어는 말해진 언어에 대해 다시 말하는 언어이다. 예컨대 동화에 대한 동화 비평, 씌어진 작품에 대한 각종 담론, 광고 등이다.

대중문화 사회는 메타담론이 지배한다. 대중들은 사물 자체를 스스로 판단하기보다, 그것에 대한 비평이나 보도, 광고에 의존한다.

기호의 세계는 본질적 세계가 아니다. 본질의 흔적을 일정하게 지니지만, 그 자체는 텅 빈 기표일 뿐이다. 따라서 기호의 세계에서는 조작과 왜곡이 손쉽게 일어나고, 진짜보다 더욱 진짜 같은 거짓이 힘을 가질 수 있다.

우리 어린이 책 현실로 돌아가 보자. 1990년대 이후 여러 새로운 경향들이 있지만, 작가나 학자 등 전문가 그룹이 아닌 일반인들이 어린이 책과 관련된 사회 전반의 담론을 주도하며 영향력을 행사하였다는 점을 손꼽을 수 있다. 대표적으로 어린이도서연구회를 들 수 있고, 그 밖의 알려지거나 알려지지 않은 수많은 단체와 독서조직들이 어린이 책을 평가하고 추천하였다. 언론기관 및 각종 매체를 통해 전국적이고 조직적으로 이루어진 어린이 책에 대한 메타담론들은, 수요자들의 책 선택에 막대한 영향을 끼쳐 왔고 지금도 그러하다.

그러한 활동의 긍정적 기능과 부정적 기능은 개별 단체의 활동 내용에 따라 언젠가 객관적으로 평가될 것이고, 여기서 논의할 문제는 아니다. 다만 일정한 담론 형성에 따라 책 판매에 큰 영향이 있는 만큼 상업적 목적에 의한 기호의 조작이 일어날 가능성이 항상 존재한다.

모 단체에서 추천도서로 선정하여 광고를 해줄 테니 이윤을 포기하고 책을 납품하라는 제의를 받았다든지, 모 독서회에서 펴낸 조잡한 책이 한 초등학교에 추천도서로 일괄 권해졌다든지 하는 말들은 최근에 필자가 관련자들로부터 들은 이야기들이다. 이런 얘기는 새삼스러운 게 아니라 어린이 책 생산과 소비 현장 주위에 늘 있어 왔던 일들이며, 그 과정에서 작가와 어린이, 양심적 출판사들이 피해를 입고 있다.

텍스트 내적 문학성도 중요하나, 책과 어린이 사이에서 벌어지는 온갖 온당치 못한 일들을 막고, 어린이를 이용하려는 불순한 시도들에 맞서 싸우는 일이 이 시대에 사실은 더욱 시급하고 절실한 문제로 보인다.

좋은 작품을 쓰는 것이 작가의 몫이고, 텍스트를 섬세하게 읽고 평가하는 것이 비평가의 몫이라면, 어린이 책 주변의 유해 환경을 감시하고 거짓 기호를 밝혀내며, 어린이 삶을 옥죄는 왜곡된 체계를 걷어내는 데 주력하는 길이 시민단체 본연의 몫일 것이다.

자본의 또 다른 형태—지식, 지식인

자본주의 사회의 또 다른 특징이 '지식인 문화의 범람'인데, 아동문학에 관심을 가지는 일반인의 대거 등장, 비평가와 연구자의 증가 추세도 이와 무관하지 않다.

방치되어 있던 아동문학 이론 분야에 고학력 지식인 그룹의 점진적 유입과 참여는 매우 긍정적인 현상이다. 그러나 늘어난 현장 비평가에 비해 연구자는 여전히 찾기 어렵다는 점은 열악한 아동문학 연구 환경과 깊은 관계가 있다.

그런데 아동문학 평론가는 크게 세 부류로 나눌 수 있다.

비평을 할 줄 모르는(주례사 비평만 하는) 사람, 문학의 내면적 독자 과정을 거쳐 아동문학의 고유성을 탐색해 가는 사람, 어느 날 갑자기 '발견'한 아동문학에 뛰어들어 몸에 쌓인 일반문학적 '지식'으로 재단부터 시작하는 사람.

첫 번째의 경우는 평론가라 불릴 자격이 없고, 세 번째의 경우는 명분을 앞세우나 진의가 의심스럽다. 부족하면 부족한 대로 이 땅의 많은 아동문학인들이 어린이를 생각하며 소박한 진심을 기울여 힘껏 창작을 해왔다. 그들이 말없이 씨앗을 뿌리고 가꿀 때, 밭 한번 맨 적 없고 물 한번 준 적 없었던 사람들이, 현란한 지식의 무기를 들고 나타나 갑자기 나무라고 구획하며 열매를 추수하는 모습을 보는 일은 상당히 당혹스럽다.

지식을 가졌다는 것은 더 진실하거나 의롭다는 뜻이 아니며, 소박한 진심보다 지식이 우위에 설 수 있는 것은 더더욱 아니다. 일반문학에 없는 그 무엇이 아동문학에 있고, 서구문학에 없는 무엇이 한국 아동문학에 있다. 비평가는 어린이와 아동문학인과 나란한 자리, 어쩌면 더 낮은 자리에서 살피고 공부하는 태도를 가져야 하고, 지성인이라면 거침없이 단언하기 전에 망설이고 고민할 줄 알아야 한다.

이 시대의 자본은 화폐의 형태로 존재하는 것이 아니라 문화, 정보, 지식 따위로 축적된다. 지식 또는 지식인은 그 자체 문화자본으로, 이윤 창출의 주체이기도 한 것이다. 돈과 마찬가지로 지식 역시 하나의 권력이기에, 작가에게 작가정신을 요구하는 것 이상으로, 비평가와 연구가는 자신의 시대정신을 가혹하게 추궁하는 데서 늘 새롭게 출발해야 할 것이다.

다시 현실주의의 자리에서

마무리를 위해 첫 물음으로 되돌아와 본다. 왜 현실주의인가? 사람들은 현실적이란 말을 늘 바깥에서 구한다. 많은 사람이 인정하는 사실이 현실이라는 것이다. 그러나 진정한 현실은 '나'와 관련된 현실이다. 외부 현실은 과거 사람들의 정신성이 외부화된 모습이며, 현재 발원한 나의, 우리의 목적 이념을 수행하는 방식으로 미래 현실이 구체화되어 펼쳐지게 된다.

창작에 있어 바깥 현실의 사실적 반영이나 묘사만으로는 일상의 닫힌 순환구조에서 벗어날 길이 없고, 텍스트 내에 미래로 나아가는 생동하는 정신이 흐르고 있을 때 독자의 현실과 관계를 맺게 된다.

현실에 대한 자각을 바탕으로 하지 않는 문학이 어디 있을 것인가? 그럼에도 '현실'이 강조되었을 때는 '자아'와 '세계' 가운데 외부 '세계'에 무게 중심이 실려 있고, 이러한 관점에는 필연적으로 세계 개조에의 희망이 전제되어 있다.

문학은 인식과 형상으로 이루어지며, 인식이 올바르고 명료하지 않으면 아무리 형상화 기술이 뛰어나도 한계를 가질 수밖에 없다. 이에 비해 인식이 참되고 진실하면 형상화가 다소 서툴러도 문학성에 큰 흠이 되지 않는다. 권정생, 김중미의 작품들이 그러하다.

이들 작가의 문학이 힘을 가지는 진정한 이유는 자기 삶의 토대에서 우러나온 이야기이기 때문이다. 같은 광주항쟁을 소재로 하여도, 김옥이 매끄럽게 구성한 「손바닥에 쓴 글씨」보다 광주의 작가 장문식이 쓴 『명순이』(예림당, 1999)가 아동문학으로서 훨씬 육화된 까닭도, 작가의 내면화된 고민이 배어 있기 때문이다. 그런 면에서, 자기 삶의 토대와 유리된 '현실주의 이념'의 유행적 추수는 경계되어야 한다.

끝으로, 외부 '세계'와 개인의 '자아'는 동일한 크기와 무게라는 점을 강조하고 싶다. 어린이들에게 '세계'를 올바로 인식하게 하는 일도 중요하지만, '자아'가 형성되는 시기의 어린이 내면을 북돋우고 강건하게 하고 자유롭게 하는 일도 그 이상으로 중요하다.

그런데 이 시대는 어린이를 끊임없이 현실의 빛 아래로 끌고 나오려 시도하고 있고, 자신의 내부에 머물며 꿈꾸고 쉬고 몽상할 틈을 주지 않는다.

아동 서사문학에도 '현실'이 과도하게 넘치고 있다는 점에서, 진정한 현실주의 아동소설의 탄생에도 목마르지만, 진정한 동화를 어린이에게 되찾아 주는 것이야말로 더욱 긴요하고 시급한 일이라는 생각이 든다.

(『창비어린이』, 2004. 여름호)

미하엘 엔데, 『끝없는 이야기』의 분석

'어린 왕녀' 와 '무(無)'의 의미

신화의 관점으로 본 '어린 왕녀'와 '무(無)'

『끝없는 이야기』는 문학이자 신화이다.

여기서 신화란 역사적인 한 시기에 관한 신성한 이야기라는 일반적인 의미를 넘어 ① 원형적 인물, 이미지, 상징, 장면 구성의 영원하고 반복적인 표현으로 역사적 시간 차원의 밖에 하나의 연속체로 존재하는 이야기며 ② 세계 '체험'의 방법이자 개인과 우주를 통합시키는 힘으로서 일정한 '구조'를 뜻한다.

태곳적부터 현대까지 시공을 초월하여 반복되어 온 신화소인 통과의례와 영웅 모험담, 죽음과 재생 모티프, 창세 신화 모티프 등이 『끝없는 이야기』 속에 복합적으로 나타난다. 어린 왕녀와 무의 관계는 창세 신화를 원(原) 신화로 하는 변형된 신화 구조이다. 〈창세기〉에서 신의 말씀에 의해 세상이 새롭게 열리고 없음의 상태에서 있음의 상태로, 혼돈에서 질서로 이행되듯이 현실계의 소년 바스티안의 '말'에 의해 환상계의 혼돈이 끝나고 무를 극복하며 새로운 창조가 이루어진다.

세계의 신화 속에서 우주적 시간은 시작과 끝이 있으며 이것이 주기적으로 반복되는 양상을 보인다. 그렇다면 미하엘 엔데가 새삼스럽게 이러한 신화적 모티프를 문학에 차용한 까닭은 무엇인가? 그 점을 밝히는 일은 이 작품의 의의를 찾는 일이 될 것이다.

먼저 어린 왕녀와 무의 대극적 성격을 주목할 필요가 있다.

〈어린 왕녀〉		〈무〉
삶	◀──▶	죽음
근원	◀──▶	종말
있음	◀──▶	없음
선	◀──▶	악
참	◀──▶	거짓

둘은 서로 대립관계지만 실은 보완관계이다. 하나의 축은 맞은편의 대립항을 통해서만 존재를 드러낼 수 있다. 죽음이 있기에 삶이 가능하고, 있음은 없음에 비추어 성립된다.

즉 환상계의 지배자인 어린 왕녀와 환상계를 삼키는 무는 동전의 양면 같은 존재로 분리 불가분한 핵을 형성하고 있다. 무는 어린 왕녀를 병들게 하고 환상계를 없애 버리는 공포스러운 현상이지만, 싱싱한 새 우주의 탄생을 촉발시키는 결정적 동인(動因)이다.

그런데 이러한 대극적 성격이 인간 삶의 기본 구도를 이루고 있음을 주목할 필요가 있다. 하늘/땅, 탄생/죽음, 밤/낮, 안/밖 등등.

최초의 시공간, 즉 신의 질서 속에서는 이원적 대립이 없었다. 아담과 이브가 신의 말씀을 어기고 선악과를 먹는 순간 남/녀의 분별이 있고 삶/죽음이 분리된다. 그리스 신화에서도 대지의 여신 가이아와 천공의 신 우라노스가 굳게 결합되어 있었는데, 크로노스가 청동 낫으로 우라노스의 성기를 잘라냄으로써 땅과 하늘이 분리된다. 중국의 반고 신화 역시 도끼로 혼돈을 내리쳐 하늘/땅을 분리하는 데서 출발한다.

다시 말해 이원적 대립은 신의 품을 벗어난 인간 세상의 질서를 의미한다. 어린 왕녀와 무의 관계 역시 환상계라는 신화적 시공간을 배경으로 삼고 있으나 실상은 현세적 인간의 삶을 표상하고 있는 것이다.

어린 왕녀와 무는 다의적인 상징이라 그 성격을 명료하게 밝힐 수는 없지만, 일차적인 경험 차원을 바탕으로 이차적 의미를 다양하게 찾아봄으로써 기본 성격을 전체적으로 살펴본다. 그런 다음 이러한 두 축이 작품 구조 속에서 어떤 의미를 지니는지 알아볼 것이다.

'어린 왕녀'의 성격

어린 왕녀라는 단어는 아이, 왕, 여성의 세 가지 정보를 제공한다. 그리고 그녀가 직선적 시간관에 구애받지 않는 존재이자 환상계의 생명의 근원이라는 점에서 신(神)적 존재임을 또한 알 수 있다.

아이는 상징적으로 미래를 뜻하며, 동시에 '노인이 새로운 단순성을 획득하게 되는 생의 단계'를 뜻하기도 한다. 이로부터 '신비한 중심'과 '다시 깨어나는 젊은 힘'이라는 의미가 나타난다.[1] 이러한 상징은 작품 내 왕녀의 성격 및 역할과 명쾌하게 부합된다.

시공을 초월하여 반복되어 온 여러 신화소가 복합적으로 나타나고 있는
미하엘 엔데의 『끝없는 이야기』.

끊임없이 순환 반복되는 우주적 시간 가운데서, 어린 왕녀는 해묵은 집단과 사회를 정화하고 새로이 신성성을 회복하는 '천지창조의 원형적 정신'을 의미한다. 초월적 시공간에 내재된 하나의 우주적 상태로서, 우주의 일부인 우리 속에 내재된 상태이기도 하다.

왕은 초자연적인 능력을 소유하며, 지배 원리나 통치 원리, 탁월한 의식, 명백한 판단, 자기 통제의 미덕 등을 상징한다. 왕은 그 종족 가운데 가장 뛰어난 자를 대표하며, 신(神)과는 다르게 '인간으로서의 웅대함'을 상징할 수 있으므로 바람직하지 않거나 고통스러운 환경에 일정 기간 종속될 수 있다.[2]

즉 왕은 신으로부터 받은 빛과 인간적 육체의 그림자를 함께 가진다. 어린 왕녀의 병은 신성(神性)이 아닌 인성(人性)의 차원을 의미하며, 이러한 불완전성이 바스티안과 독자의 사랑을 그녀에게로 향

---

1) 이승훈 편저, 『문학상징사전』, 고려원, 1995, 354쪽.
2) 위의 책, 383쪽.

하게 한다. 예수 그리스도가 인간으로서 고통을 겪고 죽음에 이르렀기에 사람들이 그를 사랑하듯이, 스스로 완벽한 존재는 경외심과 두려움을 주지만 연민과 애정을 불러일으키지는 않는다.

고대인들은 왕이나 사제의 건강 상태는 사회의 안녕이나 풍요와 직결된다고 믿었으며, 노쇠와 질병의 징후를 보이는 왕을 살해함으로써 재생과 풍요를 기원하였다. 이러한 제의는 나중에 '희생양'을 바치는 것으로 바뀌었지만, 낡고 노쇠한 상태를 죽임으로써 신성한 우주적 창조와 재생의 시간을 회복하고자 하는 죽음과 재생의 모티프는 각 시대 문학에 끊임없이 변형된 모습으로 나타난다. 『끝없는 이야기』에서 죽음과 재생은 '이름'으로 상징되어 이루어진다. 어린 왕녀라는 낡은 이름을 죽이고, '어린 달님'이라는 새 이름을 얻음으로써 환상계는 원초적 생명력을 회복하게 된다.

고대인들은 이름과 사물이 동일하다는 믿음을 가졌다. '부분은 전체를 나타낼 수 있다'는 '파르스 프로 토토(pars pro toto) 사고'를 예로 들면 이름, 머리털 한줌, 그림자는 그 사람을 나타낼 수 있다고 여겨졌다. 이집트 중왕국의 왕들은 팔레스타인, 리비아, 누비아 등의 적대 부족의 명칭이나 그 지배자 또는 반항적 이집트인들의 이름을 새겨 놓은 도자기 그릇을 가지고 있다가, 제의를 치르면서 엄숙하게 박살을 냈다. 이집트인들은 적의 이름이 새겨진 그릇을 깨는 행위가 적들에게 실제로 해를 입힌다고 생각했던 것이다.[3]

『끝없는 이야기』에서는 어린 왕녀의 이름은 주인공의 성격과 운명을 상징하는 데 그치지 않고, 무의 의미와 긴밀하게 맞물려 작품 구조를 형성하고 있다. 이 점은 무를 논의할 때 자세히 살펴보게 될 것

---

3) H. 프랑크포르트 외, 이성기 옮김, 『고대 인간의 지적 모험』, 대원사, 1996, 22쪽.

이다.

이번에 '여성'과 '여신'의 상징성을 함께 살펴보자.

인류학적 관점에서 여자는 자연이 보여주는 수동성과 생성의 원리에 상응한다. 상징적으로 여성은 부정적 이미지와 긍정적 이미지를 함께 가지는데, 어린 왕녀는 긍정적 이미지만을 보여준다. 표면적으로 나타나는 '신비한 소녀'의 이미지는, 융의 심리학에서 '애인, 혹은 아니마'로 인식된다. 이때는 여성성의 불길하고 어두운 측면이 배제되고, 가장 순수하고 숭고한 인간의 특성을 반영하기 때문에 남성보다 탁월한 존재가 된다.

'여자'를 인도어로 '마야―샤크티―데비'라고 하는데, 그 뜻은 '생명을 주신 여신이자 형상을 주신 어머니'라는 뜻이다.[4] 이처럼 여성은 대지처럼 출산하고 먹여 기르는 힘이 있다는 점에서 대지의 여신이 지닌 힘과 동일시된다. 어린 왕녀 역시 환상계 피조물의 생명의 근원으로 존재의 어머니이자, 그녀 자체가 곧 우주이다. 모든 것을 차별 없이 인정하는 그녀의 특성은 자녀의 외모나 성격에 관계없이 골고루 사랑하는 어머니를 연상시키며, 왕녀 없이는 환상계가 존속할 수 없다는 점에서 그녀 자신이 곧 우주임을 알 수 있는 것이다. 가이아가 그렇듯, 창조신일 때 여신의 몸은 곧 우주와 동일시된다. 다시 말해 어린 왕녀는 변형된 창조 여신의 성격을 보여준다.

이원론적인 분별이 어린 왕녀에게는 전혀 문제가 되지 않는다는 점에서 왕녀의 신(神)으로서의 성격은 보다 분명해진다. 신화적 시공간에서 선/악은 똑같은 가치를 지닌다. 선과 악은 속세의 착각일 뿐 신에게는 아무 차이도 없다고 헤라클리토스는 말한다. '신에게는

---

4) 조셉 캠벨·빌 모이어서, 이윤기 옮김, 『신화의 힘』, 고려원, 341쪽.

모든 것이 선하고, 옳고, 의로우나 인간에게는 어떤 것은 옳아 보이고 어떤 것은 옳아 보이지 않는다.' 인간은 시간의 장, 결정의 장에 살고 있는 존재이므로 상황에 따라 판단하기 때문이다. 캠벨은 우리 누구나 사악한 일에 참여한다고 말한다. 우리가 잘 한다고 하는 일이 어느 누구에게는 사악한 일이 되는 것이 이 세상 피조물이 피할 수 없는 아이러니라는 것이다. 그러나 어린 왕녀는 이러한 인간적 분별에서 자유롭다.

서로 꼬리를 물고 타원형을 이룬 두 마리의 뱀으로 만들어진 황금 목걸이 '아우린' 역시 복합적인 상징물이다. 이것은 왕녀를 함축하는 물건이기에 환상계에서 함부로 그 이름을 입에 올리지 않으며 흔히 '광채'로 말해진다. 광채 곧 빛은 중심으로부터 퍼져 나오는 것이며, 중심에는 신이 있다. '원'은 전세계 신화에서 발견되는 인류의 가장 원초적 이미지이자 우주 질서를 나타내는 신비로운 기호로서 시간과 공간의 장에서 완결된 완전성을 상징한다. 심리학적으로 빛을 받는다는 것은 빛의 근원을 자각한다는 것과 정신적 힘을 자각함을 뜻하기도 한다.

상징은 인간 경험의 독특한 일면을 나타내며, 그것과 관련된 다양한 경험적 측면을 하나의 설명으로 나타낸다. 그 속에는 인간의 집단의식이 문화적 유산으로 담겨 있으며, 언어의 차원 너머 인간적 실존이 본질적 부분을 이루고 있다. 문학과 종교의 영역에서 쓰이는 상징은 '경험'의 영역과 직결되어 있는 것이다.

주지하다시피, 언어는 대상에 이르지 못한다. 언어는 주체와 사물 사이에서 본질을 환기시키는 역할을 하지만 지극히 불완전하고 단편적인 진실밖에 드러내지 못한다. 특히 일의적, 고정적 의미를 지닌 일상어와 논리적, 합리적 과학적인 언어는 언어 자체의 논리에 언제나 종속되므로 비가시적 진실의 세계에 이르지 못한다. 그러나 문학과 종교의 비유적·상징적 언어는 고정적 기호 너머 소여성을 통해 비가시적 진실을 일정하게 드러낼 수 있다.

어린 왕녀 역시 복합적인 상징성을 함축한 인물이다. 그녀는 작가가 임의적으로 창조한 인물과 이름이 아니라, 작품 구조가 요구하는 바로 그 인물과 그에 알맞은 이름이다. 작가가 자신의 모든 능력—통찰력, 지력, 감수성 등을 총동원하여 선택한 상징들은, 인간 경험의 본질에 맞닿는 기의를 무한히 풍요롭게 생성한다. 여기서 일상어나 과학적 언어와는 다른 문학의 힘이 발생한다.

어린 왕녀는 표면적으로 책 속의 가상공간인 '환상계'의 주인이지만, 그녀의 진정한 역할과 기능은 우리 실존의 차원에서 찾아야 한다. 상징의 특성인 불확실성과 다의성, 소여성 등으로 인해 해석의 가능성은 다양하게 열려 있지만, 그녀가 우주와 그 일부인 우리 영혼의 생명력을 은유함은 분명하다.

마르지 않는 생명의 근원인 타이마트 여신처럼, 그녀는 그저 차별없이 뭐든지 존재시키고 생성시키는 일에만 마음을 쓴다. 베어내도 계속 자라 오르는 풀의 생명점처럼, 목숨의 궁극적 근원이자 중심이 그녀 자체이다.

인간의 영혼은 물리적 시간에 종속되지 않는다. 『끝없는 이야기』는 인간이 자연 연령에 상관없이 낡아진 자신의 죽음을 딛고 거듭 원초적 시공간으로 회귀해야 함을 속삭인다. 우리가 거듭 회복하고 지켜야 할 '원시(始原)의 상태'가 어린 왕녀의 이미지로 드러난 것이다.

'무(無)'의 의미

조화와 질서를 위협하는 존재로서의 '악'은 시공을 초월하여 문학 속에 존재해 왔다. 무 역시 악의 이미지가 현대적으로 변용된 것이다. 무화 현상 속에서 모든 것은 고유의 빛깔과 주체성을 상실하게 된다. 선에 대립되는 역할로서 악의 개념은 창조를 위한 긴장으로 작용하지만, 무는 선과 악을 구별하지 않고 모두 삼켜 버린다. 재생을 전제로 한 죽음이 아니라 우주적 질서의 순환고리를 끊어 버리는 현상이라는 점에서 무는 제의적 죽음이 갖는 신성성이 없다. 이는 생명원리 자체를 부정하는 대단히 위협적인 상징이라 하겠다.

어린 왕녀의 환상계와 무는 차별이 없다는 점에서 똑같지만, 생명의 기운이 있고 없다는 점에서 다르다. 환상계는 차이를 인정하는 포괄의 원리이고, 무는 차이를 배제하는 동일화의 원리인 것이다. 차이를 배제한다는 것은 고유한 생명력을 제거하는 일이며, 개별 정신과 정서와 경험을 몰수하는 일이다.

무화 현상의 원인은 현실계에서 시작된다. 환상을 믿지 않고 두려워하는 존재들에 의해 환상계의 무화 작업이 시도되는데, 일단 무에 빠지게 된 환상계의 존재는 고유한 생명력을 상실하고 왜곡된 모습으로 현실계의 '거짓말'로 화한다.

여기서 언어가 주요한 문제가 되고 있음을 볼 수 있다. 환상계와 현실계 양쪽이 모두 말로 해서 병이 들고, 말을 통해 치유가 가능한 것으로 드러난다.

언어에 대한 인간의 맨 처음 태도는 기호와 대상이 동일하다는 신뢰였다. 말을 한다는 것은 말하는 대상을 재창조하는 것이었다. 마법적인 말들을 정확히 발음하는 것은 말의 효용성을 위한 첫 번째 조건

들 중의 하나였다.[5]

또 최초의 말들인 '이야기'는 한가로운 시간에 삶의 틈을 메꾸는 것이었다. 실질적 관심이나 이해에 근거한 그 이야기들은 진실된 것이었고, 주체적으로 마음을 열고 대화를 나누는 가운데 객관적 시간의 흐름을 잊어버리고 일상세계와 다른 세계에 머무는 체험이 가능했다. 아마도 이때 환상계와 현실계는 다함께 풍요로웠을 것이다.

그러나 시간이 흐르면서 본질과 말 사이에는 깊은 틈이 생겼다. 말이 오염되고 부패되면서 환상계는 병이 들게 된다. 환상계야말로 순수하게 언어에 의지하는 세계이기 때문이다.

언어는 단지 무엇을 가리키는 지시적 기능이나 고정적인 의미만 전달하는 도구가 아니라, 스스로 창조력을 지닌 에너지이다. 인간은 언어를 부린다고 생각하지만, 실은 언어에 지배당하며 산다. 언어를 통해 이 세상을 이해하기 시작하고, 감성적 지각과 감정적 표현과 정서적 느낌과 이성적 사유를 인도당한다.

현실에는 창조 이전의 카오스 상태 같은 많은 움직임들이 있지만, 언어로 말해지지 않은 것은 존재가 되지 못한 채 사라지고 만다. 언어로 명명하는 순간 그것은 고정된 실체가 되어 비로소 존재한다. 한번 말해진 것은 진실 여부에 상관없이 고정성을 갖게 되고, 취소를 한다고 해도 처음 했던 말은 이미 말해진 것으로 어딘가에 남아 있게 된다.

진실하지 못한 말, 큰소리, 빈 말, 굳은 말 등등 본질과 어긋나는 말들이 난무할수록 현실계엔 불신이 심화되고 인간성이 황폐화된다. 본질적 경험과 연계된 언어들, 생기 있고 정감 있고 상상적인 언어들은 힘을 잃는다. 그리하여 사람들은 환상계를 방문하여 우주와 개인

---

5) 옥타비오 파스, 김홍근·김은중 옮김, 『활과 리라』, 솔출판사, 1998, 36쪽.

이 일치하는 체험을 통해 삶을 새롭게 느끼게 되는 바람직한 경험 대신, 이상한 공상과 망상에 빠지는 현상이 도처에서 일어난다……. 바로 오늘날의 현실을 그대로 말해 주고 있는 것이 아닌가?

어린 왕녀에게 새 이름을 부여한다는 것은, 곧 하나의 새 우주를 '창조'하는 일이 된다. 아무 이름이나 지어 주면 되는 것이 아니라 대상에 '들어맞는' 바로 그 이름을 지어 주는 일은 바로 혼돈을 깨고 원초적 시공간을 여는 일이 된다.

언어는 임의적으로 무에서 유를 창조하는 것이 아니고, 일정한 조건들을 채워야 그 창조적인 기능을 발휘한다. '빈' 말이어서는 안 되고 '채워진 말', '들어맞는 말'이어야 한다. 그 들어맞춤을 통해서 현실을 일정한 각도에서 일정하게 드러나게 할 수 있다. 이것을 말과 사실의 맞울림이라 할 수 있다.[6] 어린 왕녀는 낡고 때묻은 이름 대신 자신에게 '들어맞는' 바로 그 이름을 찾음으로써 본래적 정체성을 회복할 수 있었던 것이다.

무는 생명의 개별성과 타인의 고유성을 무화시키는 모든 힘을 의미한다. 각각의 생명이 뿜어내는 섬세한 빛깔의 차이를 무시하고 자신의 색깔로 획일적으로 물들이며, 스스로의 증식밖에 꾀할 줄 모르는 불임의 세력을 뜻한다.

이러한 무는 외부의 강압된 체계나 힘일 수도 있고, 우리 내부에서 스스로의 생명력을 부정하는 힘일 수도 있다. 전쟁이나 테러처럼 타자의 생명을 죽음으로 몰아가는 행위일 수도 있고, 다양한 생의 충동과 섬세한 삶의 정서들을 억누르는 회의와 비관주의, 염세주의 같은 부정적 감정일 수도 있다.

---

6) 이규호, 『말의 힘』, 제일출판사, 1980, 116쪽.

어린 왕녀와 무는 삶의 욕망인 에로스와 죽음에의 충동인 타나토스의 또 다른 이름이기도 하며, 그 둘은 똑같이 사람을 끌어당기는 강한 자력을 가졌음을 우리는 알고 있다.

미하엘 엔데는 반복되는 구조인 신화소를 차용하여, 구조는 결코 형식적 반복이 아니라 그 자체로 전부인 '생의 내용'임을 말하고 있다. 비슷한 구조 속에서 비슷한 일이 일어난다고 해도 그것은 '똑같은' 것이 아니며, 생의 빛깔과 다양한 움직임과 미세한 차이를 스스로 '창조'하고 '체험'할 일임을 속삭인다.

타자와 나의 생명을 위협하는 무가 외부에만 있는 것이 아니라 실은 우리 내부와 언어 속에 있다는 것을 미하엘 엔데는 알고 있었고, 그가 할 수 있는 방식으로 신화적 싸움에 참여를 하였던 것이다.

(『아침햇살』, 2001. 가을호)

동심이 세상을 구원한다

정채봉론

1. 동화다운 동화의 한 정점

정채봉은 1980~90년대 가장 동화다운 동화를 쓴 작가로, 『오세암』을 비롯한 그의 작품은 한국 아동문학의 한 정점을 이룬다.

동화다운 동화란 무엇을 말함인가. 첫째 어린이가 읽고 즐기며 자신의 이야기로 받아들임을 뜻하고, 둘째 소설과 다른 동화 장르 고유의 속성이 풍부함을 뜻하며, 셋째 문학작품으로서 높은 미학적 수준을 갖추었음을 말한다.

첫 번째는 독자 대상의 측면이다.

어린이는 정서나 관심사, 이해력과 사회성 발달 등 모든 면에서 어른과 차이가 있다. 그러므로 그들 문학은 어른들의 것과 다를 수밖에 없는데, 정채봉의 동화는 어린이가 읽기에 매우 적절한 양식과 내용으로 이루어져 있다. 세상과 사물을 생전 처음인 듯 새롭게 보고 작은 것에 감동하는 눈길과 마음결이 그러하고, 단순 소박하고 리듬감 넘치는 쉬운 문장이 그러하며, 자아 정체성 형성기의 어린이에게 자신과 세상에 대한 믿음을 갖게 하고 정신성을 고양시키는 내용이 그러하다.

두 번째는 장르적 성격과 기능의 측면이다.

일반 독자 대중은 어린이를 위한 창작 이야기 전체를 '동화'라 부르지만, 아동소설과 동화는 그 성격과 기능에 명백한 차이가 있다. 근대에 탄생된 문학 양식인 소설과 고대의 세계관을 이어받은 동화는 여러 면에서 같고 다르지만, 소설이 자아와 세계(사회)의 관계를 사실적, 현실적으로 드러내고자 하는 데 비해 동화는 자아의 내적 세계의 발달, 궁극적으로는 인간의 자기 실현에 주된 관심을 기울임을 주목할 필요가 있다. 자기 실현은 다른 말로 개성화(Individuation)라고도 하는데, 이는 그 사람 자신이 된다는 뜻이다.[1]

사람들은 대부분 사회적 현실만을 중요하게 여기지만, 진정한 객관 정신을 획득하기 위해서는 진정한 자기 자신이 되어야만 한다.[2] 자아는 내적 세계와 외적 세계를 끊임없이 마주하고 대결하며, 성찰과 극복의 여정을 지속적으로 감내해야 하는 것이다. 그런데 내부의

---

[1] 이부영, 『분석심리학—C.G. Jung의 인간심성론』, 일조각, 2002, 119~125쪽. "자기 실현이 되면 될수록 그는 지극히 평범한 사람의 모습을 갖출 것이다. 그렇다고 반드시 원만하고 선하다고 사람들로부터 칭찬받는 존재가 되는 것은 아니다. 그가 속하고 있는 사회의 윤리관에 비추어 때로 이기적이라는 평을 받고, 때로 냉정하다는 평을 받고, 때로 일관성이 없다고 비난받을지도 모른다. 다만 그의 머리에는 집단적 투사에 의하여 생기는 명성이라는 후광이 없고, 구태여 스스로 그 후광을 만들고자 하지도 않는다. 그러나 만일에 누가 그것을 만들어 씌워 주면 구태여 거부하지도 않는다. 그것이 인생에서 대수로운 것이 아니기 때문이다. 그는 평범하나 분수를 아는 사람이다. 그는 그가 하여야 할 바를 마음속에 물으며, 그것이 그가 가야 할 길이면 그렇게 간다."

[2] 이부영, 위의 책, 같은 면. "사람이 자기 성찰과 거기 맞는 행동을 통해서 자기를 의식하게 되면 될수록 집단적 무의식에 중첩된 개인적 무의식의 층은 사라진다. 그리하여 하나의 의식이 생기게 되는데, 그 의식은 작은 개인적이며 예민한 자아세계(Ich-Welt)에 갇혀 있지 않고 보다 넓은 세계, 객체(Objekt)에 참여하고 있는 의식이다."

생명력을 돌아봄 없이 외부 현실만을 바라보고 지향하게 되면 자기 소모와 이로 인한 상실이 필연적으로 뒤따르게 된다.

내면의 발달을 돕고 정신의 빛과 현실적 지혜를 주는 것이야말로 동화 장르의 중요한 기능이자 힘이라는 점에서 삶에 대한 통찰과 끊임없는 성찰, 그리고 생명과 진실에 대한 지극한 옹호의 태도가 담겨 있는 정채봉의 작품은 그야말로 '동화답다'.

세 번째는 문학으로서 미학적 성취의 측면이다.

형상 자체가 곧 내용을 포함하고 있으며, 영혼의 질이나 작가적 기량 역시 형상을 통해 차이를 드러낼 수밖에 없다. 정채봉 동화의 함축적이고 아름다운 문장은 정평이 나 있으므로 새삼 강조할 필요가 없지만, 한 단어 한 문장을 적당히 쓰지 않고 꼭 필요한 바로 그 자리에 알맞은 그 단어를 골라 쓰고자 애쓴 작가의 태도를 눈여겨 볼 일이다. 정채봉 동화의 정제된 문장은 일류 요리사가 정성을 다해 만든 음식과도 같이 어린이가 생애 초반에 처음 접하는 문학을 모든 면에서 정수(精髓)로 빚어 대접하고자 하는 마음과 자세에서 나온 것으로, 어린이에 대한 사랑과 존중, 장인적 성실성과 동화작가로서의 긍지 등이 함께 버무려진 결과인 것이다. 내용이 결여된 장식에의 집착은 한낱 미망의 증거일 것이나, 정성과 진실로 한 올 한 올 짠 영혼의 풍경조차 형식주의로 폄하하는 일은 없어야 할 것이다.

2. 보편적 가치의 추구

정채봉 동화의 주인공은 한결같이 작고 힘없는 존재로 자신의 참다운 쓰임새를 찾고 가치를 인정받고자 하는 욕구를 가지고 있으며,

그 소망의 간절함으로 마침내 꿈을 이루게 된다는 일정한 유형을 보인다. 이는 인간의 보편적 존재방식을 드러낸 것이다.

미성숙한 주체는 타자(他者)와 외부 세계를 객관적으로 판단하는 것이 아니라, 자기의 내면을 대상에 투사하여 바라본다. 어린아이가 거울에 비친 자기 모습을 보듯이 '상상적 단계'에 머물러 있는 주체는 대상에 비친 자기의 심상을 실재로 믿고 끊임없는 반사놀이를 한다. 상상계에는 '바라보는' 자아만 있을 뿐 자신도 '바라보여지는' 타자라는 자각이 없다. 대상과의 불연속성으로 인해 주체는 항상적 결핍을 느끼며 가슴의 구멍을 메워 줄 무언가를 욕망하지만, 욕망의 대상이 늘 새롭게 바뀔 뿐 구멍은 결코 메워지지 않는다.[3]

정채봉 동화의 주인공의 초기 모습은 대체로 상상적 단계에 머물러 있다. 존재 자체로 충만한 것이 아니라, 자신이 누구인지 깨닫지 못하는 상태에서 결핍을 느끼며 그 무언가를 바라고 기다린다. 그런데 깨닫지 못한 어른들은 망심이 깊어 돈과 권력 등 형이하학적인 욕망으로 결핍을 메우려 하지만, 정채봉 동화의 주인공들은 그 표현의 단순 소박함에도 불구하고 내용적으로 형이상학적 비상을 욕구하는 차이를 보인다.

잡초이면서 '진정한 아름다움'을 갖고자 하는 제비꽃이 그렇고(「제비꽃」), '진짜 마음'을 가지고 싶어하는 허수아비와(「어린새」) 영원히 빛나는 보석을 가슴에 키우고 싶어하는 백합조개(「진주」), 마음을 갖기에 따라 언젠가 '거룩하게' 될 때를 믿고 기다리는 가시나무(「별이 된 가시나무」) 등, 정채봉은 보편적 가치에 대한 뚜렷한 지향을 보여준다.

---

3) 라캉은 상상계에 머물러 있는 미숙한 주체는 상징계를 통과함으로써만 성숙을 이룰 수 있다고 말한다. 상징계는 자신과 타자의 '차이'를 깨닫고 수용하는 단계이다. 타자의 눈에 비친 자신의 모습을 인정하고, 타자와의 동일시를 통해 자기 인격의 일부로 내면화하는 운동의 과정을 통해 변증법적 성숙을 한 단계씩 이루어 갈 수 있는 것이다.

정채봉의 대표 동화들.
『물에서 나온 새』(샘터, 2006),
『오세암』(창작사, 1986),
『초승달과 밤배』(한국문학사, 1987).

　흔히 '보편성 추구＝현실 외면'의 도식으로 받아들이기도 하지만 이는 단견이라 하겠다. 보편성은 존재와 당위의 거리를 최소화하여 보여주는 것으로, 살아 있는 것의 생물학적 조건에 동일하게 적용된다. 개별성은 보편성에 당연히 포함되며 따라서 보편성은 현실과 동떨어진 무엇이 아니라 일상에 항상 현전된다. 뛰어난 동화에 담긴 보편적 진실 역시 현실과 무관한 관념의 무늬가 아니라, 인간의 현존재

와 교감하는 영혼의 에너지인 것이다.[4]

정채봉의 모든 동화가 보편성을 획득했다고 말할 수도 없지만, 보편적 진리를 추구하는 성향 자체를 어린이의 것이 아니라고 함부로 단언해서는 안 된다.[5] 일상을 사실적으로 그리는 것은 누구나 할 수 있지만(물론 질적 차이는 있겠으나), 현상 너머 전체를 통찰하고 핵심을 단순 명료하게 상징화시키는 능력은 아무나 가질 수 있는 것이 아니다. 그런 점에서 정채봉은 체질적으로 '동화작가답다'.

3. 의미의 의미

정채봉 동화에는 '의미'를 찾는 물음과 대답이 가득 담겨 있다. 내 존재의 의미는 무엇이고 삶의 의미는 무엇인지, 고통에는 어떤 의미가 있으며, 어떤 삶이 진정 의미 있는 삶인지…….

사실 의미는 고정된 그 무엇이 아니다. 라캉에 따르면 인간은 기표의 세계에서 끊임없이 미끄럼을 타는 존재인데, 문득 소급하여 의미 작용의 고리에 매듭을 매김질할 때 의미가 생산된다는 것이다.[6] 즉 의미는 지나간 것을 되돌아보는 어느 구간에서 임의로 생성되는 불안정한 무엇일 뿐인 반면, 인간은 의미 없이는 단 하루도 살아갈 수

---

4) 동서양의 고전적 설화들, 그리고 생텍쥐페리의 『어린왕자』와 같은 동화들이 시공간을 초월하여 읽히는 이유는 독자의 내면에 항상 현재형의 울림과 느낌을 주기 때문이다.
5) 최윤정, '어른들의 수채화, 아이들의 크레파스화', 『책 밖의 어른 책 속의 아이』, 문학과지성사, 1997, 45~55쪽
   '아이들' 한 명 한 명이 결코 '하나의 전체'로 취급될 수 없는 고유한 개별적 주체이듯, 그 '아이들을 위하는'(55쪽) 문학 역시 그처럼 다양하고 섬세한 양상으로 존재함이 당연하다. 누구라 할 것 없이, 타인이 앞서 행한 노력과 성과는 알려고 하지 않고 깊이 있는 연구도 하지 않으면서 함부로 평가부터 하고 비판이나 일삼는 태도는 극히 경계해야만 할 것이다.
6) 김경용, 『기호학이란 무엇인가』, 민음사, 1994, 28쪽.
   라캉은 인간을 자아와 의미의 변증법적 관계 속에서 살아가는 존재로 본다.

가 없다. 날마다 자기에게 뭔가 의미가 되는 일을 하며, 어떤 면에서 건 의미 있는 사람들과 관계를 맺고, 더 큰 의미를 주는 방향으로 끊임없이 움직이고 나아간다. 인간에게 의미는 곧 존재의 이유이자 생의 동인(動因)으로, 풍부한 의미의 생성은 곧 존재에 대한 확신을 그만큼 강하게 표명하는 일이 된다.

그렇다면 정채봉 동화에는 왜 그렇게 많은 의미가 추구되고 있을까. 그 원인을 개인적 환경과 시대적 환경에서 함께 찾아볼 수 있다. 개인적으로 작가는 세 살 때 어머니를 여의고 아버지도 일본으로 떠나는 바람에 할머니 슬하에서 자랐고, 학비가 없어 농고로 학교를 옮겨야 했을 정도의 가난도 체험했다. 생에 존재하는 근원적 고통들을 유년기에 뿌리까지 마주 해야만 했기에, 작가는 자기 존재와 삶의 의미를 일찍부터 묻지 않을 수 없었을 것이다.

그러나 개별 환경만으로 주체의 변이 요소를 설명할 수는 없다. 한 개인은 개별 생명이면서 전체의 일부여서, 동시대의 전체 정신을 호흡한다. 시대적 환경에 따라 사회적 공기도 맑고 탁함의 극심한 차이가 있으며, 정신이 민감한 소수의 개인은 시대의 불온한 공기에 더욱 예민하게 반응한다. 잠수함의 공기가 희박해지면 가장 먼저 호흡 곤란을 일으켜 죽음에 이르는 토끼처럼, 민감한 소수—특히 예술가—는 의식적이든 무의식적이든 철저한 개별성을 통해 당대의 전체 정신을 표현하게 되는 것이다.

그런 점에서 정채봉 동화의 '의미 추구'는 한국의 역사 현실이 강요한 지극히 '한국적인 현상'이자, 동시대 전체 정신의 표현이자 응답(특히 어린이에 대한)이라 생각된다. 제한된 매수에 충분한 논의는 할 수가 없지만, 작가의 생애와 시대적 배경, 그리고 작품과의 관련성을 살펴보면 이러한 유추가 가능하다.

정채봉은 1946년 전남 승주에서 태어나 순천에서 자랐다. 1973년에 《동아일보》 신춘문예에 동화가 당선되었고, 1983년에 첫 창작집을 펴냈다. 그런데 한반도 역사상 이 시기처럼 피 냄새와 죽음의 냄새로 가득한 때가 일찍이 없었다. 1945년 일제 강점기에서 해방의 기쁨도 잠시, 좌우 이데올로기의 극심한 대립과 제주 4·3사건, 여순 사건, 국민 방위군 사건 등등으로 1940년대 후반에 이미 십 수만 명이 넘는 국민이 죽음을 당하였고, 이어서 1950년에는 한국전쟁에서 희생된 수백만의 피로 온 국토가 물들었다. 전쟁은 끝났으나 남은 국민들 사이에서 생존을 위한 전투가 지속되었고, 이승만 독재에 이어 박정희, 전두환 군사 독재 정권에서 다시 수많은 죄 없는 목숨이 죽어 갔다. 여수, 순천, 광주가 작가의 고향이거나 지척에 위치함도 상기할 필요가 있으리라.

대량적이고도 일상적으로 마주치는 죽음과 폭력, 이기적이고 무책임한 주체 정부 및 사회 지도층이 앞장서서 구조화시킨 인간에 대한 불신, 타자화(他者化)된 약자끼리 그악스럽게 치러야 하는 생존 전투……. 인간의 가치와 존엄성이 극도로 상실된 시대였기에, 존재의 가치를 확신하고 인간과 세상에 대한 믿음을 회복하는 일이 그 어느 때보다 절실히 필요했다.

인간은 특히 어린이는 자신과 세계에 대한 믿음을 바탕으로 자신 있게 앞으로 나아가고 힘차게 성장할 수 있다. 외국 동화들과 비교하여 한국 동화에 유난히 두드러지는 '의미에의 지향'은 내내 힘겨웠던 한국 역사 현실이 불러온 한국적 문화현상이자, 어린이 내면의 안심감의 욕구에 대한 응답이다.[7] 삶에 대해 '생각'하기보다 그 자체로

---

7) 시대정신은 역사적 사회적 환경에 따라 달라진다. 이 시대의 작가는 이 시대의 정신을 표현하여야지, 지난 시대의 양식을 모방해서는 안 될 것이다.

'살아 버리는' 삶이 되어야 할 터이나, 현실 토대가 워낙 불안하고 불안정하며 불신으로 가득하였기에 우리 환경에서는 개별 주체가 자기 삶에 의미를 부여하고 내면의 힘을 힘껏 기르는 일이 우선적으로 필요했다. 어른도 그러한데 하물며 자아정체성 형성기의 어린이 청소년이야 말해 무엇하랴.

4. '나─너(당신)'로 세계와 관계 맺기

흔히 아동문학의 환상을 '의인화'로 설명한다. 의인화는 사람이 아닌 사물을 사람에 견주어 나타내는 것으로, 그것은 하나의 편의적 기법일 뿐 세계관에 이르지 못한다. 『금수회의록』이나 『이솝 우화』의 예에서 볼 수 있듯 의인화는 주체의 '의도'를 전달하면서 현실적 비판과 논쟁을 피할 수 있는 효과적인 비유법이다. 그러나 비유법은 목적을 위한 수단일 뿐 그 이상도 그 이하도 아니다.

환상은 도구적 기법이 아니라 사고의 한 양상이자 세계관이다. 환상은 만물을 너(당신)로 만나는 충동이며, 만물과의 관계를 구하는 충동이다. 환상은 살아서 작용해 오는 마주 선 자와의 맞부딪침인 것이다.[8] 이에 비해 의인화란 관계 맺는 힘을 잃게 됨으로써 이루어진 빈곤한 '기능'일 뿐이다.

주체(나) 중심주의로 사물을 객체화시킬 때 대상은 '그것'이 된다. '나 그것'의 관계에서 타자화(他者化)된 '그것'은 효용성 여부에 따라 언제든 폐기당할 수 있다. 자본과 기술이 지배하는 사회일수록 사물

---

8) 마르틴 부버, 표재명 역, 『나와 너』, 문예출판사, 1990, 39쪽.

뿐 아니라 사람과 사람의 관계도 '나 그것'이 되어 간다. 이기적인 거대 주체, 예컨대 기업들은 객체들의 끝없는 경쟁을 유발시켜 효용가치를 최대한 끌어내고, 유용성이 떨어지면 곧바로 탈락시켜 새로운 객체를 투입한다. 기계의 부품을 교체하듯이. '나 그것'의 관계에서는 서로에게 스며들지 못하는 고립과 단절이 있을 뿐이다.

이에 비해 동심의 세계에서는 만물이 '나 너(당신)'의 관계로 만난다. '나 너(당신)'의 관계는 주체와 주체의 동등한 마주 섬이며, 이때 너와 나 사이(zwischen)에는 사랑이 있다.[9] 동심의 세계에는 위계와 서열이 없기에 사람뿐 아니라 생물이나 무생물도 동등한 주체가 된다. 나무나 바위, 깡통이나 휴지 조각조차도 고유한 주체로서 자기 삶의 자율성을 지니게 되는데, 이때의 물활론적 세계는 의인화가 아니라 자타불이(自他不二)의 경지이다. 만물이 자기 세계의 주인공이 되는 동화를 읽는 일은 일시적으로 타자의 입장에서 보는 '역할 바꾸기'의 표피적 차원이 아니라 '나는 너'[10]이고 '너는 나'임을 무의식 중에 체득하는 일이 된다.

정채봉의 동화에서도 사람과 동식물과 무생물이 고루 주인공으로 등장한다. 「왕릉과 풀씨」에서는 풀씨와 개미가, 「행복한 눈물」에서는 앵무새가, 「돌아오는 길」에서는 생수가, 「바다 종소리」에서는 종과 나무 물고기……. 작품 속 주체는 작가의 '의도'를 전달하는 수단에만 머무는 것이 아니라, 자율적 세계 안에서 고유한 생명력을 가진다.

---

9) 마르틴 부버, 위의 책, 22~23쪽.
　사랑 안에 있으며 사랑의 입장에서 보는 사람에게는 모든 사람들이 그들의 분주한 삶의 혼란에서 해방되어 선한 자나 악한 자, 슬기로운 자나 어리석은 자, 아름다운 자나 추한 자, 모두가 잇따라 산 현실로 나타나며, 그들 하나하나가 모두 자유로운 독자적인 존재로서 '너'가 되어 그 사람과 마주 서게 된다.
10) 정채봉, 『나는 너다』, 샘터, 1995.

작가의 동심적 세계관은 사람이 사물을 대하는 태도에서 가장 잘 드러난다. 「꽃 그늘 환한 물」의 주인공 스님은 눈 내린 겨울날 굶주린 산 속 동물들을 위해 숲에다 무를 뿌려 준다. 스님에게 동물은 '그것'이 아닌 '너(당신)'인 것이며, 일체의 다른 사물도 마찬가지이다. 겨우내 방으로 옮겨 놓았던 이끼 낀 돌멩이를 봄에 개울에 다시 옮겨다 놓으며, 스님은 돌멩이와 이끼에게도 '너(당신)'로서 진심어린 타이름을 주는 것이다.

자, 약속대로 자네들의 친구를 다시 데려왔네. 반갑겠지? 암, 그렇고 말고. 이제부터는 또 사이좋게들 지내게나. 그리고 능엄이, 자넨 다시 자신의 힘으로 살아가야 하네. 자기의 삶을 남에게 평생 의지해서 살면 뿌리가 썩어버리는 법이야. 아마 가뭄이 들거나 큰물이 질 때도 있을 테니 힘은 들겠지. 그러나 그런 어려움쯤은 견뎌내야 하네. 그래야 살아간다는 보람이 생기는 걸세. 자, 그럼 잘 있게. 궁금하고 보고 싶으면 간혹 올게."

—「꽃그늘 환한 물」 일부

문자의 세계로 진입하기 전, 유아는 세상 만물이 자기처럼 살아 있고 생각한다고 여긴다. 그래서 베개와도 이야기를 나누고 가방이나 신발에게도 말을 건다. 그들은 아직 논리 이전의 세계인 신화의 세계에 속해 있으며, 이원론적 분리를 모르기에 자타불이(自他不二)의 상태에 자연적으로 속해 있다. 만상이 동등하게 어우러지는 동화세계는 어린이의 사고 구조를 닮았고, 작가 정채봉의 마음 상태도 이에 보다 가깝다. 스스로 그렇게 되어 버리지 않고는 그 상태를 구현할 수가 없다.

5. 정신주의 지향과 종교적 색채

동심은 두 가지 관점으로 바라볼 수 있다.

첫 번째는 연령적으로 어린아이의 마음을 말하고, 두 번째는 육체적 연령과 관계없이 모든 사람의 마음속에 있는 청정한 본바탕을 말한다.

불교에서는 동심도 본각(本覺)이라 하였다.[11] 깨달음(覺)에는 본각과 시각(始覺)이 있는데, 본각이란 우리들이 본래 가지고 있는 각(覺) 그 자체이고, 시각이란 수행의 공덕으로서 수행의 결과 본각의 깨달음을 나타낼 수가 있다고 한다.

어린아이들의 마음이 더욱 순수하고 정직하기에 동심은 어린아이 마음으로 칭해지지만, 연령과 관계없이 끊임없는 성찰과 깨달음의 실천으로 되찾고 유지해야 할 여래장[12]을 염두에 두고 동심을 언급하는 경우가 더욱 많다.

정채봉 동화도 어린이의 현실적 삶에 관심을 기울인다기보다는 누구의 마음속에나 있는 본각으로서의 동심을 지향하는 성향이다. 지상의 것의 덧없음을 깊이 자각한 작가는 보편적 가치, 다시 말해 '변함 없고 영원한' 것을 일찍부터 지향하는 특색을 보인다. 그의 작품이 정신주의 경향을 보이고, 종교적 색채를 띠는 까닭은 여기에 있다.

같은 길을 가면서 어떤 사람은 길가에 죽어 있는 쥐를 보고 저것 보라고 동행자에게 굳이 알려 주는 반면, 어떤 사람은 쥐 죽은 풍경은 잠자코 혼자만 보고 지나치면서 길가에 피어 있는 작은 풀꽃은 동행자에게 함께 보자고 권한다.

---

11) 카마타 시게오 지음, 장휘옥 옮김, 『대승기신론 이야기』, 장승, 2000, 115쪽.
　　"엄한 수행의 결과 도달할 수 있는 깨달음의 경지가 본각이라면, 동심도 역시 본각인 것이다."
12) 여래를 내장(內藏)한다는 비유적인 표현으로, 중생의 청정(淸淨)한 본마음을 가리키는 말.

'흰구름이 말하였습니다'로 시작되는 일련의 동화들을 대표적인 예로 들 수 있듯이 그는 삶의 풍경 가운데서 풀꽃처럼 숨어 있는 작은 아름다움을 찾아내어 조명하고 부각시켰다. 현실의 어둠을 몰라서가 아니라, 외면함이 아니라, 그의 눈에는 생명의 신비와 삶의 아름다움이 먼저 보였던 것이다. 우리가 좋은 풍경을 볼 때, 좋은 음식을 먹을 때, 좋아하는 이들을 자연스럽게 떠올리며 함께 있기를 바라는 마음을 갖듯이, 그는 지구별에서 발견한 생의 아름다움을 함께 느끼고자 하는 마음이 더욱 컸던 것이다.

또한 그는 언어의 마법적 힘을 알았고 믿었다. 형상을 얻지 못한 것에 이름을 부여함으로써 그것이 비로소 존재하게 하는 언어의 힘, 그리고 그 힘에 영향 입는 현실세계의 법칙을 알았기에, 아름다움을 보다 많이 있게 함으로써 세상이 더 살기 좋고 아름다운 곳이 되어가리라 믿었다.

도스토예프스키는 '아름다움이 세상을 구원한다'고 말하였다. 정채봉은 이 말에 기꺼이 동의하면서 '동심이 세상을 구원한다'로 바꾸었다. '구원'이라는 단어에서 우리는 작가의 죄의식을 읽는다. 그것이 어디 개인적이기만 한 죄의식일 것인가. 어두운 시대, 고통받는 이들과 함께 살면서 부끄러움과 죄의식을 느낄 줄 모르고서야 어찌 당대 정신을 표현할 수 있겠는가. 여기서 동화작가로서 남다른 정신세계의 한 편린을 본다.

생전에 바라고 믿었던 대로, 지금 그의 육신은 사라졌으나 영혼은 여전히 살아 있다. 「오세암」을 비롯하여, 영롱한 진주 같은 그의 동화들은 한국아동문학사에 영원히 남을 것이며, 그가 사랑했던 이 산하에 풀꽃처럼 쉼없이 돋아날 우리 아이들 마음에 오래오래 빛이 되어 줄 것이다.

(『한국아동문학』 22호, 2005)

제4부 어린이 책을 읽는 눈

민족문학적 순수주의를 요구하는 것만이 능사는 아니다. 근대사의 전개 과정 속에서 세계

곳곳에 뿌리 내린 한민족의 세대별 문학적 궤적은, 그 자체로 한민족의 정신사이자 생활

로, 그 자체로 존중되고 연구되어야 한다. 근대사의 뿌리와 줄기와 가지와 더불어 열매를

읽고 앞으로의 변이와 성장 가능성까지 전망하는 것이 우리의 일이며, 시장에 나와 있는

상품의 하나로 그 열매만 놓고 쓰다 달다 평가하고 말아선 안 될 것이다.

카오스 시대의 가족 담론

최나미, 『걱정쟁이 열세 살』, 사계절, 2006.

정상적 가족과 비정상적 가족?

정상과 비정상, 사람들이 일상에서 흔히 쓰는 말이다. 그런데 정상적이라는 단어는 흔히 '일반적'으로 바꿀 수 있고, 이때 '다수'가 가치의 기준이 된다.

최나미의 『걱정쟁이 열세 살』도, 부모와 자녀가 함께 사는 가정이 정상적이라고 믿는 소년 상우가, 아빠가 삼 년째 가출하고 없는 비정상적 가족 환경을 불안해 하고 창피해 하며 주변 사람들과 갈등하는 이야기이다. 그런데 상우네 가족의 비정상성은, 아빠의 부재라는 표면적 요인보다 엄마와 누나의 '일반적이지 않은' 성격에서 오히려 더욱 강하게 드러난다. 요컨대 이 책은 아빠의 부재를 결핍으로 여기는 것이 아니라 갈등이 해소된 상태의 자유로움 또는 자연스러움으로 받아들이는 엄마나 누나의 가치관과, 자신이 교육받고 믿어 온 사

『걱정쟁이 열세 살』은 평이한 표면적 이야기 너머, 전통적 가치와 현대적 가치의 생생한 충돌과 현장성이 돋보이는 작품이다.

회적 가치관의 충돌로 혼란을 겪던 소년이 가족에 관한 자기 나름의 가치관을 정립(혹은 체념?)해 가는 이야기라 하겠다.

사실 정상적 가족과 비정상적 가족이란 말은 자의적이고 상대적이라서 성립되기 어렵다. 학문적으로는 일반 가정과 결손 가정으로 나누며, 결손 가정은 형태적 결손과 기능적 결손으로 다시 구분된다. 형태적 결손은 편모나 편부 슬하, 또는 부모가 모두 없는 경우 등 외적으로 가족 형태의 결핍이 있는 경우를 말하며, 기능적 결손은 형태와 상관없이 가족으로서 정상 기능을 하지 못하는 경우를 말한다. 전문가들에 따르면, 어린이의 성장에 문제가 되는 것은 형태적 결손이 아니라 기능적 결손이다. 형태적 결손이 있더라도 다른 구성원들이 가족으로서의 역할과 기능을 적절히 수행한 경우 성장 발달에 별다른 영향을 주지 않지만, 폭력이나 알콜 혹은 마약 중독, 정신이나 행동 장애가 심한 경우 등 기능적 결손이 지속될 시 어린이에게 정신적 외상(trauma)이 남을 수 있다는 것이다.

이런 관점에서 본다면 『걱정쟁이 열세 살』의 상우네 가족은 형태적 결손으로 볼 수도 있지만(법적으로는 아직 가족관계이다), 기능적 결손의 부정적 가능성은 오히려 상당 부분 해소된 상황이라 하겠다.

예전에 아빠와 엄마의 싸움은 늘 엄마가 우는 걸로 끝났다. 아빠가 화를 내고 방을 나가면 엄마는 할 말을 다 못한 게 억울하다고 또 울고, 누나나 내가 들어가면 자기 인생이 불쌍하다고 또 울고…… (17쪽)

엄마가 내 얼굴을 가만히 들여다보더니 고개를 절레절레 흔들었다.
"네가 걱정하는 것만큼 힘들지 않아. 요즘처럼 마음 편한 적도 없고 말이야." (101쪽)

상우의 아빠는 자신이 원해서 가출을 선택했고, 엄마는 아빠가 떠난 상태를 편안하고 자유롭게 여긴다. 누나 역시 아빠가 부재하는 현실을 자연스러운 것으로 받아들이며 자기 삶을 누리는 데 골몰한다. 서로 싫어하고 싸우는 부모 밑에서 온 가족이 불행을 느끼는 상황이 지속되는 것보다, 가족 구성원 개개인이 저마다 보다 편안함을 느끼고 자유로움을 누리는 현재가 어린이에게 오히려 바람직할 수도 있는 것이다.

변화된 시대, 달라진 가치관의 반영

『걱정쟁이 열세 살』은 평이한 표면적 이야기 너머, 전통적 가치와 현대적 가치의 생생한 충돌과 현장성이 돋보이는 작품이다.
현대적 가치관은 상우의 엄마와 누나, 즉 여성 캐릭터의 성격을 통해 생동감 있게 표현된다. 그녀들은 개성적이고 주체적이다. 남들이 어떻게 볼까 어떻게 생각할까 신경 쓰지 않고 하고 싶은 말과 행동을 하며 산다. 전통적으로 사회가 여성에게 기대해 온 역할—현모양처, 순종, 침묵, 인내, 절제, 배려, 희생, 우아 등의 단어로부터 모녀는 자유롭다.

드라마를 보면서도 울고, 딸이 조금 심한 말을 해도 울고, 아들과 얘기를 하다 가도 툭하면 우는 등 감정을 거리낌 없이 노출하는 상우의 엄마는 기존의 아동문학이 보여 온 엄마 캐릭터에 비해 상당히 낯설다. 그런가 하면 자기 욕구와 생각을 '정이 뚝 떨어질' 정도로 확실하게 표현하는 상우의 누나 역시 흔한 캐릭터는 아니다. 주체적이다 못해 당돌한 현대의 청소년에게 장유유서의 전통은 별 의미가 없다.

"저기요, 반장 아줌마. 우리 아빠 집 나가신 지 꽤 됐거든요. 근데 왜요? 우리 아빠한테 무슨 볼일 있으세요? 아빠 얼굴도 못 봤다면서 무슨 관심이 그렇게 많으세요?"
엎드려 있던 누나가 발딱 일어나더니 큰 소리로 말했다.
아줌마는 얼굴이 벌게지더니 우편물만 던져 놓고 후다닥 나가버렸다.
(36쪽)

메마른 누나와 다르게 많이 '축축'하긴 해도, 감정 표현에 솔직한 점은 엄마도 마찬가지다. 변덕을 부리는 딸과 길거리에서 남들이 보든 말든 싸우는가 하면, 딸 때문에 학교로 불려 가서는 선생님이 '결손가정' 운운하자 정색을 하고 반박을 하기도 한다.

"상우야, 담임이 내 머리 얘기 꺼내니까 엄마가 뭐라고 한 줄 알아? 저기 선생님, 애들이 이런 머리를 한다고 다른 학교 학생들보다 월등하게 공부를 잘하나요? 아니면 말썽 같은 건 조금도 안 부리나요? 저는 교육이란 건 모범을 보이는 데서 나온다고 생각하거든요. 꼭 학교 방침이 짧은 머리라면, 차라리 교장 선생님을 비롯해서 선생님들 그리고 학부형들까지 모두 단발머리를 해서 먼저 모범을 보이면 어떨까요? 원하시면 저는 상은이랑 똑같이 단발머리로 자를 생각도 있어요. 그래야 애들이 납득하지 않겠어요? 아니면 애들이 하는 소리를 진지하게 들어 보든가요." (75쪽)

'스승의 그림자도 밟지 않는다'는 옛 속담이나 '군사부일체(君師父一體)' 같은 말의 의미가 사회적으로 퇴색된 지 이미 오래이지만, 교육성을 중시하는 아동문학에서 부모나 학생이 교사에게 노골적으로 맞서는 모습을 그려 보인 경우는 드물었다. 더구나 교사의 이미지를 부정적으로 그려 독자로 하여금 부모나 학생 입장에 더욱 공감하게 한다는 점에서, 이 책은 교사에 대한 달라진 사회적 시각을 보다 현실적으로 드러낸다고 하겠다.

그러나 궁극적으로 이 책이 의심하고 도전하며 해체하는 것은 '가부장제'의 통념이다. 사회적으로 가부장제가 확고하였던 시대에는 가장의 부재가 중대한 결핍이자 치명적 불행이었지만('아비 없는 호로자식'), 현대의 여성들에게 여성을 2류 백성 취급하는 가부장제는 타파해야 할 장애물일 뿐인 것이다.

한 걸음의 진전, 그 다음은?

자신의 삶, 욕망, 표현에 충실하고자 하는 현대 여성의 성격을 뚜렷이 지닌 상우의 엄마와 누나에게, '남편과 아빠의 부재'는 다소의 불편(고장 난 리모컨, 라디오, 방문 손잡이……)과 조금 더 과중된 노동 강도(밥벌이를 위한 학습지 교사 생활) 같은 생활상의 이런저런 어려움으로 체험되지만, 그 이상의 특별한 상징적 의미는 되지 못한다. 그녀들은 현실을 두려워하거나 불만스러워하지 않으며, 일상의 고단함과 무질서 그리고 자유를 함께 받아들이고 즐긴다.

가부장적 시각에서 본다면 어머니답지도 여성답지도 못한 삶의 방식들을 보여주기도 하지만, 사회적 고정관념에 얽매이기보다 자신의 구체적 인권과 자연스러운 삶에 충실하려 할 뿐 그녀들이 이기주의자인 것은 아니다. '남들에게 피해를 주지 않는 한, 인생을 풍요롭게 (76쪽)' 살고자 하는 가치관에 보다 충실할 뿐이다. 물론 한 개인의 가치관은 또 다른 누군가의 가치관, 혹은 사회적 가치관과 부딪칠 수 있고, 자신을 위한 선(善)이 다른 누군가에게 악(惡)이 되는 딜레마가 삶에는 늘 발생하지만, 어쨌든 자리이타(自利利他)가 존재 방식의 기본적 진실임에 분명하다.

엄마와 누나가 현대적 가치를 생생하게 재현한 인물 유형이라면, 전통적 가부장제의 질서 속에 고모와 할머니, 그리고 상우가 있다. '삼종지도(三從之道)'의 가치를 내면화하여 '아들'과 자신의 삶을 분리할 수 없는 할머니에게, '하늘 같은' 남편을 가출시킨 며느리의 행위는 가문의 존립 기반을 위협하는 화(禍)이자 폭력이 아닐 수 없다. 납득할 수도 없는 세태의 변화에 무기력한 할머니가 할 수 있는 일은 눈물을 흘리는 것뿐이다. 자신의 감정 표현에 한정된 엄마의 눈물과 달리 할머니의 눈물은 시위이자 모종의 요구("할머니가 얼마나 널 보고 싶어하는지 알겠지? 우느라 할 말도 못 하시잖아" 43쪽)이기도 하며, 이러한 의도를 헤아리고 다독이는 것은 고모의 역할이다. 할머니와 고모는 같은 여성이면서도 가부장제 질서의 충실한 수호자로 기능한다. 며느리의 상태가 어떠하든 아들의 편들기에 급급하고, '4대 독자'인 손자에게만 '제사 참석'을 종용하는 것이다. 그러나 엄마와 누나의 당당함에 비해 할머니와 고모의 위축된 모습은, 여권 신장의 시대적 조류 속에서 현대적 가치가 전통적 가치를 해체시키고 있는 현실을 보여준다.

『걱정쟁이 열세 살』은 이러한 시대정신을 포착하여 역동적으로 구체화시킨 장점이 있지만, 어린이의 삶, 고민, 욕망을 진실로 대변한다고 보기는 어렵다. 주제와 관련하여, '작은 가장' 또는 '예비 가장'으로서 남자 어린이가 느낄 수 있는 가치관의 혼란을 일부 드러내는 정도에 머물렀다. 예컨대 상우와 '오폭별'이 사이버상에서 나누는 대화 방식이나 내용이 그 또래의 실제 모습을 반영한다고 보기에는 다분히 관념적이며, 심각한 가정폭력에 일상적으로 노출되어 있는 '오폭별'과의 만남이 인간적 '관계맺음'으로 조명되는 것이 아니라, 주제의 형상화를 위한 먼 배경 또는 풍경으로 기능할 뿐이라는 점 등에서 그러하다.

이 책은 여성의 위치나 역할과 관련하여 확실히 진전된 담론을 생성하였다. 그러나 가장의 존재가 미미해지고 심지어 부정되는 시대에, 남성의 위치나 역할 그리고 남자 어린이의 성 정체성 형성에 대한 고민은 고려되지 않고 있다. 억압을 해소하고자 하는 노력이 소중하나 그것이 또 다른 억압으로 작용하지 않도록 해야 할 것이다.

(『새싹문학』, 2006. 가을치)

문학과 역사의 씨줄 날줄 읽기

송재찬, 『노래하며 우는새』, 우리교육, 2006

1.

우리는 흔히 문학과 현실을 혼동한다. 아동문학계에도 사실주의 기법의 소설이 현실을 진실하게 보여준다는 믿음 아래, 환상기법을 현실 도피로 몰아붙이는 경향이 있어 왔다. 그러나 기법은 평면거울 인가 구부러진 거울인가의 차이일 뿐이며, 거울에 비친 것이 현실이 아니기는 마찬가지다. 기호인 언어는 현실에 닿지 못하며, 창조된 작 품은 현실 시공간과는 다른 독자적 시공간(크로노토프)과 고유의 질 서를 가진다. 창작품은 작가의 피조물로서, 다만 상호텍스트성 여부 에 따라 일방적 독백이 되거나 또는 현실세계와 독자와 다양한 접점 을 가지며 대화를 나눌 수도 있다.

그런 점에서 송재찬의 장편동화 『노래하며 우는 새』는 '대화적 상 상력'이 돋보이는 책이다. 과거와 현재, 작품 속 시공간과 현실 시공간, 문학과 역사, 역사와 개인사, 작가와 독자, 내포 주인공과 내포 독자 등 여러 층위에 있어서 이 책의 구조는 복합적이다. 그동안 역사를 이슈로 내세웠던 많은 동화들이 작가의 의식을 일방적으로 형상화한 〈독백주의〉에 가까웠다면, 『노래하며 우는 새』는 수많은 이질적 요소가 교직을 이루는 가운데 역사도 일부의 씨줄과 날줄로 짜여져 있다는 점에서 〈대화주의〉에 가깝다.[1] 독자가 텍스트에 참여하고 소통할 여지도 그만큼 풍성하다.

사실 한국의 역사는 너무도 지난(至難)하였기에, 역사라는 단어 자체에 민감해질 수밖에 없는 일종의 콤플렉스가 우리에겐 있다. 그리고 적지 않은 사람들이 콤플렉스를 굳이 건드림으로써 이데올로기 효과를 구하기도 했다. 『노래하며 우는 새』 역시 제주 4·3사건을 다룬 이야기라는 점이 눈길을 끄는 요소가 됨은 분명하다. 오죽하면 「이제는 말할 수 있다」라는 TV 프로그램이 존재하겠는가. 우리 사회에서는 오랫동안 누군가에 의해 다른 누군가의 체험이 억눌리고 소거되어 왔기에 부인된 체험을 발화한 자체만으로 큰 의의가 있고, 빛 아래 나와야 할 진실이 아직도 많이 묻혀 있다. 그동안 아동문학계에서 '말해진 역사'에 과장된 관심과 의미를 부여하였던 풍토는, 초기 단계에서 으레 보일 수 있는 반응이라 생각된다.

그러나 『노래하며 우는 새』는 단순히 역사에 초점을 맞추어 논할 수 없다는 점에서 이슈 중심적인 기존의 역사동화들과 성격이 다르다. 장르 경계가 점점 불분명해지는 것이 세계 아동도서의 현대적 특징인데, 이 책 역시 역사소설, 자전적 소설, 성장소설, 고아소설, 농(어)촌소설적 요소 등 다양한 장르적 전통을 일정하게 전유한다. 그

---

1) 바흐친의 용어. 미학이론을 빌려 왔다.

렁지만 딱히 어떤 장르로 이름 붙일 수 없는 모호함, 혹은 경계를 지우며 흘러넘치는—아마도 유년기 특유의 어떤 잉여(剩餘)들이, 현실과 텍스트와 독자를 상호 스며들게 만든다. 다시 말해 이 책은, 무엇보다 '문학'인 것이다.

2.

이 책은, 작가가 『소년』 잡지에 연재하였던 장편을 시간을 두고 수정 보완하여 단행본으로 펴낸 작품이다. 작가는 머리말에서 자전적 체험을 바탕으로 구성한 이야기이며, 철이 들며 늘 궁금하였던 4·3 사건의 진실을 무엇보다 스스로 알고 싶고, 또 알려 주고 싶어서 쓰게 되었다고 밝혔다. 그러나 작가와 작중 인물을 동일시하는 태도는 오류일 것이며, 창작의도와 표현된 작품이 일치하는 것도 아니므로 있는 그대로의 텍스트를 선입견 없이 마주할 필요가 있다.

이 책의 시공간은 주인공 송상용이 학교에 입학하기 직전부터 4학년 가을까지의 제주이다. 현실에서 1956년부터 1959년 무렵의 제주도를 작가가 독창적 비전으로 텍스트에 구체화하였다고 보면 된다.

상용은 부모님 없이 외할머니 슬하에서 자라는 아이다. 마을에 아버지 없는 아이들은 많지만 어머니까지 없는 아이는 상용뿐이다. 그러나 학교에 들어가기 전까지만 해도 상용은 부모님의 부재에 따른 결핍을 막연히 느끼는 정도였지, 자신의 감정을 절실하게 자각하지 못하였다. 어리기도 했고 외할머니가 워낙 푸근하게 어머니 역할을 해준 까닭도 있었지만, 근본적으로 차이와 비교를 몰랐기 때문이다.

그러나 입학식 날, 상용은 몇 살 위의 외삼촌이 걷어차는 바람에

『노래하며 우는 새』는 단순히 역사에 초점을 맞추어 논할 수 없다는 점에서 이슈 중심적인 기존의 역사 동화들과 성격이 다르다.

물기가 남아 있던 운동장에 넘어지게 된다. 얼굴과 옷에 묻은 흙을 털어 주는 사람은 아무도 없었고, 울고 있는 상용을 남겨 둔 채 모두 교실로 들어가 버린다. 그 길로 상용은 도로 집으로 돌아갔다가, 결국 외할머니 손에 끌려 다시 학교로 오게 된다. 이날 상용은 부모 없이 '외갓집에 얹혀 사는' 자신의 처지를, 수형이 외삼촌의 심통(어머니가 있었으면 사소했을 수도 있을)을 계기로 학교라는 사회적 공간에서 '확인받는' 체험을 하였다. 학교에 입학하기 전에 '바라보는' 자신에 머물러 있었다면, 그 순간 '바라보여지는' 자신을 비로소 대면하면서 결핍을 사무치게 자각하게 된 것이다.

작가는 대단치 않은 소품 하나를 보여주듯 입학식 날 벌어진 작은 소동을 담담히 그려 보이지만, 책 전체를 관통하는 이야기의 실마리가 실은 이 풍경 속에 전부 들어 있다. 남다른 출생, 그때 이미 배태된 결핍, 가슴 시린 외로움과 남모르는 서러움, 분노와 반항, 일찍 혼자임을 자각한 존재들이 으레 그러하듯 또래에 비해 철들고 진지할 수밖에 없는 눈길과 마음 등등.

주인공의 이러한 존재 조건이 작품의 중심적 뼈대를 이루는 가운데, 유년의 정서와 풍경들이 그 삶을 에워싸고 섬세하게 피어나고 일렁이고 변화된다. 제주의 기후, 지명, 풍습, 동식물, 음식, 놀이, 의복, 농사, 문화 등이 그 땅에서 저절로 생겨난 토박이 언어를 통해 천연한 배경을 이루며 텍스트에 생기와 에너지를 불어넣는다.

우리 동네에는 뱀이 많다. 우리 집만 해도 담쟁이, 댕댕이 덩굴. 노박덩굴, 송악 덩굴 같은 덩굴이 돌담을 감싸 안으며 무성하게 자라고 채소를 가꾸는 우영(텃밭) 구석구석엔 풀이 우거져 뱀이 숨기에는 그만이다. 뒤란에는 대밭이 있고, 눌(낟가리)을 쌓을 때 썩거나 습기 차지 말라고 바닥에 돌로 단을 쌓아둔 눌굽(돌단)이 마당 양쪽에 있고 부엌문 옆엔 살아 있는 듯한 바위도 있다. 뱀이 살기에 안성맞춤이다. 우영에고 뒤란에고 호박잎이 무성하게 덮는 여름이면 집은 깊은 수풀 속에 갇힌 모습이 되었다. 게다가 집에 사는 구렁이는 집을 지켜준다 해서 함부로 하지 않았다. 집 안팎이 온통 뱀나라였다. (34~35쪽)

뒤란에도 감나무 두 그루와 포도나무가, 생이(참새)들이 모여드는 대나무 숲이, 용설란과 유카가 자라는 꽃밭이 있었다. 마루 뒷문을 열면 자갈을 깔아놓은 길이 있고 유카와 용설란이 자라는 꽃밭이 바로 보였다. 그리고 두터운 울타리처럼 서 있는 대숲이 있었다. 뒤란에서도 많은 것들이 자랐다. 부엌문 옆으론 부추가 자라고, 꽃밭 뒤 대숲 말고도 땅이 있어 물외(토종오이)나 호박을 심었다. (116쪽)

현실 시공간에도 보다 많은 개체와 종이 다양하게 어우러져 살수록 생명력이 넘치듯, 언어로 빚은 텍스트 내적 세계도 이질적인 존재들이 저마다의 생명력으로 어우러져 전체적 화음을 이룰 때 중심 테마도 살아난다. 『노래하며 우는 새』는 주인공 송상용의 유년의 배경을 이루는 풍경이 넉넉하고 자연스러운 변주를 이루고 있어, 작품의 서정성을 높여 주는 요소로 작용한다. 그러한 일관된 정조로 하여, 부모를 그리워하는 상용의 심정에 독자는 한결 섬세하게 공감하게 된다.

> 끝까지 숟갈질을 못하고 나는 또 울고 말았다. 자꾸 눈물이 쏟아졌다.
> '우리 아방은 왜 나를 데리러 오지 안 햄신고(않았을까?)'
> 밤이 깊어 가면서 내 몸은 펄펄 끓었다. 자다 깨고 자다 깨며 그 남자어른을 생각했다. 문득 깨어서 보면 그림 같은 등불 밑에 외할머니가 근심스럽게 앉아 있는 게 보였다. 얼굴 모르는 아버지 모습이 뜨거운 꿈속으로 어지럽게 돌아다녔다. 아버지 빨리 날 데리러옵서. 아버지 아버지……. 〔…중략…〕
> 마을에 낯선 어른이 나타나면 그 뒤를 졸졸 따라가며 우리 아버지가 아닐까, 하는 버릇이 생긴 것은 그때부터였다. 그 기대가 번번이 깨어져 버렸지만 마을에 낯선 남자 어른이 나타나면 나는 나도 모르게 그 뒤를 밟았다. (194~195쪽)

3.

주인공 상용을 둘러싸고, 수많은 인물들 또한 자연스러운 씨줄과 날줄을 이루며 사건을 진행시킨다. 이들은 상용과의 관계 속에서 배경으로 가라앉기도 하고 강렬히 부각되기도 하는데, 가장 강한 영향을 주는 인물은 기무르 하르방, 마사오 외삼촌 그리고 외할머니로서 모두 어른들이다. 학교와 마을에 동무들이 있고, 그들과 어울리는 일상의 세계가 끊임없이 함께 하지만, 상용에게 의미 있는 '카이로스'의 시간은 어른들과의 관계 속에서 펼쳐진다.

4·3사건이라는, 1948년 현실 시공간에 있었던 잔혹한 역사를 불러와 텍스트로 구조화하는 일은 작가에게 무척이나 까다롭고 힘겨운 작업이 되었을 것이다. 어른인 작가의 감정을 그대로 표현하면 되는 소설과는 다르게, 아동문학의 일차 독자는 항상 어린이기 때문에 내포독자를 고려하지 않을 수 없다.

작품 내적 질서가 파탄나지 않게 사건을 전개시키면서 현실 시공간의 독자에게 역사적 사실과 진실을 전하는 방법으로, 작가는 '아는 자'의 입을 통해 4·3사건의 전모를 전하게 한다. 그는 바로 '기무르 하르방'인데, 아이들 사이에 미친 사람으로 소문이 나 있다. 이는 그가 이웃과 유리된 평범하지 않은 삶을 영위해 왔으며, 기피해야 할 위험인물의 기호를 지니고 있음을 보여준다.

제주도 한 마을의 남자들이 모조리 몰살되어 '무남촌'이 되어야만 했던 비극적 시간으로부터 겨우 십 년쯤 흐른 시점, 공비 토벌을 명분으로 마을 전체를 초토화하였던 미군과 정부에 대한 기억은 생생하지만 아무도 입을 열지 못하던 시절이었다. 이러한 때에 기무르 하르방은 진실을 말하며 사실을 캐고 다녔기 때문에 '광인'의 낙인이 찍힐 수밖에 없었고, 아이들도 본능적인 위험을 느껴 그를 기피하고자 하였는지 모른다. 그러나 주인공 상용은 바로 4·3사건을 계기로 태어난 아이였고, 자기 출생의 비밀을 알고자 하는 욕구가 무엇보다 강하였기에 모두가 쉬쉬하며 덮어 두고자 하는 비극적 사건 속으로 끌려 들어갈 수밖에 없었다.

작가는 기무르 하르방과 마사오 삼촌 등의 입을 통해 4·3사건의 전모와 진실을 밝힌다. 작중 청자는 아직 저학년인 상용이지만, 내포 독자는 고학년 이상 어른들을 포함한 것으로 보인다. 주인공의 연령이 어리기에 어른들의 이야기는 의미의 매듭 없이 흘러가고, 비극의 현장에서 나는 피비린내와 인간의 악마성과 지옥의 고통도 '과거의 이야기'로 정화되고 걸러져서 독자에게 전달된다. 그럼에도 불구하고, 작품 전체의 지극한 자연스러움에 비해 기무르 하르방이 전하는 4·3의 이야기는 일방적 독백의 성격이 강하며 힘의 완급 조절도 잘 되었다고 보기 어렵기 때문에, 고학년이라 해도 아직 역사적 이해의 기반이 없는 어린이에게 부담을 줄 듯하다. 어린이라고 하여 언제나 말랑말랑하게 씹어 먹도록 해주어야 한다는 생각은 물론 편견이겠으나, 주제나 소재가 소화되지 않은 채 날것의 상태로 드러나서도 안 될 것이다.

작가는 현재 『노래하며 우는 새』 2부에 해당되는 이야기를 같은 잡지에 연재 중이고, 청소년기까지 성장소설로 힘을 기울여 완성할 예정이라 한다. 작가의 체험을 바탕으로 한 이야기라는 점에서 지금은 회고소설로 부를 수도 있겠지만, 시간이 더 흐른 뒤에는 후대의 어린이들과 오래 대화하는 역사소설로 소중히 자리매김될 수 있도록 작가적 역량을 다하기를 바라는 마음이다.

(월간 『어린이와 문학』, 2006. 5월호)

범민족 문학, 소수의 문학, 보편의 문학

이경자의 동화집 『바이바이』를 중심으로

범민족 문학의 의미

해외 거주 한국계 작가들이 현지에서 유수한 문학상을 받을 때마다 한국 문단은 늘 깊은 관심을 보여 왔다. 미주 지역의 강용흘, 김용익 등을 필두로 일본의 유미리, 현월에 이르기까지, 이주 1세대부터 3~4세대에 이르는 작가들의 작품과 의식의 변천사는 범민족 문학의 차원에서 꾸준히 연구되고 있다.

이에 비해 해외 거주 아동문학 작가와 작품에 대한 일관된 논의는 찾아보기 어렵다. 지난 해 린다 수 박이 『사금파리 한 조각』으로 뉴베리상을 수상하여 많은 화제가 되었지만, 한국 아동문학계의 반응은 냉담했다. 한국계 '미국인'이 '영어로 쓴' 작품이라, '한국적 리얼리티가 결여'되었다는 것이 요지였다.[1]

그러나 우리가 한국에 살고 있는 한국인이기 때문에, 지나치게 까다로운 잣대를 들이댄 것이 아닌지 돌아보게 된다. 가령 린다 수 박이 일본이나 중국계 미국인이어서, 일본이나 중국을 소재로 작품을 썼더라면 미세한 리얼리티를 요구할 능력도 필요도 느끼지 못했을 것이고, 보편적 이야기를 순수하게 즐겼을 것이다. 그러나 그녀가 한국계로서 한국에 대한 이야기를 썼기 때문에, 민족문학적 순수성을 요구하였고, 기대에 미치지 못했기 때문에 그녀가 이룬 문학적 성취를 있는 그대로 인정하는 일에조차 인색하지 않았는가 한다.

그와는 경우가 좀 다르지만, 재일 조선인 작가 이경자가 장편동화 『바이바이』로 일본 아동문학자협회 신인상을 받았고 작품이 국내에 번역되었는데, 그 의미를 적극적으로 탐색해 보는 아동문학계의 움직임을 발견하기 어려운 점도 아쉽다.

이경자에 앞서 2년 전 같은 상을 수상한 이방세, 연변과 러시아 독립국가연합 등지에서 뛰어난 아동문학 작품을 써온 한국계 작가와 작품들도 '범민족 아동문학'의 관계망 속에서 함께 조명되고 연구되어야 한다.

편협한 내셔널리즘(nationalism)을 주장하려는 것이 아니다. 국적과 언어와 문화가 다른 지역에 사는 작가가 거둔 결실을 한국계라는 이유만으로 추수하여 한국아동문학사에 편입시키고자 하는 것은 더욱 아니다.

이들은 근대사의 전개 과정에서 자의든 타의든 한반도를 떠날 수밖에 없었던 조선인의 후예로서, 어느 나라의 국적을 가지고 어떤 언어를 사용하고 있든 간에, 특수한 역사적 상황 속에서 생겨난 소수자로 모국의 정치 사회적 상황에 외적 내적으로 영향을 받을 수밖에 없

---

1) 이지호, 「사금파리 한 조각의 비평적 읽기 (1)~(2)」, 『어린이문학』, 2003. 11~12호.
   최윤정, 「린다 수 박의 작품을 읽는 한국 독자의 시선」, 『창비어린이』, 2003. 여름.

는 한민족이다.

민족적 아이덴티티는 단순히 국가와 동일 개념으로 이해할 수 없는 에스닉(ethnic)한, 토착적 차원의 요소를 지닌다. 집단의 고유한 이름, 공통의 조상에 관한 신화, 역사적 기억의 공유, 특정한 고국(모국)과의 심리적 결합, 집단을 구성하는 인구의 주된 부분에 있어 연대감의 존재 등, 다양한 습관과 공통의 출신을 가진 하나의 공동체인 것이다.[2]

거주 지역은 다르지만 린다 수 박과 이경자는 모두 이민 2세대로서, 유년기부터 자신의 이중적 정체성을 민감하게 느끼고 치열한 내면적 탐색 과정을 거쳤음을 고백[3]하고 있거니와, 여타의 지역에서도 이중적 환경 속에서 날카로운 '경계인 의식'을 문학으로 승화시킨 작가와 작품을 범민족 문학의 구도 안에서 소중히 갈무리해야 할 필요가 있다.

민족문학적 순수주의를 요구하는 것만이 능사가 아니다. 근대사의 전개 과정 속에서 세계 곳곳에 뿌리 내린 한민족의 세대별 문학적 궤적은, 그 자체로 한민족의 정신사이자 생활로, 그 자체로 존중되고 연구되어야 한다. 근대사의 뿌리와 줄기와 가지와 더불어 열매를 읽고 앞으로의 변이와 성장 가능성까지 전망하는 것이 우리의 일이며, 시장에 나와 있는 상품의 하나로 그 열매만 놓고 달다 쓰다 평가하고 말아선 안 될 것이다.

물론 어린이들이 문학 외적인 근대사의 배경까지 알고 작품을 읽어야 하는 것은 아니지만, 어른들은 문제의식을 갖고 있어야 한다.

---

2) 윤건차, 「21세기를 향한 '在日'의 아이덴티티」, (『근·현대 한일관계와 재일동포』, 서울대학교 출판부, 1999.)
3) 린다 수 박, 「이야기 하나」, 『한국문학의 안과 밖』, 대구세계문학제 준비위원회, 2002.
   이경자, 「나의 인생, 나의 문학」, 『작가와의 대화 자료집』, 우리교육, 2003. 12.

근대화 과정에 있었던 제국주의의 침탈과 그로 인한 이후의 왜곡들, 특수한 역사적 상황 속에서 발생한 국외 소수자들의 삶에 관심과 이해를 가져야 한다. 이는 지난 시대의 문제가 아니라 여전히 지속되고 있는 현재의 문제이고, 나와 상관없는 문제가 아니라 우리가 바로잡아 가야 할 현실의 당면과제이기도 하다. 시련과 희생으로 점철되었던 불행한 근대를 넘어 새로운 시대를 마련하기 위해, 어린이 책에 관계하는 사람들은 이 분야에서 비판해야 할 점과 계승해야 할 점들에 대한 내면적 인식을 가다듬어야 한다.

열등한 소수자로서의 자의식

지역에 따라 다소 차이는 있지만, 조선어밖에 사용할 줄 몰랐던 이민 1세대 작가들에게 모국은 오직 조선일 뿐이었고, 민족과 국가 현실이 가장 큰 화두였다.

이에 비해 현지에서 태어나 현지어를 사용하며 현지 문화에 더욱 익숙한 2세대 작가는 이중적 정체성에 혼란을 느끼면서도, 자기가 처한 현실에서 권리를 찾고 처우를 개선하는 데 관심을 보인다.

3세대 작가의 경우 국가와 민족 같은 외부적 정체성에 별로 혼란을 느끼지 않으며, 내부적 갈등을 '보편의 문제'로 승화시키는 경향이 현저해진다.

린다 수 박의 경우 이민 2세대이지만 미국이라는 보다 여유로운 환경, 상대적으로 늦은 창작 시기 등으로 인해 명백한 3세대 작가적 특성을 보인다.

이에 비해 이경자는 린다 수 박과 비슷한 조건이지만 '일본'이라는 특수한 환경에 처해 있기에 민족적 아이덴티티를 더욱 민감하게 발전시켜 왔다.

두 사람은 여러 면에서 공통점과 차이점을 지닌다. 현지에서 유년기를 보냈고 현지어로 창작한다는 점, 열등한 소수자로서의 자의식이 작가적 성취의 근본 동인이 되고 있다는 점에서 같다. 그러나 린다 수 박은 지역적 고유성보다 아동문학적 보편성을 추구하여 한 성취를 이루었고, 이경자는 역사적 개별성을 탁월하게 드러냄으로서 보편성까지 획득하였다.

소수자의 입장을 극복하고 린다 수 박이 거둔 개인적 결실도 높이 평가할 만한 일이지만, 한반도의 특정한 역사적 상황이 빚어낸 소수자의 삶을 생생히 그려낸 이경자의 『바이바이』를 더욱 주목하지 않을 수 없다. 침략전쟁을 일으킨 가해 당사자인 '일본' 땅에 뿌리내리고 살아야 했던 피해자 조선인의 삶―그들에게 가해진 억압구조는 더욱 가혹했기 때문이다.

근대 한국인과 일본인은 서로의 존재를 통해 아이덴티티를 확립해 갔다. 종주국과 식민지라는, 부당한 침략과 약탈의 바탕 위에서 일본은 승리자로서 긍정적 아이덴티티를 확립해 갔고, 피해자인 조선인을 타자화하여 멸시, 억압, 차별하는 정책을 폄으로써 부정적 아이덴티티를 지속적으로 부여했다.

해방과 함께 이러한 왜곡된 관계가 종식된 것 같지만, 역사적으로 각인된 폭력과 그에 기인된 의식, 정념은 다양한 형태로 반복 재생산되고 있고, 계속되는 정치인의 망언에서 볼 수 있듯이, 조선이나 아시아에 대한 본말이 전도된 일본의 멸시감은 세대를 이어 은밀한 형태로 계승되고 있다.

타자에 대한 침략과 약탈을 당연시하는 일본의 국가적 분위기와 국민적 정서 속에서, 조선인 후예들이 겪은 부당한 차별과 억압과 고통의 사례는 헤아릴 수가 없다. 따라서 재일 조선인 작가[4]들의 작품에는, 한국인이라는 사실이 폭로될까 봐 '범죄자에 맞먹는 공포 속에서 살아가는' 신경증적 상황이 늘 등장한다.

이경자의 작품 『바이바이』에 등장하는 조선인 아이들 역시 마찬가지다. 주인공 가즈짱은 비교적 활달한 성격임에도 불구하고 자신의 출신을 숨기려 하고 죄책감을 심하게 느끼기를 반복하고, 스나짱은 일본 아이들로부터 노골적인 멸시의 대상이 된다. 자신이 조선인이라는 것을 숨기기 위해 과장되게 조선인을 비난하는 세키 역시 왜곡된 자화상으로, 자신의 의지와 상관없는 폭력적 역사 속에서 상처 입고 고통받는 이들의 아픔이 현재형으로 생생히 전해져 온다.

이중의 나라, 이중의 언어, 이도 저도 아닌 경계에 처한 열등한 소수자로서, 작가는 유년기부터 끊임없이 자신과 조우하고, 도망치고, 격투하고, 타협하면서, 민족적 개인적 정체성을 아프게 탐색해 왔을 것이다. 작품의 완성도나 명망 있는 문학상 수상 등도 조명되고 평가받아야 할 값진 요소이지만, 자신의 정체성을 깊이 자각하고 탐색과 긴장을 늦추지 않아, 마침내 개별 체험을 동화작품으로 핍진하게 녹여낸 작가의 깨어 있는 정신을 먼저 주목하지 않을 수 없다.

---

4) 남북한이 수립되기 이전에 일본으로 와서, 남북한 어느 국적도 취득하지 않은 사람들은 '조선'으로 표시되어 있다. 다시 말해 '남한' 국적이 아니라고 해서, '조선'이 북한 국적을 의미하지는 않는다.

참된 관계를 위하여

『바이바이』는 재일 조선인들의 삶을 있는 그대로 담담히 그려낸 수작(秀作)이다. 한국 작가들이 근대사를 소재로 쓴 작품에 비해 여러 모로 사실적이고 절실하면서, 감정은 더욱 절제되어 있다. 한국과 일본의 경계에 서 있기에 양국을 객관적으로 바라보는 시선을 유지하며, 일본 독자에게 먼저 받아들여져야 하기에 작품성 그 자체로 승부하였다.

작가는 일본인들에게 그들이 깨닫지 못하는 잘못과 현실의 왜곡을 작품을 통해 보여줌으로써 자신들의 폭력성을 '발견'하게 하고, 국외 소수자의 삶에 '무심하고 무관심한' 모국에 말없이 항의한다.

외치지 않고, 고발하지도 않지만, 작가 이경자는 자신의 의지와 상관없이 벌어진 역사의 격랑에 휩쓸려 고통스런 삶을 살아야 했던 재일 조선인의 삶을 오롯이 형상화함으로써, 아동문학이 무엇을 할 수 있는가를 보여준 것이다.

『바이바이』는 특수한 시기의 특수한 상황을 그렸지만, 이는 근대 초기 제3세계의 많은 민족이 당한 일이었고, 앞으로도 타자의 생명을 착취하여 자신의 증식만을 꾀하려는 세력이 등장하면 언제고 비슷한 상황이 반복될 수 있다.

이 책을 읽는 어린이에게 작품 외적 상황을 일일이 설명함으로써 그들 몫의 느낌을 훼손하는 것은 바람직하지 않지만, 어른들은 시대적 자각을 깊이 할수록 어린이와 그들의 책에 더욱 사려 깊은 태도를 취할 수 있을 것이다.

(『책으로 여는 세상』, 2004. 여름호)

신화적 사고로 구현한 한민족의 근현대 이야기

김기정, 『해를 삼킨 아이들』, 창비, 2004.

왜 신화적 사고인가?

수 차례의 전쟁을 치르며 인간은 결코 이성적이지도 합리적이지도 않은 존재임을 깨닫게 되었고, 강자의 약자에 대한 무분별한 침략과 착취의 역사는 이분법적 사고체계와 주체 중심주의를 근본적으로 반성하게 하였다. 21세기를 맞으며 신화 담론이 전세계적 물결을 이룬 데는, 이러한 시대적 문화적 배경이 존재한다. 신화적 사고야말로 근대 논리를 극복할 대안으로 여겨진 때문이다.

신화적 사고는 논리적 분석적 관점을 택하지 않는다. 표면적으로는 무질서하고 비논리적이지만, 모든 것을 통합하여 총체적 진실을 드러낸다. 단군 신화를 예로 들면, 곰이 여자가 되어 하늘에서 내려온 환웅과 결합한다는 표면적 진술은 비논리적이지만, 우리 민족의 기원에 대한 진실과 정보를 함축하여 담고 있다.

그런데 신화적 사고와 근대적 사고는 매우 다르다는 점을 먼저 인지해야 한다. 원시시대 때 자연은 사람과 동등한 위치이거나 동물이 오히려 신의 성격을 가지고 사람에게 은혜를 베푸는 존재였다. 사람보다 열등한 존재로 여기는 오늘날의 관점으로 웅녀의 존재를 해석해서는 안 된다는 것이다.

그런가 하면 신의 존재가 등장한 것은 부족국가 때였다. 이때 사람들이 절대왕권을 확립하려 했기 때문에, 절대 권능을 담보하는 신격 상징이 필요했던 것이다. 환웅과 웅녀의 결합이라는 천부지모(天夫地母) 모티프는 고대시대의 사고를 반영하며, 단군 신화는 원시시대와 고대시대 이행기에 수립된 것으로 추측되는 신화로서 이 땅의 첫 인류에 대한 원형적 정보를 전해 준다.

이처럼 문자가 없던 시대부터, 입에서 입으로 전해 온 구비문학에는 '저층 전통의 시원성(始原性)'[1]이 현재형으로 살아 있다. 우리 민족에 관한 원형적이고 종합적인 정보가 추상적 개념이 아닌 구체적 대상으로 담겨 있어, 우리의 정체성에 관한 답변이 다양하고도 입체적으로 마련되어 있는 것이다.

이러한 정신적 원천을 물려받는 데 그칠 게 아니라, 더 풍요롭게 하여 뒷사람에게 물려 줄 수 있다면 보람된 일일 것이다. 그런 점에서 김기정은 흐뭇하고 소중한 작업을 하였다. 신화와 역사, 문학을 행복하게 결합시킨 동화책『해를 삼킨 아이들』을 이 땅의 어린이들에게 선물하였기 때문이다.

---

1) 문학사의 표면에 부각되어 중세 보편 문어인 한문이나 한글로 기록된 문학을 표층전통이라 한다. 저층전통에 힘입어 표층전통이 비로소 가능하며, 표층전통은 저층전통을 실재적으로 발현한 결과이다.

신화적으로 사고하기, 글쓰기

『해를 삼킨 아이들』은 신화적 모티프가 특징적으로 두드러진다.

전국적으로 분포하는 '아기장수 설화'를 변용한 「애기장수 큰이」, 생명을 관장하고 돌보는 삼신과 삼불제석의 신화를 차용한 「당금애기 세쌍둥이」 등 구비문학에서 불러낸 신화적 인물이 각 이야기의 주인공을 맡고 있다.

이 책의 신화적 면모는 각 등장인물의 성격을 통해 더욱 생생하게 드러난다. 신화는 시대의 흐름에 따라 신과 영웅과 범인(凡人)의 이야기로 차츰 변모하였는데, 『해를 삼킨 아이들』의 등장인물들은 거의 영웅적 면모를 가지고 있으면 신성(神性)을 보여주기도 한다.

무지막지한 황소가 큰이 앞에서 기를 못 쓰고 끙끙거리는 거였다. 큰이는 멀뚱한 얼굴로 한 손에 황소 뿔을 쥐고만 있었다. 이 일이 있은 뒤로 큰이가 장차 장수가 되리란 걸 의심하는 이는 범바우골에 한 사람도 없었다.

「애기장수 큰이」

죽은 이 1: 세상에 당금애기가 없으면 어찌하겠소! 누가 아이들을 낳고 기르고 하겠어요.

죽은 이 2: 세쌍둥이라도 다시 세상에 보내야지요.

죽은 이 3: 억울하고 고달픈 사람들 어찌 살라고. 세쌍둥이가 보듬어 주어야지요.

죽은 이 4: 산 사람들 생각해서라도 어서 보내야지요.

죽은이들: 세쌍둥이를 다시 보내 줘요!

「당금애기 세 쌍둥이」

『해를 삼킨 아이들』은 신화와 역사, 문학을 행복하게
결합시킨 동화책이다.

「거지공주」, 「대장곰보」, 「오돌또기」 등 이 책의 주인공들은 저마다
의 방식으로 '조숙'하다. 신이성을 가진 존재들은 모두 이런 조숙성
을 보이는데, 이는 천지 자연계의 동참으로 신이함이 보강된 것이다.

비교적 현대적 인물 유형인 「바보 허봉달」과 「울지 마, 뱅덕」의 주
인공들조차, 외부세계가 어떠하든 자신의 기질과 본성을 끝까지 유
지하고 한껏 발휘할 뿐 자아가 축소되거나 왜곡되는 모습은 보이지
않는다. 현대 동화의 등장인물이 지극히 사실적이고 평범한 모습으
로 외부로부터 끊임없이 간섭받고 위축되는 존재임을 환기한다면,
등장인물의 신화적 '성격'이 이야기의 구성과 방향을 규정하고 있음
을 알 수 있다.

시공간 배경이 추상적인 옛이야기와는 달리 한반도의 근현대라는
구체적인 시공간을 무대로 하고, 일본의 조선 침략과 6·25전쟁, 5·
18광주 항쟁 등 특정 사건을 각기 소재로 삼고 있음에도 불구하고,
시종 신화적 성격을 잃지 않는 주연과 조연들로 하여 『해를 삼킨 아
이들』은 우주적 빛과 풍성함을 지닌다.

현대 창작동화임에도 불구하고, 이 책은 근대문학 장르인 소설문법을 따르지 않고 원시인의 사고체계인 신화적 세계관으로 역사를 조망하였기에, 현실 표면을 포착하는 데 그치지 않고 전체를 포괄하는 통찰을 보여준다.

신화적 사고는 모순을 회피하지 않으며, 다양성 가운데서 진리를 총괄적으로 드러내고자 한다. 이분법적 대립이 없으며 삶과 죽음이 분리되지 않고, 현실과 비현실의 경계도 없다.

> 할망이 눈에 불끈 힘을 주었다. 그러자 할망의 몸집이 쑤욱 커지는 것이었다. 산만큼 커져서 어느새 머리가 물 위까지 올라갔다. 할망은 물 위로 살짝 얼굴을 내밀고 두리번거리더니, 이내 본래 모습으로 돌아왔다.
>
> 〔…중략…〕
>
> '거백아, 저기가 뭐 하는 덴?'
>
> 거백이는 주위를 한 번 슬쩍 둘러보고는 고개를 길게 빼고서 귓속말로 말했다.
>
> '섬사람은 죽으면 말이다, 바로 저승 가는 게 아니다. 먼저 저 할망이 사는 저 섬에 머무는 거다. 세상에 살다 가슴에 묻힌 한을 다 삭이고서 그 다음에 하늘로 올라가는 거다.'
>
> 「오돌또기」

자신 속에 없는 것을 드러낼 수는 없고, 자신이 믿지 않는 것을 남으로 하여금 믿게 할 수는 없다. 동물과 사람, 아이와 어른, 여와 남, 심지어는 가해자와 피해자가 저마다 뚜렷한 개성을 가지면서도 대등한 관계로 설정되고, 상대적 구분을 뛰어넘어 서로의 처지를 바꾸고 화합의 경지에까지 이르게 하는 여유와 해학 넘치는 글쓰기의 근원에 있는, 자유로운 작가정신이 돋보인다.

지금, 그리고 내일을 위한 어제

신화적 사고는 몰(沒)역사적이기에, 자칫 현실과 아득히 멀어질 수 있다. 반면 현실만 드러내고자 하면 세계는 형편없이 협소하고 피폐해진다.

아이들은 누구나 근원적으로 신화적 세계에 속해 있다. 모든 것에 열려 있어 대립과 경계가 없으며, 사물을 크게 보고 또렷이 보고 풍성하게 본다. 기쁨에 대해서만이 아니라 분노와 고통 역시 그만치 생생하다. 현대에 태어나건 미래에 태어나건 그들은 원시인이므로, 그들이 읽는 글을 쓰려면 먼저 그들처럼 생각하고 느낄 줄 알아야 한다.

그러나 글 쓰는 주체는 어른이지 아이가 아니다. 보다 많은 체험을 통해 분별력과 판단력을 갖추게 된 성인으로서, 과거를 헤아려 미래를 내다보고 오늘 할 일을 해야만 하는 것이다. 그러기에 누구라도 자기 삶의 토대를 이루는 역사와 현실에 대한 성숙한 이해를 가져야 하겠으나, 글쓰기는 특히 수많은 영혼에 깊은 영향을 미칠 수 있는 일이므로 작가의 사고와 인식의 질(質)이 거듭 점검되어야 한다.

그런 면에서『해를 삼킨 아이들』에 나타난 작가의 역사와 현실 의식은 깊고 절실하다. 그 의식은 추상적인 전쟁이 아니라 '쇠알이 단군 할아비 145대손 남쪽바다에서 고기 잡던 먹돌이의 가슴팍을 뚫고' 지나는 전쟁, '에고에고 아까운 내 자식들' 절규하며 죽어 가는 사람들 하나하나를 내 새끼의 이름으로 불러대는 어머니의 마음으로 드러나고(「당금애기 세쌍둥이」), '용숫골 시궁창을 따라 개울을 벌겋게

물들이고 아스팔트 위를 가로질러 나 있는 핏물을 따라가면' 도청 앞에 '죽은 이들이 수백 명이었고, 모두가 두 눈을 부릅뜨고 하늘을 쳐다보는'(「깡통로봇 가진이」) 핏빛 이미지를 거침없이 묘사하는 화가의 기법으로도 드러난다.

주체(작가)가 자신의 의식을 드러내기 위해 인물들을 체계적으로 조종하는 것이 아니라, 이야기하지 않고는 견딜 수 없는 바로 그 인물을 불러내어 그로 하여금 울고 웃으며 자기 사연을 한바탕 풀어놓게 한다. 모든 분리와 대립을 뛰어넘는 화합을 체험하게 하는 이러한 글쓰기 방식은 마치 한바탕 굿판과도 같다.

그러나 굿판의 주재자가 아이 눈, 아이 마음으로 전체를 아우르고 있기에, 어제의 모든 아픔들은 오직 생명력을 밝히는 빛으로 갈무리된다. 우리 아이들에게 필요한 것은 어제를 위한 어제가 아니라, 지금 그리고 내일을 위한 어제라는 것을 작가는 깊이 인식하고 있는 것이다.

(『책으로 여는 세상』, 2005. 봄호)

독창적 스타일의 동화책 두 권

임정진, 『미안해 미안해』, 김녹두 『좋은 엄마 학원』

무용한(無用)한 것의 아름다움

사람을 만날 일이 있으면, 인사동에서 약속을 자주 하는 편이다.

인사동에는 늘 전시회가 열리고 있어서, 한두 시간만 짬을 내면 마음의 윤기를 얻을 수 있다. 운이 좋으면 강렬한 생(生)체험과 마주치기도 하고.

몇 해 전 싸리나무 작가 심수구 씨의 작품을 처음 보았을 때의 느낌이 떠오른다. 수천 수만 개의, 셀 수 없이 많은 싸리나무 줄기를 잘라 넓은 공간 가득 촘촘히 붙여 놓은 광경은, 낯설고 기이하고 놀랍고 아름답고 쓸쓸하고 서글픈 복합적인 감정을 갖게 했다.

싸리나무라는 재료에 개인적으로 강하게 이끌린 점도 있었을 것이다. 어린 날 마을 야산의 싸리나무를 지천으로 보고 자랐기 때문이다.

인공 재료가 아닌 자연 재료였기 때문에, 마음이 움직인 점도 있었을 것이다.

그러나 단순히 재료나 취향 때문에 일어난 정서적 반응이 아니었다. 작가의 치열한 영혼과 낯선 아름다움을 체험하는 희열과, 표현된 작품의 무목적성과 무의미성이 주는 안타까움과 서글픔(그야말로 생의 은유가 아닌가?) 등 무어라 이름붙이기 어려운 복합적 감정은 오히려 이성적인 것이었다.

작가는 왜 싸리나무를 잘라 붙이는 작업을 밤낮으로 반복하였을까. 진리를 위해? 밥을 위해? 명예를 위해? 그런 목적에서라면, 널리 검증된 더 효율적인 방법들이 얼마든지 있다.

더러 오목하고 볼록한 형상에서 사람들은 언덕이나 산을 읽기도 하지만, 있는 세계를 모방하기 위해 작가가 영혼을 쏟아 부었던 것은 아니리라. 단순한 복제를 위해서라면 사진이 더 효율적인 도구가 될 테니 말이다.

장르조차 불분명한 그 작업은 '무엇으로도 정의하기 어렵고, 무엇에도 봉사하지 않으며, 홀로 독창적이고, 자체적 질서와 조화를 갖춘 것'이라는 점에서 예술이라 말할 수밖에 없었다.

형식, 내용, 스타일

다른 전시회에서 본 예술적 도자기들도 효용성에서 자유로웠다. 그들 낯설고 아름다운 자기(磁器) 작품들은 무엇을 '담는' 그릇이기를 거부하고, 무엇을 '복제'한 형상이기를 거부하였다. 자신만의 독창적 형상과 빛깔을 가진 그 존재들은 바라보는 것만으로도 즐거움이 일었고, 할 수만 있다면 가까이 두고 자주 마주하고 싶었다.

아름다운 것은 그렇게 즐거움과 기쁨을 준다. 도덕, 윤리, 지식, 어떤 내용도 강요하지 않지만, 아름다운 것은 우리 정신도 그를 '닮고 싶게' 만든다.

한편 가까운 가게에서 밥그릇, 국그릇, 접시, 찻잔 등을 지천으로 팔고 있었다. 목적과 용도가 분명한 효용적 도구들.

물론 예술품과 실용품은 그 역할과 가치가 다르며, 실용품을 폄하하려는 것도 아니다. 다만 동화문학에 대한 우리의 태도를 살펴보기 위해, 어린이 책과 아무 상관이 없어 보이는 얘기를 잠시 하였다.

음악은 내용과 형식이 구분되지 않는다. 음악은 본질적으로 '의미'에 구애받지 않으며, 표현된 '스타일' 자체가 곧 내용이기도 하다.

미술 장르도 초기에는 사실주의적 모사, 즉 외적 현실을 전달하고 복사하는 데서 출발하였으나, '무엇을 표현하기 위한 무엇'이기를 거부하고 스스로 '무엇'이 된 지 오래이다.

이에 비해 문학 장르는 가장 보수적이고 폐쇄적이다. 특히 한국 아동문학에서는 작품에 앞서 존재하는 내용(지식, 진리, 역사적 상황적 현실 의식 등)이 절대적 권위를 가진다.

상상력, 기발함, 자유로운 정신의 표현은 유희적 소모나 상업적 제스추어로 오해되고, 독창적 스타일을 가진 작품은 참여문학적 엄숙주의나 순수문학적 원칙주의 앞에서 폄하되기 일쑤이다.

그러나 예술작품을 예술작품으로 만난다는 것은 특정한 '경험'을 얻는다는 것이지, 어떤 문제의 해답을 듣는 것이 아니다. 예술은 무언가에 '관한 것'만이 아니며, 그 자체로 '무언가'이기도 한 것이다.

독창적 스타일의 동화책 두 권

1) 임정진, 『미안해, 미안해』

중남미 문학의 정신적 지주이자 20세기 후반 세계문학의 스승 가운데 한 사람으로 손꼽히는 보르헤스는 이렇게 말했다.

'저는 제 자신을 작가로 생각합니다. 작가라는 것이 저에게 뜻하는 바는 무엇입니까? 그것은 저의 상상력에 충실하다는 것을 뜻할 뿐입니다. 제가 무언가를 쓸 때, 저는 그것을 사실적으로 충실한 것(단순한 사실은 상황과 사건의 그물망입니다)이라기보다는 더 깊은 무언가에 충실한 것으로 생각합니다.'[1]

우리 동화작가들은 자신의 상상력에 충실하지 못한 편이다. 유연한 상상력이라는 내적 자산을 갖추기가 우선 쉽지 않고, 획일적 사고가 지배하는 풍토에서 고유한 상상력을 자유롭게 표현할 수 있는 의지와 자신감을 갖기도 쉽지 않다.

그런 점에서 임정진은 자기 방식으로 꿈꾸고 표현할 줄 아는 극소수 작가 가운데 한 사람이다. 수많은 동화를 한데 묶어 놓아도, 자유분방한 상상력과 탁월한 입담, 음악성이 내재된 문장 등으로 그녀의 작품은 뚜렷이 구분된다.

『미안해, 미안해』(푸른숲, 2004)에도 이런 특징이 잘 나타나 있다.

이 책엔 모두 다섯 편의 단편이 실려 있다.

「누나, 시집가지 마」는 '한국적 전통'이라 말할 수 있는 지난 시대의 풍경을, 영화처럼 시각적인 이미지로 보여준다. 감각적으로 구성

---

1) 호르헤 루이스 보르헤스 지음, 박거용 옮김, 『보르헤스, 문학을 말하다』, 르네상스, 2003.

된 '미적 분위기'가 이 작품의 전체성을 이끌고 있다.

「미안해 미안해」는 재개발과 철거라는 특정 상황을 다루었으나, 흔히 접근하듯 사회 '제도'나 '구조적 모순'을 문제삼지 않는다. 약자인 어린이와 그들의 친구인 개에게 가해지는 현실의 폭력을 가만히 그려 보일 뿐이다. 아이와 동물이 나누는 교감과 그로 인한 고통에 독자도 고스란히 참여시키지만, 독자를 흥분시키거나 선동하지 않으며 어떤 해답도 제공하지 않는다.

「낮에도 별은 우리 머리 위에 있습니다」는 아빠 없이 아이와 엄마와 둘이서 살아가는 처지이지만, 환경적 요소를 강조하는 방식으로 독자의 주목을 요구하지 않는다. 모자의 대화를 통해 '살아가는 방식, 태도'를 보여주며, 보이지 않지만 낮에도 존재하는 별의 은유를 통해 눈에 보이지 않는 것들에 대한 믿음으로 메마른 현실을 견디고 이기고자 하는 의지를 암시할 뿐이다.

「엄마, 엄마도 엄마가 있지?」도 주제나 소재가 새롭지는 않지만, 나와 엄마의 관계성에 유추하여 엄마와 외할머니의 관계를 새롭게 이해하게 하는 등 능란한 이야기 전개 방식에 따른 흡인력이 돋보인다.

「나디아를 만나거든 연락 주세요」는 퀵 서비스 배달꾼이 된 치타의 이야기로, 색다른 상상력과 발랄한 이미지, 감각적이고 리드미컬한 언어 구사력이 한껏 발휘되었다. 전쟁과 이로 인한 참상이 소재가 되고 있지만, 은유적 기법으로 거리두기를 함으로써 역사적 상황에 집중하게 하기보다 삶에 대한 근원적 의문을 제기하게 한다.

전체적 특징을 소박하게 정리하자면, 지극히 일상적이거나 첨예한 현실 상황을 소재로 다룬다는 점은 다른 작가와 같지만, 표현 방식과 능력이 탁월함을 볼 수 있다. 영화적 시각화, 대화로 상황을 전개하는 연극적 기법, 시적 음악적 언어 사용 등 표현 능력이 다채롭고 유연하다.

작품을 형식과 내용의 이분법으로 이해하는 사람들은 '표현'을 허영이나 장식으로밖에 생각할 줄 모르지만, 스타일 자체가 곧 예술의 내용이라는 점에서 임정진의 작품은 예술의 본질에 더욱 가깝고, 그만큼 독자를 자유롭게 한다.

아쉬움이라면 오히려 작가가 현실을 너무 많이 인식한다는 점이다. 자신의 이야기가 어린이들에게 '작은 위로'가 되기를 바라는[2] '따뜻함'이 그녀를 남다른 동화작가이게 하는 원천적 에너지이지만, 예술가로서 극복해야 할 어떤 한계일 수도 있는 것이다.

현실 인식을 하지 말라는 얘기가 아니다. 사회의 요구나 시대적 상황이 어떻게 압박하건, 모든 면에서 가장 자기다운 상상력을 더욱 충실히, 한껏 표현하기를 바란다는 뜻이다.

2) 김녹두, 『좋은 엄마 학원』

누구나 나름의 세계관과 의지를 가지고 있기 마련이다. 그러나 자기 것인 줄 알지만, 사실은 타인의 세계관과 가치를 자기 것으로 착각하고 있는 경우가 많다. 그런 작가의 글에서 독창적 상상력이나 인식의 새로움, 사고의 모험 같은 요소를 기대할 수는 없다. 자기 자신의 꿈, 간절함이 없기 때문이다.

그런데 신예작가 김녹두는 첫 창작집 『좋은 엄마 학원』(문학동네 어린이, 2004)에서 고유한 세계관과 의지를 독창적으로 표현해 보인다.

이 책에는 모두 네 편의 단편동화가 실려 있다.

---

2) 임정진, 작가 머리말에서. 『미안해 미안해』, 푸른숲, 2004.

「눈사람 카드」는 유아적 자기 중심성에서 벗어나지 못한 미나가, 삶의 풍파에 일찍 노출되어 인내와 이해심, 타인에 대한 배려 등 어른의 자질이라고 말할 수 있는 성숙함을 갖춘 명숙이를 만나면서, 자신의 껍질을 한 겹 깨고 나오게 되는 이야기이다.

도식적인 구도에 결말을 예상할 수 있을 법한 이야깃거리지만, 작가는 흔한 소재를 평범하게 구성하는 진부함을 용납하지 않는다. 작품 전체에서 느껴지는 '정서적 진실'이 상황적 사실성을 압도하며 작품에 생기를 준다.

「좋은 엄마 학원」은 딸에게 이런저런 자신의 욕망을 입히던 엄마가, 반대로 딸의 욕망을 대리 실현해야 하는 체험을 통해 서로를 이해하게 되는 이야기다. 아이를 억압하는 엄마의 모티프는 질릴 만큼 많이 등장하지만, 일상의 복제에 그치는 책들과 달리 독창적 상상력으로 유연하고 유쾌하게 표현하였다는 데 작가의 남다름이 있다. '내용'만 있고 스타일이 결여된 작품에서와는 달리, 독서 과정 내내 어린이들은 놀라움과 즐거움을 체험할 수 있을 것이다.

「미미가 치마를 입게 된 사연」은 아들에 대한 가족들의 욕망 내지 환상을 은연중 내면화해 왔던 미미가, 자신의 고유한 성 정체성을 탐색하고 찾아가는 이야기이다. 작품 외적인 '내용'이 너무 뚜렷하게 존재하여, 자칫 전달을 위한 도구화에 그칠 위험이 다분한 이야기임에도 불구하고, 주인공의 '성격'에서 발생하는 정서적 진실감이 우려를 완화시킨다.

「뻐꾸기 엄마」는 아빠가 집을 나가고 엄마는 자기 일을 하는 상황에 놓인 미돌이가 겪는 현실을 사실적으로 그렸다. 자기 삶이 힘겨워 아이의 입장을 섬세하게 헤아릴 여유를 갖지 못하는 엄마와, 엄마의 힘겨움을 헤아리기에 자신의 힘겨움을 말없이 참아내는 아이의 모습이 담담하면서도 절실하게 그려져 있다.

어린이의 편에서 그들의 생활, 그들의 심정을 대리 표현하고 있다는 점에서 『좋은 엄마 학원』은 가장 아동문학답다. 아동문학은 기본적으로 어린이들로부터 '권리위임'을 받은 문학인 것이다.

이 작품 역시 현실 인식이 너무 뚜렷하여 자칫 효용적 기능에 머물 위험이 있음에도 불구하고 독서 과정 자체에서 남다른 기쁨과 즐거움을 주는 것은, 자기가 인식한 현실을 자기만의 상상력으로 표현해 냈기 때문이고, 아동문학적 본질에 충실하였기 때문이다.

한국 아동문학은 너무 오랫동안 무엇의 전달을 위한 효용적 도구에 머물러 왔다. 그러나 자기가 느끼는 세상을 자기 방식으로 자유롭게 표현하는 작가가 많아지면 많아질수록 어린이 독자는 더욱 행복해지리라.

'만일 우리의 역사 감각이 성숙해진다면, 사람들이 더는 지금의 우리처럼 역사를 의식하지 않게 될 때가 오리라고 가정할 수 있을 터입니다. 사람들이 아름다움을 둘러싼 사건들과 상황들에 거의 신경 쓰지 않게 될 때가 올 것입니다. 그러면 그들은 아름다움 그 자체에 관심을 갖게 될 것입니다. 모든 국민이 이런 식으로 사고한다고 생각할 때, 이것은 정말 좋은 일입니다.'[3]라는 호르헤 루이스 보르헤스(Jorge Luis Borges)의 말에 깊이 공감하며, 우리에게도 이런 날이 어서 다가오기를 고대한다.

(『책으로 여는 세상』, 2004. 가을)

---

3) 호르헤 루이스 보르헤스, 앞의 책, 101쪽.

그림책 육아 어떻게 시작할까?

부모 되기의 어려움

일정한 연령이 되면 대부분의 사람들은 결혼을 하고 아기를 낳아 기르게 된다.

남들이 다 하는 일이라 해도, 개개인에게는 첫 체험이라 부모 노릇이 어렵기만 하다. 어느 시기 어떤 상황에 무엇을 어떻게 아기에게 해주어야 할지, 막막하기만 하다.

아동 발달을 연구하는 학자들이 결정적 시기(critical period)라 부르는 때가 있다. 어떤 경험이 그후의 생리적 심리적 발달에 불가역적인 영향을 주는 시기를 말한다. 예를 들어 태아의 심장, 눈, 폐 등이 형성되는 시기에 병이나 약물 등으로 인해 정상적인 형성 발달이 저해되는 경우, 영구적인 기관 손상을 받게 된다.

에릭슨(Erikson)은 심리적 발달 과정에도 결정적 시기가 있다고 지

저자가 딸아이를 키우며 쓴 '그림책 육아일기'를 바탕으로 집필하였기 때문에 생생하게 살아 있는 저자의 경험이 초보 엄마들에게 실질적인 도움을 준다.

적한다. 예컨대 생후 1년이 다른 사람에 대한 신뢰감 발달에 결정적 시기로서, 이때 적당한 애정을 받지 못하면 어른이 되어도 원만한 인간관계를 갖기 어렵다는 것이다.[1]

전문적인 이론까지 알 필요가 없더라도, 알맞은 시기에 필요한 욕구를 충족시켜 주고 적절한 자극을 준다면 어린이의 성장 발달이 보다 활발히 이루어질 것임에 틀림없다.

그 가운데서도 책은 아이의 욕구를 충족시키고 내적 성장을 돕는 탁월한 매개체이다. 좋은 책을 골라 읽혀야 한다는 데 누구나 동의하

---

1) 물론 심리적 성장과 발달 과제가 아동기에 제한되는 것은 아니다. 에릭슨은 인간의 여덟 가지 시기를 다음과 같이 제시하고 있다.

 1. 구강감각기―기본적 신뢰감 대 불신감
 2. 근육항문기―자율성 대 수치심
 3. 운동남근기 ―주도성 대 죄의식
 4. 잠재기―근면성(유능감) 대 열등감
 5. 사춘기(청소년기)―자아정체감 대 역할 혼란
 6. 성인초기―친밀감 대 고립감
 7. 장년기―생성감 대 정체
 8. 노년기―자아통합 대 절망
 Erik H.Erikson 지음, 윤진·김인경 옮김, 『아동기와 사회』, 중앙적성출판사, 1995, 318쪽.

지만, 어떤 시기에 어떤 내용과 형식의 책을 골라 주어야 할지 알기란 쉽지 않다. 먼저 아이를 키워 본 사람들에게서 단편적인 책의 목록을 얻을 수는 있겠지만 체계적인 조언을 구하기는 어렵다.

그런 면에서 『그림책 육아 어떻게 시작할까?』는 초보 부모들에게 실질적인 도움을 준다. 저자가 딸아이를 낳아 기르면서 7년 동안 쓴 '그림책 육아일기'를 바탕으로 집필하였기에 생생한 경험이 그대로 들어 있고, 또한 어린이 책 편집자로서 전문적 직업의식을 가지고 국내외 그림책을 꼼꼼히 찾고 살피며 쓴 글이라 안목을 믿을 수 있다.

책의 구성과 내용

『그림책 육아……』는 다섯 항목으로 구성되어 있다.

1부에서는 그림책 육아를 시작하는 세 가지 원칙이 제시되어 있다. 낱권으로 사줄 것, 엄마가 직접 골라 줄 것, 아이의 생활과 더불어 읽어 줄 것.

엄마가 그림책을 고르는 구체적인 방법 및 영유아가 좋아하는 그림책의 특징을 제시하고, 아이의 생활과 연계된 책을 골라 줄 것을 당부한다.

2부에서는 아기에게 처음 읽어 준 도형 그림책부터 일곱 살에 젖니를 뺄 때 즐겨 읽었던 그림책까지, 아이의 삶과 함께 하였던 그림책 이야기가 펼쳐진다. 설레는 마음으로 아이를 위해 정성껏 책을 고르고, 책을 읽으며 아기가 보여준 작은 반응에 기뻐하고 감동하는 엄마의 마음이 생생하게 담겨 있다.

3부는 균형감각 키우기로, 아이가 관심을 보이는 발레에 관계된 일련의 책들을 차례로 보여주는가 하면, 남자든 여자든 다룰 줄 알아야 하는 생활의 기본 공구에 관한 그림책을 구해서 보여주는 등, 그림책 읽어 주기에 관한 다양한 관점이 정리되어 있다.

4부는 기존의 그림책을 내 아이에 맞게 엄마가 편집한 '엄마표 그림책'을 비롯, '그림책 비디오', '그림책 시디롬' 등 그림책과 다양한 매체를 함께 활용할 수 있는 방법을 안내한다.

5부는 영어 그림책 편으로, 카세트 테이프의 원어 발음을 들으며 그림책을 즐기는 사이 자연스럽게 아이가 영어와 친숙해진 경험 등을 들려 주고, 영어 그림책 고르는 방법도 조언한다.

말해진 것과 그 너머의 것

이 책에는 이론적 지식이 아닌 삶의 경험이 담겨 있어, 일반인이 삶 속에서 누구나 유용하게 활용할 수 있다. 그러면서도 정보의 일회적 전달에 그치지 않고, 시간이 흘러도 반복 참고할 수 있다는 점이 여타의 정보서와 구분된다.

평범한 엄마 입장에서 쉽게 풀어 쓴 글과, 그림책 사진 및 삽화, 메모 쪽지 등을 비주얼하게 편집하여 일반인들이 만만한 책으로 친근히 여길 수 있게 한 점도 좋아 보인다.

물론 독자 입장에서 저자의 개별 체험을 지나치게 일반화시켜 받아들일 필요는 없다. 길 없는 땅에 앞서 간 사람이 남겨둔 표식처럼, 적어도 그 흔적을 따라가면 길을 잃고 헤맬 염려는 없이 사람들의 마을로 갈 수 있다는 점에서 참고와 의지로 삼으면 된다. 저자도 조언하고 있듯이, 책에 나온 그림책을 무조건 사 주기보다 저자가 제시한 책의 내용과 형식을 참고하여 내 아이에게 알맞은 책을 직접 고르는 것이 좋다. 처한 환경이나 아이의 개인차에 따라 내 아이에게 알맞은 책이 따로 있을 것이기 때문이다.

『그림책 육아 어떻게 시작할까?』에는 그림책을 매개로 사람과 사람이 나누는 순수한 교류의 기쁨이 있다. 딸에게 좋은 책을 주기 위해 지속적으로 노력하는 저자의 모습은, 단순히 '내 아이'에 집중하는 눈먼 애정이 아니라, 사람을 믿고 세상으로 온 한없이 무력한 어린 생명을 제대로 돌보고 키우기 위해 노심초사하고 실천하는 어른의 모습을 모범적으로 보여준다. 그러기에 이 책은 정보도 정보지만, 자녀에 대한 부모의 태도를 근본적으로 돌아보게 하는 진실한 힘이 있다.

그림책 읽기에서 문학 체험으로

이 책에서는 그림책 육아만을 다루고 있지만, 문학 체험은 그보다 훨씬 빨리 그리고 폭넓게 이루어져야 한다.

아이를 위한 문학은 탄생 순간부터가 아니라, 태교 시기부터 이미 시작되어야 한다. 뱃속의 아이에게 좋은 시와 이야기를 들려 주며 서로 만남을 기다리는 과정이 선행된다면, 아기 탄생의 순간은 더욱 소중하게 다가올 것이다. 시중에 여러 종류의 '태담집'들이 나와 있으므로 비교하여 선택해도 좋겠고, 동요 동시집들을 읽어 주며 부모가 될 마음의 준비를 하는 과정을 반드시 가지는 것이 좋겠다.

눈으로 책을 보기 이전에, 책을 볼 때도, 귀로 듣는 문학 체험이 풍부하게 이루어져야 한다. 아이가 알아듣지 못해도 다정하게 말을 건

네고, 옛날부터 아이를 안고 업고 어르며 들려 주었던 전래동요 및 자장가 등을 들려 주고, 이야기를 해주는 것이 좋다.

나이가 어릴수록 집중력이 약하고, 눈으로 볼 수 있는 그림책의 분량은 제한되어 있다.

영유아기는 시각보다 청각과 촉각, 미각, 후각 등 감각으로 세상을 인지하는 시기이므로, 오감을 최대한 함께 활용하도록 해주어야 한다. 공감각이 살아 있는 유년기에 '들은' 시와 노래와 이야기는 아이만의 고유한 상상력으로 그의 내면에 오래도록 깊은 울림으로 남아 있게 된다. 따라서 시각적인 그림책에만 의존하지 말고, 전래동요나 동시, 이야기 등 '듣는' 문학 체험의 기회를 넉넉히 제공하는 것이 좋다.

사람의 무의식을 지배하는 것은 합리적 이성이 아니라 '취향'인데, 이 취향이 형성되는 것이 바로 유년기이다. 취향은 학력과도 상관이 없고, 의식적으로 통제되지도 않는다. 그런 면에서 『그림책 육아……』에 제시된 책의 목록 대다수가 외국 도서라는 점도 마음에 걸린다.

우리 그림책은 이제 초기 발달 단계에 있어 완성도 있는 작품 목록이 빈약하고, 반면 질 좋은 번역 작품은 손쉽게 구할 수 있어 현실적으로 이러한 결과물이 나올 수밖에 없는 측면이 있다. 그러나 엄마로서의 개별 체험 나누기에 더하여, 기왕 길잡이 역할을 맡았으니 전문가 입장에서 한국 정서가 담긴 책들을 애써 더 찾아 소개하였으면 좋지 않았겠는가 하는 아쉬움이 남고, 이 부분은 결국 부모가 채워야할 중요한 몫이라 생각된다.

마지막으로 아이의 '생활'과 직접적인 관련을 가지는 책을 우선적으로 고르되, 당장 관련이 없어 보이더라도 생의 진실과 삶의 지혜가 담긴 문학책을 풍부하게 체험하게 해주는 것이 중요하다는 점을 덧

붙이고 싶다. 자신의 생활과 연계된 이야기에 아이가 보다 즉각적이고 강한 반응을 보이는 것은 사실이지만, 앞으로 걸어가야 할 일생에 대한 기본적인 대비가 유년기에 이루어짐을 간과해서는 안 된다. 상징적이고 은유적인 형태로 내면에 축적된 풍부한 문학 체험이 훗날 복잡다단한 현실을 헤쳐 나갈 때 지혜로운 조언자가 되고, 내면의 길잡이가 되고, 언제든지 꺼내 쓸 수 있는 상상력의 보물창고가 되어 줄 것이기 때문이다.

(『북앤 이슈』 5호, 2004)

어린이도 알아야 할 인생 이야기

이경, 『하늘 밑 우리 집』, 계수나무, 2004

소재주의―왜곡된 현실구조가 낳은 불합리한 전통

아동문학의 상업주의, 소재주의는 근래 형성된 것이 아니라, 왜곡된 현실 구조가 싹 틔우고 꽃피워 오늘날의 양상으로 열매 맺게 한 진화의 오랜 과정이 있었다.

상업주의의 만개는 전후에 이루어졌다.

동족상잔의 극단적 체험은 기존에 믿어 왔던 모든 가치들을 일거에 붕괴시켰고, 폐허의 잿더미 속에서 생존하는 일이야말로 모든 사람들의 지상과제였다.

명랑물, 탐정물, 순정소설, 공상과학소설 등 현실 도피적 성향의 흥미 위주 읽을거리가 봇물 터지듯 쏟아져 나온 것은 그때였고, 독자 대중의 폭발적 호응 속에서 어린이 책의 상업적 위력을 확인할 수 있었던 것도 그때였다.

소재주의는 카프 시기부터 자주 지적되었던 사항이지만, 전후(戰後)에 하나의 뚜렷한 도식을 형성하게 된다. 고아 혹은 어려운 처지의 주인공이 온갖 고난과 역경을 이겨내고 마침내 해피엔드를 맞게 되는 천편일률적인 구조가 그러하다.

동화하면 으레 해피엔드여야 한다는 미신, 혹은 일종의 강박증(!)을 널리 갖게 된 데는, 어린이 책이 요구하는 본질적 속성의 측면도 있지만 한반도의 역사 현실이 강압한 부분도 분명히 있다.

당시 한반도 어린이들에게는 희망과 의지가 절대적으로 필요했다. 생존경쟁을 일상적으로 치러야 하는 현실에서 무엇이든 남들보다 '빨리빨리' 하는 것이 중요하였기에, 희망과 의지 역시 내적 전개 과정 속에서 자연스레 표출되지 않고 약이나 주사처럼 처방되었다.

과정과 질적 차이가 살펴지지 않는 부박한 현실은 매 시대마다 조금씩 변이된 형태의 소재주의를 부추겨 왔고, 오늘날에도 그 전통은 면면히 이어져 오고 있다. 소외계층을 다룬 이야기 역시 작품의 완성도와 관계없이 소재주의 측면에서 오래 선호되어 온 테마이기도 하다.

소외된 이의 삶을 다루는 방식 : 정보와 이야기

전후에는 불우한 고아와 빈민의 이야기가 주류를 이루었고, 1970년대에는 가난한 농어촌 어린이들의 삶이 주목되었다면, 1980·90년대에는 도시빈민 계층에 대한 관심이 정점을 이루다 차츰 왕따, 장애, 여성, 노인 문제 등 사회적 약자에 대한 관심으로 폭넓게 세분화되는 양상이다. 결과만 보자면 문학이 당연히 걸어야 할 길을 걸어온 셈이고, 신자유주의 체제 하에서 앞으로 더더욱 지향해 가야 할 길이기도 하다.

그러나 실질적 내용을 살펴보면, 각 시기마다 주목을 받으며 상업적 성공을 거둔 작품들은 있었으나 당대 삶을 핍진하게 반영한, 아니 적어도 소재주의를 뛰어넘은 작품의 목록은 여전히 빈약하기 짝이 없다. 독자들이 소외계층의 삶에 대한 '정보'를 보다 많이 접하게 되긴 하였으나, 주인공의 삶에 깊이 침잠하고 거기서 빠져나온 뒤 변화하게 되는 진정한 '이야기'는 찾기 어려운 것이다.

정보와 이야기는 모르던 것을 새롭게 알게 한다. 그런데 정보는 일회적인 반면 이야기에는 반복 체험할 수 있는 진실이 구조화되어 있어 매번 읽을 때마다 마음이 움직인다.

사람들이 이야기에 이끌리는 것은 인간의 삶에 대한 '경험'이 녹아 있다는 것을 본능적으로 알아차리기 때문이고, 이야기 속 타인의 인생이 내 삶의 다른 가능성일 수 있음을 느끼기 때문이다. 요컨대 사람들이 남의 인생에 관심을 가지는 것은 자신의 인생에 대한 관심 때문이다. 인생에서 남의 일이란 없다는 것을, 의식은 깨닫지 못할지라도 무의식은 먼저 알고 있다.

타인의 삶에 대한 소재주의적 전달은 독자의 내면의 깊은 요구에 결코 응답하지 못한다. 온갖 욕망이 들끓는 카오스 같은 현실의 장에서는 피상적, 파편적, 일회적 차원의 정보 수준의 글쓰기가 오히려 그 선명함과 단순함으로 쉽게 눈에 띄고 일정한 상업성을 가질 수도 있다. 그러나 단지 돈을 벌 목적으로만 글을 쓰는 게 아니라면, 지향해서는 안 되는 길임은 분명하다.

사랑을 나누며 사는, 또는 소외계층의 삶을 다룬 수많은 동화책들이 있지만 이경의 『하늘 밑 우리 집』은 인생 이야기를 폭넓게 담고 있는 흔치 않는 책이다.

인생에 남의 일이란 없다

찬미네 집은 평범한 가정과 다르다. 서로 피가 섞이지 않은, 그것도 정신적 장애를 안고 있는 병든 어른이 넷이나 한식구가 되어 살아가고 있다.

87세나 되었고 치매 증상을 보이는 모나리자 할머니(알 듯 모를 듯한 신비한 미소를 지을 때가 있어서 찬미가 지어 준 별명), 서른다섯 살이나 되었지만 정신지체와 자폐증으로 유아 수준의 지능을 보이는 명숙 언니, 정신병 때문에 일곱 살 된 아들을 두고 이혼당한 현정이 아줌마, 첫사랑에 실패한 뒤 그 충격으로 정신병원에 일곱 번이나 입원과 퇴원을 반복하는 미미 언니. 엄마는 찬미의 엄마이기도 하지만 가족 모두의 엄마이기도 한 것이다.

찬미는 친구들과 다른 환경이 가끔 부끄러울 때도 있었지만, 오랫동안 공동체 생활을 해왔기에, 자신의 집과 식구들을 당연하고 익숙하게 받아들였다. 그런데 미루나무처럼 키가 크고 가시나무처럼 성

『하늘 밑 우리 집』은 아무도 가르쳐 주지 않는 인생의 한 진실을 어린이 독자에게 진솔하게 보여주고 있다.

마른 아이 우선이와 그 애의 할머니까지 들어오게 되면서 찬미의 일상은 흔들리고 깨어지게 된다. 우선이는 밤늦게 거리를 돌아다니는 것은 보통이고, 게임방에서 불량한 오빠들과 어울리며, 급기야 찬미가 소중히 모아온 용돈 주머니까지 훔쳐 가고도 뻔뻔하기만 하다.

찬미는 방학 숙제인 '우리 집, 우리 가족 이야기'에 개성적이고도 특별한 가족들 이야기를 솔직하게 썼고, 글짓기 부문에서 전체 일등을 차지하게 된다. 선생님은 자신이 쓰던 중고 컴퓨터를 물려 주며 계속 열심히 글을 써보라고 격려하고, 아이들은 찬미네 식구들에게 관심을 보이며 자연스럽게 놀러 오기도 한다.

우선이만 아니었으면 찬미는 좀더 오래 안온함을 누릴 수 있었을 것이다. 그러나 적대적이고 공격적인 우선이는 찬미 자신만 모르고 있었던 비밀을 터뜨리고, 찬미는 한순간 자신이 다른 가족들과 같은 처지였음을 깨닫게 된다.

그동안 가족들 이야기를 반 홈페이지에 연재해 나갔듯이, 찬미가 새로이 알게 된 자신의 이야기도 솔직하게 쓸 수 있었을까? 아마 그러지 못했을 것이다. 상처를 인정하고 받아들이는 일은 내공이 쌓였을 때 가능해진다. 그러려면 내면의 힘을 축적해 나갈 보다 긴 시간이 필요하다.

독자는 처음에 구경꾼으로서 찬미네 특별한 가족이 살아가는 방식과, 저마다의 기구한 사연을 가진 사람들의 인생 이야기를 엿보게 된다. 그러면서 성공한 사람들뿐 아니라 실패하고 버려진 사람들 역시 제 몫의 삶을 힘껏 살아왔음을 알게 되고, 의지한 대로만 살아지지 않는 운명의 거대한 힘, 인간의 나약성을 어렴풋하게나마 감지하게 된다. 그런가 하면 최악의 상황인 것 같지만 부족한 존재끼리 체온을 나누고 다독이며 끊임없이 빛과 따스함의 세계로 나아가는 끊임없는 싸움—사람의 힘, 그 경이로움도 체험하게 된다.

구경꾼으로 출발했던 독자는 차츰 주인공 찬미의 심정에 동화되어, 현실에서 마주쳤다면 눈살을 찌푸리거나 외면했을지도 모를 치매 노인이며 정신 장애 여인들을 보다 가깝게 인식하게 된다. 그러다 우월한 입장에 서 있던 찬미 역시 '받아들여진 존재'임을 알게 되는 순간, 독자는 그의 분신인 찬미가 받는 충격 체험을 상당 부분 공유하지 않을 수 없다. 한없이 얇았던 보호막이 부서지는 순간 찬미는 자신의 낯선 정체성과 대면해야 하고, 그 체험은 견디기 어려운 고통과 두려움과 혼란을 준다. 그러나 새가 알을 깨고 나와야 하듯, '태어나려는 자는 한 세계를 파괴해야만' 한다.

그 일은 찬미라는 개체생명에게 한 세계가 깨어지는 아픔이자 새 세계로 나아가는 과정의 진통이 되고, 개별 상황은 다를지라도 삶에서 그와 비슷한 경우를 수없이 겪어야 할 독자들에게는 일종의 보편적 은유로 작용한다. 자신은 우월감 속에서 타인을 관대하게 대한다고 생각하기 쉽지만, 실은 타인의 관용 속에서 내 존재가 숨쉬고 꽃필 수 있음을. 또한 인생에 남의 일이란 없다는.

빛과 따뜻함—옹호할 수밖에 없지만

이경의 『하늘 밑 우리 집』은 공동체 현장을 직접 방문하고 취재하여 쓴 작품이라 캐릭터, 스토리, 배경, 에피소드 등이 경험적이며 그만큼 진정성과 흡인력이 강하다. 그러면서도 그런 류의 작품이 흔히 사실성에 얽매어 정보 전달에 급급한 피상적 차원에 머무르기 쉬운데 비해, 이야기를 오래 녹이고 매만진 시간과 마음의 흔적이 여실히 배어 있다. 공장에서 찍어낸 제품과 만든 사람의 혼과 손길의 흔적을 오롯이 함유한 수제품의 차이라고 할까.

미학적 성취를 탁월하게 성취한 예술 작품이라고까지는 말하기 어렵지만, 이 작품은 아무도 가르쳐 주지 않는 인생의 한 진실, 어떤 측면의 전체성을 어린이 독자에게 보여주는 드문 이야기책이다.

다만 결말 부분에서 찬미가 너무 빨리 새로운 상황을 받아들일 준비를 하는 게 아닌가, 결국 화해를 하긴 해야겠지만 그에 앞서 억압된 감정과 더욱 충실히 정직하게 대면하는 과정이 중요하지 않겠는가, 그 일이 찬미 못지않게 작가에게 버겁겠지만 그래도 더 노력해봐야 하지 않겠는가, 하는 생각들을 해봤다. 그대로도 무난하지만 무난함으론 부족하기에.

빛과 따뜻함. 생명에 속한 것. 우리가 옹호할 수밖에 없는 것.

그러나 그것은 약처럼 주사처럼 밖에서 처방할 수 없다. 사람의 내부에서 길어 올린 에너지여야 비로소 진정한 빛이 되고 불이 된다. 타인의 가슴으로 옮겨 붙는다.

(인터넷 〈사이버 아동문학관〉, 2006)

잊혀진 존재를 불러내다

전병호, 『들꽃 초등학교』 / 이상교, 『살아난다, 살아난다』

『들꽃 초등학교』와 『살아난다, 살아난다』는 각각 개성이 뚜렷하면서, 공통점보다는 차이점이 크게 다가오는 동시집이다.

『들꽃 초등학교』는 지역적으로 변방에 위치한, 시골 어린이들의 소외된 현실이 전체 테마를 이루고 있다. 그들 삶의 내용인 부재와 결핍(부모의 죽음, 또는 이혼, 재혼 등)이 주된 소재인 만큼, 시집 전체에 어린 영혼들의 외로움과 그리움이 맑고도 아프게 서려 있고, 또 다른 시적 화자인 선생님(어른)의 연민과 안타까움이 중첩되어 일렁인다.

『살아난다, 살아난다』는 고층 아파트와 주변의 가게들, 그리고 더러 자연이 어우러진 도심 변두리의 일상을 동심으로 노래하였다. 사람뿐 아니라 온갖 사소하고 소소한 사물들, 평소에 잊혀진 희미한 이미지들까지 일깨우고 불러내어 보여주지만, 개별적 어린이의 '구체적 삶'에는 무심하다.

『들꽃 초등학교』가 현실의 어린이 자체를 주목하는 데 비해, 『살아난다, 살아난다』는 원형적 동심으로 사물과 교감하는 것이다.

두 시인의 서로 다른 세계관과 관심사는 필연적으로 시의 형태를 규정하여, 주제나 소재뿐 아니라 어법, 상상력, 톤(tone), 분위기 (mood)에 이르기까지 두 동시집은 참으로 다르지만, '너'와 '나'를 만나게 하고 하나 되게 하는 매개라는 점은 같다.

너는 나이다

『들꽃 초등학교』는 초등학교 선생님인 시인이 휴전선 근처 작은 산골학교에 5년 동안 있으며 만난 제자들 이야기를 시로 옮겨 썼다.

시인이 담임을 맡고 보니, 반 아이 13명 가운데 엄마 아빠가 없는 아이가 8명이나 되었다고 한다. 하루는 소원을 세 가지씩 발표하도

전병호의 동시집 『들꽃 초등학교』와 이상교의 동시집 『살아난다, 살아난다』.

록 하였더니, "내 첫 번째 소원은 아빠 엄마와 함께 행복하게 사는 것입니다. 두 번째 소원도 아빠 엄마와 함께 행복……" 하더니 남자 아이가 엎드려 울기 시작했다. 그러자 "나도 엄마가 없는데……." 하며 한 아이가 따라 울었고, 다른 아이도 울먹이는 것이었다.

시인은 '이 아이들의 아픔을 달래 주지도 못하면서 내가 무슨 시를 쓴다 하랴' 하는 생각이 저절로 들었고, 「선생님의 고백」이라는 연작시를 시작으로 그 아이들 이야기를 쓰고 또 쓰게 되었다고 한다.

> 너를 생각하면 지금도 미안하다/ '가족과 가정' 단원이라 난 가족 사랑을 이야기했지//갑자기 참새 소리도 뚝 그치고/조용해진 교실/창 밖 하늘은 서럽도록 파랗게 빛나는데//아이들 등 뒤에 고개 묻고 너는/돌보다 무거운 눈물 뚝뚝 떨어뜨리는 것을/소리 내지 못하고 우는 너 보며/내 마음 얼마나 아팠던가//평소 조심했는데 그 날은 깜빡./너는 항상 웃는 장난꾸러기라서 그걸 믿고/내가 그만 오래도록 가족 사랑을 이야기 했구나
>
> ─연작시 「선생님의 고백」 중 '그 날은 깜빡'

『들꽃 초등학교』의 동시들은 '나' 자신이 아닌 '너'를 생각하며 쓴 시이다. 아니, '너'로 인해 아픈 '나'를 표현한 시이다. 이때의 '너'는 나와 관계없는 '타인(他人)'이 아니라, 내 속의 타자(他者)이다.

우리 속에는 '자아'와 낯선 '타자'가 공존한다. 아침에 눈을 뜨면 내 속에서 함께 눈을 뜨고, 끊임없이 나를 지켜 보는 또 하나의 존재. 타자는 언제나 부재하고, 부재하면서도 편재한다. 둘이기에 우리는 외롭고, 끊임없이 결핍된 타자를 찾아 헤매거나, 다른 것에 관심을 돌림으로써 고독을 회피하려 한다.[1]

그러나 우리는 때로 자아와 타자의 이중성에서 벗어나, 충만한 '일치'를 경험할 수 있다. 자아를 완벽하게 잊고 타자에게 뛰어드는 순간에. 예컨대 사랑에 빠졌을 때.

『들꽃 초등학교』의 아프고 외로운 아이들은 내 안의 '타자'이다. 시인이 문득 자아를 잊고 타자에게 마음을 쏟았듯, 이 시집을 읽는 순간 독자도 한없이 작고 힘없는 '타자'에게 자신을 고스란히 투여하게 된다.

현실에서 소외되고 잊혀진 존재인 아이들이 독자의 마음을 온통 차지하는 순간, 독자는 오히려 자신의 참된 전체성을 체험하게 된다.

5학년 여선생님이/술 취해서/큰 소리로 밤새 노래 불렀대.//5학년 여선생님이/화가 몹시 나서/헛소문낸 아이를 찾는대.//선생님 옆모습 보고/문득 자기 엄마 생각나서/승렬이가 한 말이래.//백합 같은 승렬이 엄마는/술 취해 슬픈 노래만 부르다가/작년에 집을 나갔대.//5학년 여선생님이/그 말 듣고/승렬이를 꼭 안아 주셨대.//선생님도 울고 계셨대.

「야영날 밤」

나는 너이다

이에 비해 『살아난다, 살아난다』는 너를 위한 노래가 아니라, 스스로에게 불러 주는 노래이다. 대화인 듯 보이지만 실은 독백이며, 어

---

1) "진실로 자신과 함께 홀로 있는 사람, 자신의 고독 속에 침거하는 것에 만족하는 사람은 결코 홀로 있는 것이 아니다. 진짜 고독이란 자신의 존재로부터 분리되어 둘이 되는 것이다." 옥타비오 파스, 김홍근, 김은중 옮김, 『활과 리라』, 솔, 2001, 177쪽.

딘가로 쏜 화살이 아니라 자기 목소리의 반복과 떨림과 여운으로 회전하는 메아리이다.

  아카시아꽃나무를 떠난/꽃내./망설망설 떠돌아다니다/터널 속에 갇혔다.//터널 속이/모처럼/갇힌 꽃내로 자욱하다.//자동차들이 내뿜는 매운 연기 대신/망설망설/꽃내로 가득하다.

「터널 속에 갇힌 꽃내」

  불을 *끄고*/자리에 누워/바람 소리를/듣는다.//모두들 문 잠그고/잠잘 채비를 차리는 한밤.//바람은/저 혼자/하늘 끝까지 불고 있다.//창문을 덜커덩/대문을 덜커덩/쓸쓸해서 이리저리 부딪쳐 보고/저기도 두들겨 보고/바람은/얼마나 외로운 걸까?//밤새 나는/한잠도 자지 못했다.//자다가도 덜커덩!/외로운 바람 근심 때문에/자꾸 또 깼다.

「바람 소리」

  시인은 몸 외부 세계인 현실에 무관심하며, 자기 내부의 호흡과 리듬을 따른다. 양으로 측정된 직선적 시간 속의 '역사'와 '사건'과 '정황'보다 더 아득하고 깊은 원형적 '상태', '느낌'에 본능적으로 이끌린다.

  낮과 밤, 밀물과 썰물처럼 이원적 반복으로 이루어진 우주적 리듬은, 심장 고동과 규칙적인 맥박, 들숨과 날숨 등으로 우주의 일부인 우리 속에 내재되어, 고유한 자신의 음악과 춤과 운동을 가진다. 시인의 내부에서 자연스럽게 흘러넘치는 운율―서정은 그 자체로 시의 '의미'이자 '내용'을 이룬다.

  『살아난다, 살아난다』에서, 시인은 자신만의 독특한 리듬으로, 낮과 빛의 세계인 현실에서 소외되고 잊혀졌던 희미한 생의 무늬를 주문처럼 불러낸다.

차 소리가 끊어진/아파트 조용한 뒷길./사람들 떠드는 소리가/머언 뒷길.//살아난다, 살아난다./내 발자국 소리가 살아난다./살아난다, 살아난다./사각거리는 나뭇잎 소리가 살아난다.//살아난다, 살아난다./자전거 바퀴살 소리가 살아난다.//숨죽였던 소리들이/푸드득푸드득/살아 나온다.

「살아난다, 살아난다」

한없이 크고 무거운 우리 생도, 실은 한때의 발소리나 사각대는 나뭇잎 소리처럼 희미하고 사소한 것. '참 아무것도 아닌' 생의 풍경들을 애써 불러내는 행위는 존재에의 사무친 옹호이자, 언젠가 소외되고 잊혀질 타자에 불과한 자신을 위해 불러 주는 노래이다.

지금 이 순간

어떤 사람은 표면을 관찰하고, 어떤 사람은 먼 곳을 응시한다. 누군가는 명상하고, 다른 이는 몽상한다. 행동하는 사람도 있듯, 관조하는 사람도 있다.

그러다 표면에서 고개 들어 먼 곳을 응시할 수도 있고, 관조를 그치고 행동할 수도 있으며, 명상과 몽상의 경계를 넘나들 수도 있다. 저마다 처한 상황과 인식의 단계가 다르고, 그에 따라 표현 방법이 다르며, 또 쉼없이 변화해 간다.

독자 역시 마찬가지이기에, 저마다의 단계에 더욱 절실하게 닿아 오는 문학이 있을 수 있으나, 그것만이 옳고 하나만이 절대적 가치가 될 수는 없다. 시인이 생을 얼마나 정직하게 느끼고, 적실히 인식하며, 정치(精緻)하게 표현하였는가 등으로 작품의 질(質)을 논할 수는 있겠지만 말이다.

『들꽃 초등학교』와 『살아난다, 살아난다』의 시세계는 얼핏 매우 달라 보이지만, 시인이 느낀 생을 자기 식으로 정직하게 표현하였다는 점에서 동일하고, 현실에서 소외되고 잊혀진 '타자(생의 이면)'를 회복시켜 '존재의 전체성'을 지향한다는 면에서 일치한다.

같은 시간, 같은 공간에 의지하여 피어난 다른 꽃들로 하여, 우연한 여행자의 '지금 이 순간'이 문득 환하게 빛나기도 하리라. 그가 어린아이라 하더라도. 아니, 어린아이기에 어쩌면 더욱.

(『책으로 여는 세상』, 2004. 겨울호)

찾 아 보 기